# 赤い髪の女

オルハン・パムク

宮下 遼＝訳

早川書房

Orhan Pamuk

Kırmızı Saçlı Kadın

# 赤い髪の女

Translated by
Ryo Miyashita
First published 2019 in Japan by
Hayakawa Publishing, Inc.
This book is published in Japan by
direct arrangement with
The Wylie Agency (UK) Ltd.

アスルへ

オイディプス、自分の父の殺害者、自分の母の夫！　スフィンクスの謎を解いたオイディプス！　これらの運命のしわざの神秘にみちた三面体は、いったいわれわれに何を物語っているのだろう？　聡明な占星術師は近親相姦からのみ生まれる——これは大昔の信仰、とりわけペルシアの民間信仰にある話である。

ニーチェ『悲劇の誕生』（西尾幹二訳）

オイディプス「そんな昔の事件の手がかりがどこにある？」

ソフォクレス『オイディプス王』（河合祥一郎訳）

父《てて》なし子を慈しむ者がないように、子のない父を慈しむ者もいない。

フェルドースィー『王書』（宮下訳）

# 第1部

# 1

　私は作家になりたかった。でも、これから語るこの物語が進んでいくにつれ、私は地質調査技師になり、そして建設業者になることだろう。もっとも、私がいま物語をはじめたからといって、それがすでに終わった過去のお話だとは思わないで欲しい。それどころか思い出せば思い出すほどに、さまざまな出来事がいまでも心を捕えてやまない。だからこそ、私は確信している。あなたがたも私と同じように父と子の神秘に魅了されるだろうと。

　一九八四年当時、私たち家族はベシクタシュ地区の裏手に建つウフラムル館（スルタン・アブデュルメジトが築いたイスタンブル新市街の庭園と別邸）の近くのアパルトマンで暮らしていた。父はハヤト（命または生活の意）という名の小さな薬局を経営していて、週に一日、朝まで営業する晩には夜番へと出かけていった。夜番の日の夕飯を届けるのは私の仕事だった。背が高く痩せてハンサムな父がレジスターの脇で夕飯を食べる間、薬の匂いを嗅ぎながら待っているのが好きだった。あれから三十年経ち四十五歳になったいまでさえ、木製の引き出しが並ぶ古い薬局の匂いを嗅ぐと心弾むほどだ。

　ハヤト薬局はあまり繁盛しておらず、父は夜番の日になると当時流行していたポータブル・ミニテレビを眺めて暇をつぶしていた。時折、訪ねてくる友人と低い声で何事かを話し合っている姿を見か

ける こともあった。昔の政治活動仲間たちは子供の私が姿を現すと話を切り上げ、「息子さんは君と同じに男前で愛らしいね」などと言ってあれこれ尋ねてきたものだ。何年生なんだい、学校は好きかい、将来は何になりたいんだい？

しかし、政治仲間と一緒にいるところを息子に見られると、父はたちまち不安そうなそぶりを見せるので、私は店に長居せず弁当箱を持って弱々しい街灯とスズカケの下を歩いて帰宅するのが常だった。家に帰って、父が政治仲間の誰かと一緒にいたなどと母に告げ口したことはない。彼女は夫が良からぬことに首を突っ込んでいるのではないか、ある日、突然自分たちを置いて姿を眩ませてしまうのではないかと気をもんでいて、父とその友人たちの動向に神経を尖らせていたからだ。

もっとも、父と母の無言の争いが、政治にのみ端を発しているのでないのは明らかだった。二人はときおり延々とののしり合い、あるいは長いこと口を利かなかった。もしかしたら、お互いが好きではなかったのかもしれない。父が母以外の女性を愛していて、父もその女性に愛されているように感じることがあったし、母も父にはよそに女がいるのだと子供の私にも分かるような口ぶりでほのめかした。父をめぐる諍いは我が家の悲しみの種だったから、私はいつも父と母の関係やよその女のことを考えたり、思い出したりしないよう気をつけていた。

父と最後に過ごしたのは、いつものように弁当を薬局へ届けた日の晩のことだった。私は高校一年生で、なんの変哲もない秋の夜だった。父はニュースを観ていた。彼がカウンターで夕食を摂る間、私はアスピリンを買いに来た客と、ビタミンCと抗生物質を買いに来た客の相手をした。代金を古いレジスターに入れるときのチリーンという音に心が躍ったものだ。帰り際、最後に振り返ったとき、父は店の戸口で微笑を浮かべて手を振っていた。

そのあくる朝から、父がふたたび帰ることはなかった。午後、学校から帰宅すると、母があの人はもう帰ってこないと告げたのだ。彼女の下瞼は厚ぼったく腫れていて、泣いていたのは明らかだ。私は最初、以前のように警察が夜中のうちに店から父をさらって政治課へ連行したのだと考えた。こういうことははじめてではなかったので、きっと父は警察の政治課でファラカ（こん棒で足の裏を打つトルコ特有の刑罰）や電気ショックで痛めつけられているのだと、そう思ったのだ。

しかし、今回の母の態度は、父が七、八年前にも同じように姿を眩ませ二年ほどしてひょっこり帰ってきたときとはまったく異なった。母は父にかんかんに腹を立てていたからだ。父の話が出るたびに母は言ったものだ。

「自分が何をしたかは、あの人が一番よく分かってるでしょうよ！」

クーデター（一九八〇年九月十二日クーデターのこと。現在の第三共和政が成立する契機となった）直後に父が薬局から連れ去られたとき、母はそれはもう嘆き悲しみ、私に「お父さんは英雄よ、誇りに思いなさい」と言ったし、店員のマジトと交代で店番に立つのも厭《いと》わなかった。当時、マジトの白衣を私が借りて着ることもあったが、当然ながら当時の私には薬剤師の助手になるつもりはなかった。父が望んだように科学者になるつもりだったからだ。

しかし、父の最後の失踪を機に母は薬局への興味を失い、マジトの様子を尋ねもせず、店の先行きについてもまったく話さなくなった。父は政治以外の理由で姿を眩ませたのではないかと考えるようになったのも、ひとえに母の態度のゆえである。ところで話は変わるが、そもそも私たちがよく口にする「考える」という行為はいったい何なのだろう？

高校生だった当時の私も、思考というものが私たちの頭の中でときには言葉によって、またときには映像によって行われる行為だということは理解していた。……もちろん、言葉では決して言い表せないような考えがあることも承知していた。たとえば、バケツをひっくり返したような大雨の中を駆け抜けるとき、自分がどんな風に走ったのかとか、どんな気持ちだったのかとかをすぐ言葉にするのは難しくとも想像はつく。ところが、それとは反対に言葉で言い表すことができるのに、その姿かたちがまったく思いつかないものもある。黒い光とか、母の死とか、あるいは永遠とかだ。

そして、当時の私はまだ子供だった。気の進まない考えと対峙して思考を自在に操れたかと思った次の瞬間には、考えたくもないような映像や言葉が頭にこびりついて離れなくなってしまったものだ。

長いこと電話一本もらわなかったせいなのか、ふと父の顔を思い出せなくなってしまう瞬間があった。そんなとき私は、停電が起きて目に映るものすべてが一瞬で消えてしまったような気分を味わった。

ある晩、私は足の向くままウフラムル館へ向かって散歩をしていた。ハヤト薬局の扉は施錠され二度と開けられまいと思われるほどに頑丈な黒い南京錠がかけられ、ウフラムル館の方からは霧が流れていた。

「もうあの人も薬局もあてにならない。うちの家計は火の車よ」

母がそう教えてくれたのは、それから間もなくのことだ。そうは言われても、私の小遣いは映画を観てサンドウィッチやドネル・ケバブを食べ、漫画を買えばなくなってしまうような額だ。カバタシュ高校へも徒歩で通っている。漫画雑誌のバックナンバーの売り買いや貸し出しで小銭を稼ぐ友人たちもいたが、彼らのように毎週末ベシクタシュ地区の映画館裏のうらぶれた通りで客が来るのをひたすら待つというのも気乗りしなかった。

こうして私は、一九八五年の夏からベシクタシュのショッピングモール内にあるデニズという名前の古書店で働くことになった。大半は学生からなる万引き犯を追い払うのが、私の重大な使命だった。本の仕入れのためにジャアオール地区へ行くデニズ氏の車に乗ることもあった。デニズ氏は、本の作者や出版社を一度見たら決して忘れない新しい店員に目をかけてくれて、私に売り物を家へ持ち帰って読む許可さえ与えてくれた。その夏は実にたくさんの本を読んだ。ジュヴナイル小説、ジュール・ヴェルヌの『地底旅行』、エドガー・アラン・ポーの傑作短篇集、詩集、オスマン帝国時代のヒーローたちが活躍する冒険小説や史劇、そして夢に関するエッセイ集。私の人生を一変させたのは、そのエッセイ集に収められた一篇の文章だった。

デニズ氏の知り合いの作家が店に顔を出すこともあり、いくらも経たないうちに我が雇い主殿は「いずれ物書きになるぞ」などと言って私を紹介するようになった。確かに作家になる夢を最初に口にしたのは私の方だったが、はじめはほんの軽口のつもりだったのだ。しかし、雇い主の影響もあってか、作家になることを真剣に考えるようになるのにさほど時間はかからなかった。

# 2

私の給料は母の不満の種だった。本屋の店番代だけでは予備校の学費に足りなかったからだ。父が失踪して以来、以前にもまして母と親密に暮らすようになったが、彼女は作家になるという私の決心を冗談でしょうとばかりに笑い、取り合ってくれなかった。母を納得させるためにも、やはりちゃんとした大学へ入る必要があった。

ある日、下校した私が、ふと何の気なしに両親の寝室の箪笥や引き出しを開けてみると、父の服や持ち物が煙草とコロンヤ（トルコ式のオー・デ・コロン）の香りだけ残して跡形もなく処分されていた。もはや父の話はまったく出なくなっていて、このころから脳裏にある父の姿は急速に薄れていった。

私と母がイスタンブル市内からアジア岸のゲブゼへ引っ越したのは、高校二年生が終わった夏のはじめだった。母方のおば夫婦がゲブゼに庭付き一戸建てを持っていて、そのはなれに無償で住まわせてもらえることになったのだ。夏休みの前半、おじが紹介してくれる予定の仕事をこなして貯金すれば、七月以降にはふたたびベシクタシュのデニズ書店で働きながら予備校へ行き、来年の大学入試に備えられるだろう。ベシクタシュから離れるのを悲しむ私にデニズ氏は、「もし君が望むなら残りの夏の間、うちの書店で寝泊まりしてもいいよ」と申し出てくれた。

おじの紹介してくれた仕事はゲブゼの街の内陸の公園に隣接するサクランボや桃の果樹園の見張り番だった。ぶどう棚の下に机が置かれていると聞いたときは、それならそこへ座って本を読む時間もたっぷりあるだろうなどと高を括っていたのだけれど、とんでもない勘違いだった。やかましくて傍若無人なカラスどもが群れを成し、折しも盛りを迎えたサクランボの木に襲いかかるし、そうかと思えば子供たちや隣接する工事現場の労働者たちが隙あらば果物を盗もうと狙っていたのだ。

その果樹園の隣の公園で、井戸掘りが行われていた。工事現場まで出かけて行って、地面の下でツルハシとシャベルを操る親方や、彼が掘り出した土を地上に引っ張り上げては捨てに行く二人の見習いの姿を、私はまじまじと眺めたものだ。

見習い二人は両腕でからからという心弾む音を上げながら巻き上げ機を回し、親方が下から送って来るバケツいっぱいの土を脇に置いた手押し車に空けていく。私と同い年くらいの見習いが土を捨てようと手押し車を押して離れていくのを尻目に、彼よりも年のいった背の高い見習いは、井戸の底に向かって「下ろしますよ！」と叫んでバケツを親方に返していた。

親方が地上に上がってくることはほとんどなかった。最初に見かけたのは、彼が昼休みに一服しているときだった。私の父のように背が高い、痩せ形の優男だった。しかし、父のように寡黙で朗らかではなく、むしろ怒りっぽくて、ことあるたびに見習いたちを叱り飛ばしていた。私は親方が地上にいるときはなるべく井戸に近寄らないようにした。見習いたちも、親方に怒られているところを他人に見られたくないだろうと思ったからだ。

井戸の方から楽しそうな歓声と共に銃声が響いてきたのは、六月半ばのことだった。行ってみるとついに井戸から水が出たようだった。辺りにはまだ甘い火薬の匂いが漂っている。知らせを受けてやって来たリゼに住む土地の持ち主が大喜びで空に向けて拳銃を撃ったらしい。親方と見習いたちにご祝儀をはずんだ土地の持ち主は、建設予定のなにかの施設のために井戸を利用する算段のようだった。当時、ゲブゼの内陸部まで水道は届いていなかったのだ。

その日以来、見習いを叱り飛ばす親方の怒声は絶え、代わって馬車が袋詰めのセメントと少々の鉄材を運んできはじめ、ある日の午後、親方が井戸の周りにセメントを流して鉄蓋をかぶせた。このころには親方も含めて作業員たちは上機嫌で、私も以前よりも頻繁に井戸掘り現場へ足を運ぶようになった。

そんなある日、誰もいないだろうと思って井戸のすぐそばまで近寄ってみると、ちょうどオリーヴとサクランボの木立の向こうからひょっこりとマフムト親方が現れた。手には井戸のポンプに取りつける原動機の部品を持っていた。

「若いの、見てたぞ。お前さん、俺たちの仕事に興味津々のようじゃないか！」

地面を掘りぬいて地球の反対側へたどり着いたジュール・ヴェルヌの小説の主人公たちの物語がふと脳裏をかすめた。

「今度、キュチュクチェクメジェ地区の内陸の方にも井戸を掘るんだがね、ここの見習いどもは連れて行かないんだ。代わりにお前さんを雇ってやろうか？」

私が逡巡するのを見て親方は「井戸掘り人夫の日当は果樹園の見張りの日当の四倍だぞ。それに仕事は十日とかからんよ。すぐに帰ってこれるさ」と付け加えた。私はすぐさま見張り番の仕事をほっぽりだして帰宅した。もちろん母は大反対だった。

「絶対に許しませんよ！　息子を井戸掘り人夫なんかにさせるもんですか。お前は大学へ行ってちゃんと勉強するのよ」

しかし、さっさと大金を稼ぎたいという思いはひとたび芽生えるとなかなか消えず、私は根気強く母を説得した。おじさんの果樹園で二ヵ月かけて稼ぐ金を二週間で稼げるし、そうなれば入学試験や予備校の勉強時間も、好きな本を読むいとまもたっぷりとれるからと言い張り、ついには哀れな母をこんなふうに脅しさえしたのだ。

「母さんが許してくれないなら、家出する」

そこでおじさんが助け舟を出してくれた。

「子供が自分から働いて稼ぎたいって言ってるんだから、その心意気を挫《くじ》いちゃいかんよ。私がその井戸掘り人の親方の氏素性を確かめておくから」

こうして弁護士のおじの事務所——市役所と同じ建物にあった——で母とマフムト親方の顔合わせが行われた。私抜きでだ。その場で井戸の底へは私ではなくもう一人の見習いを下ろすことが約束された。おじさんからその席で決まったという日当の金額を教えてもらった私は、父の古い旅行鞄にシャツと、体育の授業で使っていたゴム底運動靴を放り込んだ。

ある雨の日、雨漏りのする一間かぎりの自宅で井戸掘り現場へ向かう軽トラックが来るのを待つあいだ、母は幾度も泣いた。やはり井戸掘りなどやめるべきだ、お前がいないと寂しい、貧乏のせいで道を間違えたかもしれない、母はそう嘆いた。

「誓って井戸の底へは下りないよ」

鞄を手にして背筋を伸ばし、裁判のときの父のように決然と、しかしどこか冗談めいた口調で言い置くと、私は家を出た。

軽トラックは古い大きなモスクの裏の空き地に停まっていた。近寄って来る私を煙草を吸いながら迎えたマフムト親方は、学校の先生よろしく私の服装やら歩き方やら旅行鞄やらを検《あらた》めた末に微笑を浮かべた。

「さあ乗れ、出発だ」

私の席は井戸掘りを依頼した実業家のハイリ氏の運転手と親方の間だった。目的地までの一時間、私たちは一言も口を利かなかった。

ボスフォラス大橋を渡るとき、私は左手の眼下に広がるイスタンブル市と、母校であるカバタシュ高校があるはずの方角に目を凝らした。ベシクタシュ近辺の馴染み深い建物を見分けようとする私に、親方が言った。

「心配するな、仕事はすぐ終わる。予備校にも間に合うさ」

どうやら母とおじはちゃんと私の事情を伝えてくれたらしい。私は嬉しくなると同時に親方を頼もしく思った。橋を渡り終えるとイスタンブル名物の交通渋滞に巻き込まれた。私たちの軽トラックが都市の外へ出られたのは、焼けつくような西日が正面から車内に差し込むころだった。

さて読者諸君、私はいま都市の外という言い方をしたけれど、どうか誤解しないでいただきたい。当時のイスタンブルの人口は、あなた方にこの話をしているいまのように一千五百万人ではなく、たった五百万人だった。つまり、旧市街の城壁を出ると民家は目に見えて疎《まば》らに、また小さくみすぼらしくなり、代わって工場やガソリンスタンド、それにホテルがぽつんぽつんと立ち並ぶだけだったのだ。

車は延々と線路に沿って進み、日がとっぷり暮れるころになってようやく線路から外れた。数本の糸杉や墓地、ブロック塀、それにがらんとした空き地――ビュユクチェクメジェ湖を通り過ぎるとそうした光景が闇の中に垣間見えるようになった。もっとも、たいていの場合車窓の外は真っ暗闇で、いくら目を凝らしても自分がどこにいるのか見当もつかず、見えたとしても夕飯を摂る家族の姿が映し出された橙色の窓明かりや、どこかの工場のネオンライトだけだった。やがて、トラックが坂を上り終えた。つかの間、遠雷が空を照らしたが、その雷光も私たちが通ってきた無人の暗闇にまで届くことはなかった。ただときおり、どこまでも続く不毛の大地や、人の気配どころか庭木一本生えていない地所がどこから差すとも知れない光の中に浮かびあがり、すぐに暗闇に沈んでいくだけだった。

さらに長いこと走った末に、軽トラックがどことも知れない場所で停車した。周りに明かり一つ、家一軒見当たらないので、私は軽トラックが故障したのだと思った。ところがマフムト親方がこう言ったのだ。

「おい手を貸してくれ、荷物を下ろすぞ」

材木や巻き上げ機の部品、鍋や皿、縄で縛られた二組のマットレス、粗悪なビニール袋に詰め込まれた生活用品、そして掘削のための道具類。私たちはそれらを荷台から下ろしていった。

「頑張ってな、仕事がうまくいきますように」

軽トラックの運転手がそう言い残して去っていくと、自分がコールタールのような暗闇のなかに取り残されたような気がして怖かった。しかし、よく見れば、前方には稲光がちらつき、背後の空にも星々が力強く瞬いていた。なによりずっと遠くには、イスタンブルの街明かりに照らし上げられた黄色い霞のような雲が浮かんでいる。

雨に濡れた大地は水たまりだらけだったので、私たちはなるべく平らで濡れていない地面を見つけて、そこに道具一式をまとめた。

親方は軽トラックから下ろした木の支柱を使ってテントを張りはじめた。ところが、これが一向にうまくいかない。引っ張るべき縄も、打ち込むべきペグも、まるであらゆるものが心の中にでも埋もれてしまったかのように、暗闇のなかで見つからないのだ。

「そっちを持ってくれ、ちがう、こっちじゃない」

マフムト親方の声に、フクロウの鳴き声が重なった。雨は止んだみたいだし、わざわざテントを張る必要があるのかな?——そんな疑問が脳裏をかすめたが、親方には微塵の迷いもないようだった。黴臭《かびくさ》いテント布は幾度も所定の位置からずり落ち、夜そのもののように私たちの頭上に重くのしかかった。

真夜中過ぎ、私たちはようやくテントを張り終え、マットレスに身を横たえた。雨を運ぶ夏雲が晴れると星が瞬きはじめた。どこかそう遠くない場所から聞こえるコオロギの鳴き声に寛ぎながら身体を伸ばすと、すぐに眠りが訪れた。

# 3

目を覚ましたとき、テント内に親方の姿はなかった。蜂のぶんぶんという羽音が聞こえている。起き上がって外へ出ると、すでに日は高く陽光に目が眩んだ。

私がいるのは高台だった。大地は左手から南東のイスタンブルへ向かって徐々に下っている。私の立っている平地の眼下には明るい緑色と黄色が点在し、いくらかのトウモロコシ畑や大麦畑、空き地、岩場、荒れ地が広がっている。平野部には小さな町の家々やモスクが見えたものの、手前の丘が視界を遮っているせいで、その広さはよく分からなかった。

マフムト親方はどこだろう？　風に乗って軍隊喇叭《らっぱ》の音が聞こえた。街の奥の方に見える鉛色の建物は、軍隊の駐屯地であるらしい。駐屯地のさらに向こうに連なる紫色の山々が目に入った瞬間、まったくの静寂が訪れて、ふいに記憶の中から世界そのものが飛び出したかのような感覚が私の身体を包み込んだ。イスタンブルとそこで暮らす皆から遠く離れた場所に立つことで、ようやく自分が自らの人生の真の主になれたような気がして、歓喜がこみ上げた。

街と駐屯地の間の平地から列車の警笛が聞こえた。目を細めるとヨーロッパ方面へ向かう列車が見えた。列車は私たちのいる高台に少しだけ近づいたかと思うとすぐに優雅にカーブして眼下の街の駅へ入っていった。

しばらくすると街の方から上ってくるマフムト親方の姿が見えた。親方は最初こそ道なりに歩いていたが、道が曲がりくねりはじめると近道とばかりに空き地や畑を突っ切ってやってきた。

「水を買いに行ってたんだ。それじゃあ、チャイを淹れてくれ」

私が小さなカセットコンロでチャイを淹れていると、昨日と同じ軽トラックに乗って雇い主のハイリ氏がやって来た。荷台には私より少し年嵩と思しき若者の姿がある。アリという名のその若者はハイリ氏のところで下働きをしていて、出発ぎりぎりになって仕事をやめてしまったゲブゼの見習いの代わりに井戸へ下りる役をこなす手はずになっていた。

マフムト親方とハイリ氏が、ゆっくりと時間をかけて高台の検分をはじめた。土が剝き出しであったり、石が転がっていたかと思えば下草が繁茂していたりするハイリ氏の地所は十ドニュム（約九二〇〇平方メートル）以上あった。そよ風に乗って途切れとぎれに聞こえる親方とハイリ氏の話し声は、二人が高台の一番向こうの端までたどり着いてもなお終わらず、そのくせ何一つ決まっていない様子だった。彼らに近寄って盗み聞きしたところではハイリ氏は繊維業を手掛けていて、この不毛の大地に生地の洗浄と染色を行う工場を作るつもりらしい。なんでも、輸出を目論む大手の既製服業者が待ち望む大工場建設には、大量の水が欠かせないのだとか。

ハイリ氏は電気も水もないこの土地をかなり安く手に入れたそうで、もし水が見つかれば私たちにはたっぷり給金を弾んでくれる予定だし、すでに知り合いの政治家の伝手でこの高台まで電線を引く準備も整っているとのことだった。あとで彼が見せてくれた青写真には、染色室や洗浄室、倉庫、それにモダンな管理棟と、さらには食堂まで備えた大工場が描かれていた。マフムト親方もハイリ氏の説明に幾分は興味をそそられたようだが、実のところ親方も、そして私も彼が確約した贈り物やご祝儀の方が気になって仕方がなかった。

「神が諸君の仕事に成功を、諸君の腕に力を、その目に注意を授けてくださいますように」

別れ際に、遠征前のオスマン帝国の将軍よろしく激励の言葉を述べたハイリ氏は、軽トラックが私たちの視界から消えるまで窓から身を乗り出して手を振ってくれた。

その夜、私はマフムト親方の鼾《いびき》がうるさくてなかなか寝つけず、テントの外に頭だけ出してぼんやりしていた。街明かりは見えず夜空も群青色のはずなのに、星の瞬きのせいなのか、世界は橙色に照らされているような気がした。僕らは巨大なオレンジの表面で暮らしているのかも――私はそんなことを考えながら眠ろうと努めた。それにしても、空へ飛び立って星々の光に加わるかわりに、いまその身を横たえる大地の深奥へ穿孔しようと望む私たちは、はたして正しいのだろうか？

# 4

当時、地中レーダー探査機はまだ実用化されておらず、水がどこから出るか、どこへ穴を掘るべきかを決めるのは、何千年にもわたって受け継がれてきた熟練の井戸掘り人たちの直観だけが頼りだった。マフムト親方も、口が達者な昔気質の井戸掘り人たちの修辞に満ちた口伝の数々によく通じていたものの、Y字型の金属棒を手に土地の上をあちらへこちらへ歩き回りながら祈禱を唱え、あるいは息を吹きかけたりする見せかけだけのやり方は、まったく信じていなかった。それでも自分が何千年も続いた伝統を伝える最後の世代であるという自覚はあったようで、仕事の話がはじまると偉ぶることなく、とても謙虚な態度になるのが常だった。

「土の色や湿り気、それに黒土に注意するんだ」と教えてくれたり、また別の時には私を井戸掘り人に育て上げたいとでもいうようにこう言うのだ。

「窪地とか、小石や岩がごろごろしたでこぼこの土地や黒土、それに日陰になっているような土地を観察しながら地下の水を探ってみろ。木や草が茂っている場所の土は色が濃くて湿っているだろう？　そういうところに気を付けるんだ。だからって、そこにいつも水があるなんて信じ込むのもいかんがな」

親方によれば七層からなる天のように大地もまた層をなしているらしい（この話を聞いたせいで、私は星空を見上げながらも頭の下に横たわる暗黒の世界に想い馳せてしまうことが一度ならずあった）。たとえば、色の濃い黒土の二メートル下から、水一滴通さないひどく乾いた粘土質の地層が現れることもあるわけだから、水を探す場所を絞り込もうとした昔の井戸掘りの匠たちは、土や下草、虫、はては小鳥の言葉にさえ耳を傾け、大地を歩きながら足の下の岩や粘土の存在を察知しなければならなかったのだ。

昔の井戸掘り人の中には中央アジアのシャーマンよろしく超自然的な力や直観を信じたり、土の下に住む神々や精霊たちと言葉を交わそうと試みる者もいたそうだ。そして、安価に水を探り当てたいと望む者は誰でも、父であれば一笑に付したであろう迷信の数々を信じてしまうものだ。ベシクタシュ地区の一夜建て（農村からの移住者が都市郊外の国有地に違法に立てた住居。一晩のうちに建てられるためこの名で呼ばれる）の住民たちが、庭先で同じように水を掘っているのを見かけたことがある。その家に暮らすおじさんやおばさんが、虫が這い、鶏どもが駆けまわる雑然とした裏庭のどこに穴を掘ろうかとうずくまって、病気の赤子の胸に耳を押し当てる医者のように、地面の声に耳を傾けていたものだ。

「神の思し召しがあれば、二週間で仕事は終わるだろうよ。十メートルかそこら掘り下げれば水は出るさ」

現場に着いた晩の次の朝、マフムト親方はそう言った。アリはあくまで雇い主の部下なので、親方はとくに私に親しげに振る舞った。私はそれが誇らしく、この現場の立派な一員になったような気がしたものだ。

あくる朝、マフムト親方が井戸を掘る場所として示したのは、ハイリ氏の青写真にあった工場の建設予定地ではなく、敷地の反対側の隅だった。

マフムト親方は私の父とはまったく対照的な人物だった。父は政治的な秘密を抱えるのが半ば習慣化していたせいか、大切な仕事や心の内をけっして明かそうとはしなかった。翻ってマフムト親方は、井戸掘りに関するさまざまな考えを私と共有してくれて、「この土地は難しいぞ」などと打ち明けてくれさえした。親方のそんな態度が嬉しくてたまらず、私はいっぺんに彼が好きになった。父とは異なる親方の優しさや気安さに有頂天になっていた。だからなんの相談もなしに重大な決定を下した彼にひどく腹が立った。親方が井戸掘りの場所を決めたその日、私は自分がどれほど彼に心酔していたのか思い知らされたというわけだ。

こちらの気など知らず、マフムト親方はさっさと地面に杭を突き差してしまった。高台を長々と歩き回って熟慮を重ねた末に、どうしてこの場所が選ばれたのだろうか？ この場所と他の場所の違いは？ ここを懸命に掘り進めれば、本当に水が出るのだろうか？ 私はマフムト親方に尋ねてみたかったが、実際にその真意を問い質すことなどできないことも承知していた。私はまだほんの子供で、親方は私の友人でも父親でもなく、上司なのだから。結局のところ、私が勝手に父親めいた頼もしさを覚えていたにすぎないのだ。

親方は杭の片側に縄を結わえつけ、縄のもう片方の隅に釘を取り付けた。

「この縄の長さは一メートルだ」

ここの土地では石壁を作れないので、井戸の壁はコンクリートで固めていくことになった。壁の厚さは二十から二十五センチにするらしい。親方は縄をぴんと張って直径二メートルの円を描きはじめた。親方が円の形になるよう杭を打っていき、あとから私とアリが慎重にそれを抜くと、はじめて円が姿を現した。

「井戸の円は正確でないといけない。欠けがあったり曲がっていたり、でこぼこしていたら井戸の壁が重さに耐え切れず崩れちまうからな！」

私たちが穴掘りに取りかかったのは、井戸の内壁が崩落するかもしれないという話を聞かされたすぐあとだ。親方が掘り進め、私もときにはそれに加わり、アリが受け持つ手押し車に土を入れていくのだ。二人がかりでも、親方の作業に追いつくので精いっぱいだった。

「手押し車に土を盛りすぎるなよ、捨てたらすぐに戻ってこられる方がいいだろ」

アリはときたま息も絶えだえにそう漏らした。いくらも経たないうちにくたびれ、手が遅くなる見習い二人を尻目に、マフムト親方は一度も休むことなくシャベルをふるって土を井戸の縁に積んでいった。それが大きな土の山になったころ、親方はようやくシャベルを置いて井戸から出てくると、少し離れたところに立つオリーヴの木陰で煙草に火をつけた。そうやって私たちが追いつくのを待ってくれたのだ。親方の仕事の速度に追いつくには、彼が何をしているか常に気にかけながらそれに合わせて行動し、命じられたなら即座に従うべし——初日の最初の一時間で私たち二人の見習いはそう学んだのだった。

炎天下で一日中、シャベル片手に働いたせいですっかり疲労困憊した私は、日が沈むとレンズ豆のスープに匙さえつけないまま寝床に倒れ込んでしまった。手は水ぶくれだらけ、うなじも真っ赤に日焼けしていた。

「じきに慣れるさ、お坊ちゃん」

なんとか電波を拾おうと、ミニテレビと格闘する親方がそう言って慰めてくれた。私はそれまで肉体労働をしたことのないもやしっ子ではあったが、「お坊ちゃん」という呼ばれ方は不愉快ではなかった。それは、親方が私を都会育ちの教育程度の高い家庭の出だと思っていることを示していたし——つまり、親方が私に過重な仕事を割り振らずに、父親のように守ってくれるかもしれないという意味でもある——なにより彼が私に関心や親しみを覚えてくれているのが窺えたからだ。

# 5

オンギョレンは井戸掘りをしている高台から歩いて十五分ほどの街で、その入り口の巨大な青い看板には、白い文字で人口六千二百人と書かれていた。はじめてオンギョレンの街へ下りたのは作業開始から二日目の午後だった。その二日間、休みなく働き二メートル掘り進んだところで、資材が足りなくなったのだ。

私たちはまず、アリの案内で街の建具店へ行った。深さも二メートルになるとシャベルでは土をのけるのが難しくなる。そのため巻き上げ機を設置する予定だったのだけれど、施主のハイリ氏が軽トラックで運び入れた木材では足りなかったのだ。街の大工は私たちの素性を問い、親方が「井戸掘りだよ」と答えると現場はどこか尋ねた末に「はあ、あの高台の土地で井戸掘りとはねえ」と言った。

それ以降、「高台の土地」から街へ下りるたびに、いつも煙草を買う雑貨商や、眼鏡をかけた煙草屋、そして夜遅くまで店を開けている金物屋に加えてこの建具店にも必ず立ち寄るようになった。井戸掘りをしていたあのころ、マフムト親方のお供でオンギョレンへ下りて通りを歩くのや、糸杉や松の並ぶ公園のベンチとか、店の外の通りに置かれた珈琲店の椅子とか、あるいはどこかの店の軒先、はたまた駅舎の涼しいひと隅に腰かけて過ごすのが、私のなによりの楽しみだった。

さて、オンギョレンという街の不運は、おしなべて多くの兵隊を抱えていることに由来する。第二次世界大戦のころ、バルカン諸国に侵攻したドイツ軍や、ブルガリアへ侵攻したロシア軍からイスタンブルを守るために、この街には歩兵旅団が配置され、そのまま忘れられてしまったのだけれど、それから四十年を経て、その忘れ去られた兵隊たちこそが街の収入源であり、また大きな呪いとなっているのである。

街の中心部に並ぶ店舗の大半は、毎週末「買い物休暇」へ出てくる兵士のために絵葉書や靴下、電話用のジュトン、そしてビールなどを扱っていた。同様に兵隊相手のケバブ店やレストランが軒を連ねる通称レストラン通りには、ひっきりなしに憲兵が巡回している。日中、とくに週末ともなれば兵隊でごった返す盛り場や小さな菓子屋、珈琲店も、日が沈めばあっという間に閑散としてしまう。私たちが目にしたオンギョレンの街は、昼間とはかけ離れた夜の姿だった。日が沈むとオンギョレンの街には憲兵たちが巡回し、駐屯地を抜け出してきた規律違反の兵隊のみならず、怒鳴ったり喚いたりしている者はもちろん、ちょっと音楽を流している者にまで神経を尖らせ、兵隊たちが喧嘩でもはじめようものなら瞬く間に収めてしまうのだった。

オンギョレンに下りた最初の日にアリが教えてくれたところでは、駐屯地にもっと兵隊がいた三十年前には、彼らを訪ねてくる家族や訪問者のためのホテルもいくらかあったのだそうだ。しかし、イスタンブルへの行き来が便利になると閑古鳥が鳴き、半分は秘密の連れ込み宿に商売替えしたのだという。こうしたホテルはみな駅前広場に面していた。アタテュルクの銅像が立ち、アイスクリーム売りがせわしなく働くユルドゥズ菓子店、郵便局、そしてすぐ近くにルメリという名の珈琲店がある駅前広場の橙色の街灯に照らされた佇《たたず》まいが、私も親方もすぐに気に入った。

アリの父親は、駅前広場に続く通りの一つにある、ハイリ氏の親戚が所有する工作機械の倉庫で守衛をしていた。アリが私たちを金物屋へ連れて行ってくれたのも同じ初日の午後のことだった。

マフムト親方はハイリ氏から受け取ったお金で新しい木材を切らせ、巻き上げ機のための金属製の留め金を選び、セメント四袋に塗装用のこて、釘、それに縄も購入した。ただし、縄は井戸に下りるためのものではない。それ専用の縄は別途、リールに巻かれてゲブゼから持ち込まれていた。

私たちは金物屋から人をやって馬車を呼び寄せ、荷台に資材を積み込んだ。馬車の金属製の車輪が石畳を打つ恐るべき大音声を聴きながら、私は井戸掘りの仕事はすぐ終わってゲブゼの母のもとへ、そのあとでイスタンブルへ戻れるだろうなどと考えていた。ふとした瞬間に馬車馬と並んで黒い瞳と目が合うたび、この馬はなんて年寄りなんだろうと思ったのをいまでも覚えている。

それは私たちがオンギョレンの駅前広場に差し掛かったときのことだった。一軒の家の扉が開いてジーンズを穿いた中年女性が表へ出てきた。女性は後ろを振り返って「なにぐずぐずしてるのよ?」と言った。どこか責めるような口調だった。

ちょうど私たちと馬車がその家の扉の前を通り過ぎようとしたとき、奥から私より五、六歳年上と思しき男と、彼の姉と思われる背の高い赤い髪の女性が現れた。彼女は他の誰とも違っていて、思わず引き込まれてしまうような雰囲気を身にまとっていた。ジーンズの中年女性は、一見すると彼らの母親のように見えた。

「いまから行くんだからいいじゃないの」

赤い髪の美女は母親と思しき女性にそう答え、ふたたび屋内へ踵《きびす》を返した。

家の中へ姿を消す直前、彼女は私と背後の年老いた馬に一瞥をくれた。そして、私か馬か、とにかくおかしなものを見つけたとでもいうように、その美しくて女性らしい唇が愁いを帯びた笑みの形を作った。背が高くてすらりとした彼女の顔には、意外にも愛らしくて柔らかい表情が浮かんでいた。

「いいから、さっさとなさいな!」

私たち四人、つまりマフムト親方と私、アリ、そして馬が扉の前を通り過ぎるとき、ふたたび母親の声が聞こえた。赤い髪の女性を詰《なじ》るような表情を浮かべた母親は、私たちには見向きもしなかった。オンギョレンの外へ出ると石畳が途切れ、荷物を満載した馬車の車輪の轟音もようやくやんだ。坂を上って高台まで戻ってくると別の世界へやって来たような心地がした。

やがて雲が晴れて日が差すと、草一本見当たらない荒れはてたはずの平地が、にわかに美しく色づいた。周囲のトウモロコシ畑からひっきりなしにカラスが飛び出してきては、私たちを見つけると羽を広げて逃げていく。黒海の方で紫色にかすんで見えていた小高い丘々は不思議な青に染まり、灰色や黄色みがかった大地が日に照らされると、点在する緑色の雑木林が姿を現した。いま井戸を掘っている高台、この世界そのもの、薄くかすむ遠くの家々や風に揺れるポプラ、あるいはくねくねと曲がる線路——すべてが美しかった。でも、私は心のどこかで気が付いてもいた。この喜びは、さきほど出会った赤い髪の女性のおかげなのだと。

彼女はなぜ母親と言い争っていたのだろうか? その顔をまじまじと検分する暇などなかったはずなのに、どうしてか彼女の雰囲気には妙に惹きつけられるところがあった。彼女の赤い髪が、室内の明かりに照らされて不思議な輝きを呈していたからだろうか。刹那とはいえ、私と彼女の目が合ったのは確かだ。そして彼女の眼差しは、まるで昔からの知り合いに「あなた、ここで何しているの?」とでもいわんばかりだった。私たちはあの瞬間、互いに共通の思い出を探りながら、相手に何かを訴えようとしていたように思えた。

その晩、私は寝しなに星を眺めながら、赤い髪の彼女のことを想った。

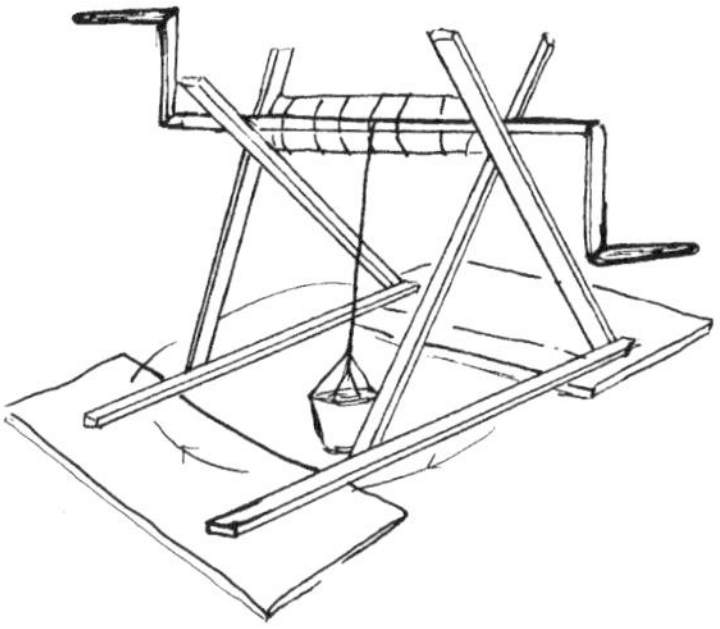

# 6

あくる日、つまり仕事をはじめて四日目の朝、ゲブゼから持ってきた滑車とオンギョレンで買い入れた木材やそのほかの建材を使って、巻き上げ機を井戸の上に設置する作業に取りかかった。まず片方の先端が太く、もう片方が細くなっている取っ手と、縄を巻き取るための滑車、それを支えるためのX字型の木製の支柱を設置した。そして、引き上げたバケツを楽に下ろせるように井戸の周囲には板を渡した。各々の部品をどう組み合わせればよいかが分かるよう、マフムト親方は鉛筆を驚くほど達者に操って詳細な図を描いてくれた。

私とアリはこの絵にある取っ手の両端を握りしめ、井戸の底でマフムト親方が積み込む土満載のバケツを地上へ引き上げる作業に取りかかった。バケツは一般的なそれよりも大きく、土と石が盛られると見習い二人がかりで必死に回してかろうじて持ち上げられるくらいずしりと重かった。二人がかりで地上まで引き上げたバケツの両端を摑み、もう片方の手で少し縄を引っ張ってフックを外さないまま井戸の上に渡した板の上に下ろすのには、相当の力とこつが必要だった。だから、失敗も事故もなく無事にバケツを引き上げるたび、私とアリは「やったね」とばかりに目配せを交わしてほっと一息つくのだった。

バケツの土は、最初はシャベルを使い、ある程度軽くなったところで縁に直接、手をかけて手押し車に移す。そうして、バケツを慎重に井戸の底へ下ろし、親方の頭の上まで下ろしたあたりで、前もって言いつけられていた通りに「行きますよ！」と大声で知らせる。すると親方はツルハシを脇へ投げ出し、縄を解かずそのまま井戸の底にバケツを下ろし、すでに山となっている土をシャベルで放り込んでいくのだ。はじめの数日間は、親方が猛然とツルハシやシャベルをふるうたびに「ふん！」という声が地上まで聞こえていたが、一日に一メートルの速度で掘り進んでいくにつれ、その声は次第に小さくなり、やがてほとんど聞こえなくなった。

マフムト親方はバケツに土を入れ終わると、顔さえ上げずにただ「引けぇ！」と怒鳴った。地上に二人がそろっているときは、すぐに滑車の取っ手を握ってバケツを引き上げればよいのだけれど、怠け者のアリがもたもたしているときはその帰りを待たねばならない。一人で引っ張り上げるのは困難を極めるからだ。ごくたまに親方の作業が遅れたり、あるいは土を捨てに行っていたアリが早く帰ってきたりすると、私たち二人は井戸の底でバケツに土を入れるマフムト親方の姿を、荒い息をつきながら見守ったものだ。

私とアリが休めるのは親方の作業を待つあいだだけ、ようやく二言、三言言葉を交わせるだけの寸暇に過ぎなかった。だからわざわざアリに、街の住人について尋ねる暇などなかったし、あの神秘的で愁いを帯びた眼差しを寄越した赤い髪の女性や、ふっくらした彼女の唇のことを話そうという気も起きなかった。それとも、どうせアリは彼女たちを知らないだろうと思ったから尋ねなかったのだろうか？　あるいは、どんな答えが返って来ても失望してしまうような気がして怖かったからだろうか？

いや、私がアリになにも尋ねなかったのはきっと、四六時中、彼女のことを想っているのを知られたくなかったのと、なにより私自身が自分の気持ちに気づかないふりをしていたからだと思う。毎晩、星空を見上げ、横目で親方のミニテレビも眺めながら寝入ろうとするたび、彼女の笑顔が瞼の裏によみがえった。あの微笑みや「あなたのこと、知ってるわよ」と言わんばかりの表情にひとかけらでも優しさがなかったのなら、私はこんなにも彼女に懸想しなかっただろうに。

しばらくすると施主のハイリ氏が三日に一度くらいの割合で、正午ころに軽トラックで乗りつけては、やきもきした様子で井戸掘りの進み具合を尋ねるようになった。そんなときマフムト親方は、「どうぞ」と言って雇い主を私たちの昼食に――トマトとパン、白チーズにオリーヴの塩漬け、そして葡萄とコカ・コーラ――招待することにしていた。もし親方が井戸の底三、四メートルにいるときは、ハイリ氏と私たち二人の見習いはその仕事ぶりを恭《うやうや》しく眺めたものだ。

その日、地上に上がってきた親方は、現場のちょうど反対側の、アリが土を捨てている辺りへハイリ氏を連れて行った。おりしも、石も少なく普通の土だったはじめの数日を過ぎ、四、五日目に三メートル掘り進むや固い地層に出くわして以降、作業が目に見えてはかどらなくなった時期だった。マフムト親方は小石を掴み上げ、あるいは細かく砕かれた濃淡さまざまな土くれを示しながら、水源までの距離について講釈を垂れていた。「この固い地層を抜ければ湿った土が出るはずです」とマフムト親方が自信たっぷりに言い、ハイリ氏も「そう願いますよ」と答えた。それからハイリ氏は、水が見つかった暁《あかつき》には子羊を屠《ほふ》ってご馳走するとか、ご祝儀を弾むとか繰り返した上に、祝宴のためのバクラヴァ（小麦粉などから作る焼き菓子の一種）を買う店もイスタンブルのどこどこと決めてあるとまで宣言した。

昼食後、施主が帰った途端に仕事は休憩に入った。私は歩いて一分ほどのところに生えるクルミの木の陰で昼寝をはじめた。寝入る直前、期せずして赤い髪の女性の姿が眼前によみがえり「私、あなたを知ってるわ！」と言わんばかりの生き生きとした笑みを投げかけてくれたので、私は夢見心地だった。あるいは、あまりの暑さに卒倒しそうなときにも彼女は姿を現した。いついかなるときであっても、彼女の幻は私を現実につなぎ止め、前に進む勇気をくれた。

暑さがひどいとき、私とアリは頭から水をかぶって浴びるほどの水を飲むことにしていた。水の入ったプラスチック製のタンクはハイリ氏が手配してくれたもので、これに限らずトマトやピーマン、マーガリン、パン、オリーヴ等々、街であらかじめ注文しておいた食料品も、二、三日に一回、軽トラックが運び上げてくれた。代金はマフムト親方が運転手に払うことになっていたが、ハイリ氏の奥さんは気を利かせてくれて、毎回西瓜やメロン、あるいはチョコレートやキャンディーが入っていたり、ときには自宅で丹精込めて調理された米詰めピーマンやトマトのピラフ、炒め物などが添えられていた。

マフムト親方は夕飯にはとくにうるさかった。毎日、昼過ぎになってセメントを流す準備に取り掛かるころになると、じゃがいもや茄子、レンズ豆、トマト、新鮮なピーマンなど、とにかく手元にある食材を私に洗わせはじめる。その後、親方は手ずから野菜を刻み、ゲブゼから持ってきた小さめのフライパンに放り込み、少々の油をからめてガスをぎりぎりまで絞って弱火にかける。そして、日没まで料理が焦げつかぬように見張るよう命じるのだ。

親方は日に一メートルほど掘り進み、日没の二時間ほど前になると井戸の壁面に木製の型枠を置いてセメントを流し込んだ。私とアリはまずセメントと砂を水と合わせて固まらないようかき混ぜ、マフムト親方が「俺の発明だ」と誇らしげに取り出した漏斗状の木製の樋《とい》を使って井戸へ流し込んでいくのだ。おかげでわざわざバケツを使わずに済むというわけだ。その間、親方は井戸の底に留まり「少し右、もうちょっと上だ」などと指示を出しては、見習い二人に漏斗もどきの樋を調整させ、適宜セメントを流しこんでいくのだった。

セメントをかき混ぜ、手押し車へ移しかえて井戸へ流す一連の作業の途中でちょっとでももたつこうものならば、井戸の底からは「セメントが冷えちまうだろ」という苛立たしげなマフムト親方の怒声が響く。そんなとき私は、決して子供に怒鳴らず、叱ることさえなかった父が懐かしくなった。もっとも、父のせいで我が家は貧窮し、息子の私がこんな辺鄙な場所で肉体労働をする羽目になっているわけで、強い怒りも覚えずにはいられなかったけれど。でも、少なくともマフムト親方は私をよく気にかけてくれた。そこが父とは大違いだ。いろいろな話を聞かせてくれたし、あれこれ教えてくれたし、しょっちゅう「大丈夫か？」、「腹は減らないか？」、「疲れたか？」と声もかけてくれたのだ。親方に叱られるたびに猛烈に腹が立ったのは、もしかしたら普段の彼が優しかったからだろうか？もし父に叱られたなら、私は父の言うことが全面的に正しいと考えて恥じ入ったことだろう。しかし、マフムト親方に叱られると、どうしてかひどく心揺さぶられてしまって、すぐに彼の言いつけに従おうと思う一方で、得体のしれない反発心も覚えるのだ。

さて、一日の作業の終わりを告げるのはマフムト親方の「上出来だ！」の一声だった。すると私とアリは滑車をゆっくりと回し、バケツに片足をかけた親方をエレベーターのように引き上げるのだ。地上へ出てきたマフムト親方がすぐそばのオリーヴの木陰に寝転がるとたちまち現場は静寂に包まれて、そうすると私はイスタンブルの喧騒から遠く離れ、人っ子一人いない大自然の只中に放り出されたような心地がして、母や父、ベシクタシュの街がひどく懐かしくなるのだった。

作業が終わると、私も親方に倣って木陰に身を横たえ、すぐに歩いて街へ帰っていくアリの背中を見送ることにしていた。アリは丘を蛇行する道には頓着せず、空き地や草地、あるいは棘だらけの畑を突っ切って近道しながら街へ帰っていくのが常だった。彼の家ははたしてオンギョレンのどのあたりなのだろう？　もしかして赤い髪の彼女とその母親や兄弟を見かけたあの家の近くなのだろうか？

そんなことをぼんやりと考えるうちにも、マフムト親方の煙草の芳香が漂いはじめ、遠くの駐屯地からは「はい！　はい！」という教練終了時の点呼の声が届き、ふと蜂の羽音が耳に入る。そうすると、ふいにこの世界をいままさに目撃しているような心地がしてきて、私には人生がいかにも奇妙なものに思えるのだった。

ある日のこと、そろそろ料理の番をしようと立ち上がると、なんと親方が正体もなく眠りこけていた。私は子供のころ父が眠っているときにそうしていたように、親方が巨人で自分がガリヴァーよろしく小さくなったような気分を味わいながら、まるきり物のようにぐったり横たわる身体や長い腕、それに脚をじっくり観察してみた。マフムト親方の指には父のような繊細さはなく、硬くごつごつしていた。腕には切り傷やほくろがあり、黒い毛が密生し、半袖の影からは日焼けしていない白い肌が覗いていた。父と同じように大きな鼻孔が呼吸に合わせて開いたり閉じたりしている。ところどころ白髪の混じる髪の毛には土くれがこびりつき、その首筋を蟻が一所懸命、上ろうとしていた。

# 7

「お前も身体を洗うか？」

毎晩、日が沈むと親方は私に尋ねたものだ。二、三日に一回、軽トラックが運んでくるプラスチック容器には水が満載されていたが、付属の蛇口で洗えるのは手と顔が精々で、身体を洗いたければ一度バケツに水を貯めねばならなかった。マフムト親方に大きな手桶で水をかけられるたびに鳥肌が立ってしまったのは、なにも水が冷たかったからではない。親方に素っ裸を見られていたからだ。

「お前はまだ子供だな」

親方は私の筋肉が未発達で、いかにもひ弱だと言いたかったのだろうか？　それとももっと別のことをほのめかしていたのだろうか？　少なくとも、マフムト親方の身体は筋肉隆々で胸にも背中にもびっしりと毛が生えていた。

私はそれまで父親も含めて他人の裸体を見たことがほとんどなかったので、手桶で水をかけながらマフムト親方の頭の石鹼を流すときも、努めてその身体を見ないようにしていた。だから、親方の腕や脚、あるいは作業中にこさえた背中の青痣や傷跡がちらりと見えても、私はなにも言わなかった。ところが親方ときたら、私の頭に水をかけながらその大きくて硬い指の腹で背中や腕の打ち身を心配半分、からかい半分に突っつくのだ。私が「あいて！」とうめいて身悶えしようものなら笑い、しかし優しく「気をつけろよ」と忠告するのだった。

優しい口調であろうが、脅すような調子であろうが、親方はことあるごとに「気をつけろ」と口にした。「見習いの考え足らずのせいで井戸掘りしている親方が一生ものの怪我を抱えることもあれば、不注意のせいで死んじまうことだってあるんだぞ」、「頭も目も耳も、いつも井戸の下に向けておけ」などと言っては、フックから外れたバケツで押しつぶされた親方の話とか、ガスが出て井戸の底の親方が気を失ったにもかかわらず怠け者の見習いが気づかなかったがために、ものの三分で絶命してしまった話とかを繰り返すのだった。

親方がこちらの目の中を優しく覗き込みながら語る、恐ろしくも教訓に富んだ物語が、私は好きだった。不注意な見習いたちの失敗談に熱心に耳を傾けていると、親方の頭の中では、地下の死者の国と地上の生者の国、あるいは地面の奥底の世界と天国や地獄の一部とが、確かに繋がっていることがなんとなしに感じられて、ぞっとすることもあった。親方は「地下を掘り進めば進むほど神様や天使様に近づくんだ」などと言っていたが、真夜中にひんやりとした風に当たると、自分たちが蒼穹から垂れ下がる何万という星々ではなく、その正反対の地の底へ向けて掘り進んでいることを思い知らされてしまうのだった。

心地よい静寂に辺りが包まれる日没前、親方はフライパンの蓋を開けて夕飯の出来具合を確かめながらも、ミニテレビの調整にも余念がない。古い車のバッテリーと一緒にゲブゼから持ってこられたテレビだ。二日でバッテリーが動かなくなってしまったので、軽トラックに積んでオンギョレンで修理に出した。その後、電気は通り電源も入ったものの、入念に調整しなければ画面にはまともな映像一つ映し出されなかった。いくらやってもうまくいかないと、親方は苛立たしげに私を呼び、剝き出しの銅線にしか見えないアルミ製アンテナを持たせると、「右、ちょっと上だ、左」などと言って映像が映る場所を探させた。

　試行錯誤の末にようやくテレビが映っても、私たちが温かい夕食をスプーンで突っついている間に映像はまるで古い思い出よろしく霞み、勝手に遠近を繰り返して波うち、震えはじめる。はじめの一、二回は立ち上がって微調整をするのだけれど、それでも映像が乱れるともう私たちは座ったまま動かず、ただかろうじて聞こえるニュースキャスターの声や宣伝に耳を澄ませるのだった。

　そうこうするうちに日が沈み、日中は影一つ見当たらなかったはずの珍しい鳥たちの囀《さえず》りが聞こえてくる。あたりが完全に暗くなる直前、桃色に染まった満月が昇り、テントのはためくぱたぱたという音と一緒に犬の遠吠えが聞こえてきて、するとちかちかと燃える焚火の匂いや、闇に沈んだ糸杉の気配がすぐそこに感じられるようになるのだった。

　父は一度もおとぎ噺をしてくれなかったが、マフムト親方は毎晩のようにテレビに映る、不明瞭でときに色あせた映像や、その日の作業で出くわした困難、あるいは思い出話からはじめて、実にさまざまな物語を聞かせてくれた。それは、どこまでが想像でどこまでが事実なのかも、どこから始まりどこで終わるのかもはっきりとしない物語だった。私はただただ聞き入り、あるいは親方の口をついて出る教訓を学ぶのを大いに楽しんだ。もっとも、物語の大半について理解したとは言い難い。たとえばあるときマフムト親方は、子供のころに巨人のような生き物に連れ去られ、地下の世界へ行ったことがあるなどと言い出した。地下世界は真っ暗闇どころか明るくて、親方はぴかぴかの宮殿へ連れていかれてクルミの殻や蜘蛛の甲殻、魚の頭や骨でできたご馳走の席へ招かれたのだとか。この世でもっとも美味しいご馳走だと言われたものの、背後から女たちの泣き声が聞こえてきて、結局手を付けなかったのだそうだ。――地下の国の王様の宮殿にいた女たちの泣き声ときたら、ほら、いまテレビから聞こえる女性アナウンサーの声にそっくりだったぞ。

また別の晩には、コルクでできた山と大理石でできた二つの山の話を聞かされた。二つの山は、互いがそこにあることに気づかぬまま何千年も向かい合い、見つめ合って過ごしていたのだと語ったその口で、「聖典《クルアーン》には〝家は高い所へ建てよ〟という聖句があるんだ」などと言いはじめる。地震は高い場所には害をなさないという意味なのだそうで、だから高台は井戸を掘る場所としては絶好で、高い場所の方が水は出やすいほどなのだそうな。

マフムト親方の話に聞き入るうちに日はとっぷり暮れ、私たちは他に見えるものもないからテレビ画面に映るぼんやりとした映像を、はっきりとそれが映っているとでも言わんばかりにじっと見つめる。そんなときマフムト親方が画面に映るシミかなにかを指さして「おい、見えるか？　あそこに映ってるぞ。こいつは偶然じゃないな」などと言おうものなら、私は蜃気楼じみた映像の中にたしかに向かい合う二つの山を見たような気がしてしまう。錯覚だと自分に言い聞かせる間もなく、親方は「ところで明日は手押し車の縁いっぱいまで土を盛らんように気をつけろよ」などとお小言をはじめて話題を変えてしまうのだった。セメントを流しているときや、巻き上げ機の見取り図を描いているときは本物のエンジニアさながらに振る舞う人物が、神話やおとぎ噺を実体験と区別なく語っている事実に、私はすっかり幻惑されてしまったものだ。

マフムト親方が「街へ行くぞ。釘を買わないと」とか、「煙草が切れた」とか言いだすのは、きまって夕食後の片付けをしているときのことだ。

かくして私たちは涼しい夜闇をオンギョレンへ向けて出発するのだ。最初の数日は、月光がアスファルト道路にきらきらと反射していたのを覚えている。すぐそこに迫る蒼穹をいまだかつてないほど近くに感じながら、父や母を想った。道中、夜になっても鳴き続ける蟬の声を聞き、月のない晩でもきらきら瞬く何万という星々を見上げるのは愉快だった。

街から母に電話をかけたこともある。何もかも順調だと私が言うと、母は泣き出してしまった。

「マフムト親方はちゃんと日当を払ってくれてるよ」

そうした本当のことと一緒に、確信の持てないまま「二週間と経たずに帰れるはずさ」と伝えたこともある。はじめて自分で稼いだ金を手にしていたからなのか、それともいまや自分が家でただ一人の男手になったという自負ゆえなのかはわからなかったが、私がマフムト親方との仕事に満足していたのは事実だ。ただし、日が落ちてからオンギョレンへ下りていくたびにあんなにも心弾んだ理由は、それとは関係がない。駅前広場で出会った赤い髪の彼女にまた会えるかもしれなかったからだ。私は街へ行くたびになんとか駅前広場を通ろうと策を講じ、広場を通らなかった晩でも適当な理由をつけて親方と別れると、わざとゆっくり歩きながら彼女の家の前を行ったり来たりするようになった。

彼女の住まいは三階建ての漆喰のはげかかったみすぼらしいアパルトマンだった。二階の明かりは毎日、夜のニュースが終わるころに灯されたが、カーテンは固く閉ざされていた。一方、三階のカーテンは半分くらいしか引かれておらず、窓が開け放しのこともあった。

母親と弟、それに赤い髪の彼女はどの階に住んでいるのだろうか？　もし三階に住んでいるのなら、階下の住民よりは幾分、裕福ということだ。では、彼女の父親の職業はなんだろう？　姿を見かけたことはないので、もしかしたらうちの父と同じように失踪してしまったのかもしれない。

やがて日中働いているときも——たとえば土を満載したバケツをゆっくりと引き上げている最中や、昼休憩に木陰でうとうとしているとき——赤い髪の彼女の姿が勝手に思い浮かぶようになった。いつのまにか彼女のことを考えている自分が恥ずかしくて、たまらなかった。細心の注意を要する仕事の最中に、名前さえ知らない女のことを考えているのが後ろめたかったのではない。彼女との結婚や情交、あるいは一つ屋根の下での満ち足りた暮らしといった自分の諸々の妄想が、あまりにも純真無垢に過ぎるのが情けなかっただけだ。せっかちそうな立ち居振る舞いや小さな手、すらりとした背丈や丸みを帯びた唇、そしてその顔に浮かぶ優しくも愁いを帯びた表情が目に焼き付いて離れず、こちらをからかうような微笑みを思い出すとたちまち落ち着かなくなってしまった。彼女の笑顔はまるで、頭の中でところ選ばず開花する野生の花のようだった。

ふいに、彼女と一緒に本を読んで、それからキスをして愛し合う光景が脳裏をよぎった。

「若い時分に一緒に本を読んだ娘と結婚するのは人生最大の幸福だよ」

いつだったか父は、まるきり他人事のような口ぶりで、母にそう言っていた。

# 8

　街へ下りた夜、テントへ戻る道を歩いていくのは、まるで天へ向かって登っていくような気分だった。現場の高台までの間には家一軒建っていないので辺りは真っ暗で、一歩踏むごとに星空へ近づいていくような心地がしてくるのだ。やがて坂の終わりが近づくと、私たちと星空の間に墓地の糸杉並木が割って入り、夜の闇はいっそう濃くなる。一度、並木の間から覗く空に星が流れたときなどは、親方も私も「見えたか？」とばかりに、声に出さずに顔を見合わせたものだ。

　テントの端に腰かけてお喋りをしているときも、よく星が流れた。マフムト親方によると、星は一人の人間の行く末を暗示しているのだそうだ。

「夏の夜空に星を配したのはこの世界を支配する神様だ。世の中にどれくらいたくさんの人間が暮らしていて、どれだけたくさんの人生が存在しているか思い出させるためにな」

　いつだったか星が流れるのを見た親方はそう言うと、知り合いが死んでしまったとでもいうように聖句を唱えて悲しんでみせた。もっとも、そのときは私が信じていないのに気が付いて不機嫌になり、すぐに別の話をはじめてしまったけれど。あのとき私は、親方の機嫌を損ねぬよう信じたふりをした方がよかったのだろうか？　そうすれば何十年ものちに、マフムト親方から聞いた数々の物語が自分の人生の行く末を暗示していたのだと理解したとき、その話の典拠を求めて駆けずり回ることもなかったのかもしれない。

ところで、マフムト親方の話の種はたいてい聖典《クルアーン》から取られていた。たとえば悪魔が絵を描くよう人間を唆《そそのか》し、しかるのち死者のことを思い出すよすがとして絵を見るよう助言することで偶像崇拝へと導き正しい道を踏み外させる話などはその典型だった。マフムト親方はそうした話のそこかしこに手を加えた末に、聖典で読んだのではなく、とある修道僧に聞かされたか、珈琲店で耳にしたか、さもなければ自らが体験したかのように語り、いつのまにか過去の思い出話に変えてしまうのだった。

ビザンティン帝国時代から残る五百年以上は昔の井戸の底へ下りた話を聞いたこともある。精霊が住む呪われた場所だと信じられていたその井戸には、実際にガスが溜まっていたのだという。マフムト親方が新聞を鳩の羽のように開いてその両端に火をつけて底へ放ると、ひらひらゆっくりと降下した炎は空気がないのですぐに消えてしまったのだそうだ。私は「空気じゃなくて酸素がなかったんですよ」と訂正したが、親方は見習いの知ったかぶりなど歯牙にもかけず、煉瓦と石で作られたビザンティン帝国期の井戸の壁が――トカゲやサソリが巣食っていたという――オスマン帝国のそれと同様のホラサーン様式のセメントで固められていたのだと話をそらしてしまった。その理由は、トルコ共和国が建てられたアタテュルクの時代以前、イスタンブルの井戸掘りの名人たちがみなアルメニア人だったからなのだとか。

井戸掘りが繁盛していた七〇年代、マフムト親方はボスフォラス海峡沿いのサルイェルやビュユクデレ、あるいはタラブヤのような地域の内陸に築かれた一夜建ての地区に数えきれないほどの井戸を掘り、徒弟を鍛え、ときには同時に二つも三つもの井戸を掛け持ちしていたそうだ。誰もかれもがアナトリアからイスタンブルへやって来ては、ボスフォラス海峡から内陸へ入った丘々の斜面に電気もガスも、水道さえない一夜建てをこぞって建てていた時代だ。不法移住者たちは隣り合う三、四家族で金を集め、マフムト親方に電話をかけてくる。もちろん、井戸掘りを頼むためだ。親方はそのころ持っていた花と果物の描かれた可愛らしい馬車を操って、投資先の店々をめぐる経営者よろしく井戸を回ったのだという。ときには一日で三つの地区の三つの井戸を巡り、それぞれの井戸の底へ下りて作業をし、現場を見習いに任せられるまで見届けてから次の井戸へ向かう日々だったという。

「自分の見習いを信用できなきゃ井戸掘り人は務まらん。地上にいる見習いが時間を守り、万事に抜かりなく働いていると確信できてはじめて、井戸の底の親方は仕事に集中できるってもんだ。自分の息子と同じように見習いを信用できる親方だけが生き残れる。俺の師匠が誰だったか、わかるかい？」

「誰だったんです？」

私はとっくに知っている答えを、それでも尋ねた。

「俺の師匠は父親だった」

親方は教師のような態度でこう付け加えた。

「お前がいい見習いになれば、俺には息子も同然ってわけだ」

マフムト親方によれば井戸掘り人の師弟関係の極意は、それを親子関係になぞらえるところにあった。親方は、見習いを我が子のように愛し、守り、教育する責任を負う。それというのも、その仕事を果たした暁には見習いこそが親方にとっての最大の財産として残るからだ。もちろん見習いの方も親方の仕事を学び、その言葉に耳を傾け、忠節を尽くさねばならない。もし師弟間に生ずるのが愛ではなく反目であれば、親子関係と同様に両者の関係は終わり、仕事も中途半端になってしまう。もっとも、マフムト親方は私をまっとうな家庭のお坊ちゃんだと思い込んでいるためなのか、こちらが彼に不敬な態度を取ったり、反発したりすることはないと信じ切っていた。

マフムト親方の生まれはアナトリアの街スィワス近郊のスシェフリ郡というところだった。十歳のときに両親と一緒にイスタンブルへ越してきた親方は、子供のころはビュユクデレの内陸に家族みなで築いた一夜建てに住んでいたそうだ。

マフムト親方は「うちは貧乏だったなあ」と、どこか嬉しそうな口調で言っていた。親方の父親は、ビュユクデレ地区の沿岸部に残るオスマン帝国期に建てられた最後の避暑用の別荘で園丁をしていて、井戸掘りをはじめたのはかなり年が行ってからだった。ある親方の手伝いをするうちに習い覚え、これは金になる仕事だと考えて家畜をみな売り払い、息子を見習いにして井戸掘りをはじめたのだそうだ。親方は高校を卒業するまで父親の手伝いをし、果樹園や一夜建てのための井戸が一斉に掘られはじめた七〇年代には兵役を終え、自分用の荷馬車を買った。そして、父親が死んでからは一人で働き続け、これまでの二十年で掘った井戸の数は百五十にも上るらしい。マフムト親方は、父親が死んだのと同じ四十三歳だったが、結婚はしていなかった。

もしかしてマフムト親方は、私の父の失踪や、そのせいで家が窮乏していることを知っているのだろうか？――彼が幼少期に経験した貧困との戦いについて話すたび、私はそう自問したものだ。同時に、仕方なしに井戸掘りをしているだけの、薬局を経営する一廉《ひとかど》の家の「お坊ちゃん」として、忌々しく思われていやしないかと心配にもなった。

マフムト親方が聖典に出てくるユースフとその兄たちの物語を聞かせてくれたのは、井戸掘りをはじめて一週間目の晩だった。父ヤアクーブは息子たちの中でもユースフをもっとも可愛がり、それに嫉妬した兄たちが彼を真っ暗な井戸へ落としてしまうのだ。とくに覚えているのは親方のこんな言葉だ。

「たしかにユースフは美しく、頭の良い青年だった。でも父親なら息子たちを差別するべきじゃなかった。父親というのは公正でないといかん。公正でない父親は、息子を盲目にしてしまうから」

マフムト親方はあのとき、どうして唐突に盲目などと言い出したのだろうか？　いったいどこから盲目などという言葉を持ち出したのだろう？　ユースフの突き落とされた井戸の闇を強調するためだろうか？　私はそのあと何十年もの間、考え続けた。なぜユースフの物語を聞いていると不安になり、親方に腹が立ったのだろうかと。

# 9

マフムト親方さえ予想だにしなかった大物の岩にぶち当たったあくる日から、現場には不穏な雰囲気が漂うようになった。ツルハシの先を岩にぶつけて欠けさせまいと気を使うあまり、仕事の速度はみる間に落ちていった。

地上でバケツを待つ間、アリは草地に寝転がって休んでいた。私はといえば、うなじが焼けるような暑さにもかかわらず、井戸の底の親方から目が離せなかった。

その日の昼にやって来たハイリ氏は、岩に当たったと聞くと不機嫌になり、井戸の底を覗き込みながら煙草を一本吸い、さっさとイスタンブルへ帰っていった。私たちは彼の置いていった西瓜を切り分け、白チーズとまだ温かいパンを分け合って昼飯にした。

その日もたいして掘り進まず、親方は夕方になってもセメントには目もくれず、日没寸前まで頑なに穴を掘っていた。親方は疲労困憊した上にひどく苛々していて、やがてアリが帰り、私に夕食を渡されてもなお、一言も口をきこうとしなかった。

マフムト親方の不機嫌は、ハイリ氏に「だから私が言った場所を掘ればよかったんですよ」と言われたのが原因に違いない。自分の技と直観を疑われたのだから無理もない。夕食後、親方はこう宣言した。

「今夜は街に下りないぞ」

たしかにもう夜も遅いので親方の考えはもっともだったが、私はひどく動揺してしまった。毎晩、駅前広場へ行って赤い髪の彼女のことを想って歩きまわり、もしかしたら家にいるかもしれないと想像しながら駅前の家の窓を見上げるのが、いまや欠かすべからざる習慣になっていたからだ。

「まあ、お前は行ってくればいいさ。ついでにマルテペの煙草も一箱買ってきてくれ。まさか一人じゃ夜道が怖いなんてことはないだろ？」

頭上には雲一つなく、明るい夜空が広がっていた。私は星を見ながら足早に、オンギョレンの小さな街明かりを目指した。墓地に差しかかる直前、星が二つ同時に流れて胸が高鳴った。今夜こそ赤い髪の彼女に会えるような気がした。

しかし、駅前広場のアパルトマンの明かりは消えたままだった。しかたなく煙草屋へ行って眼鏡をかけた店主から親方のマルテペを買うと、少し先の〈太陽晴天《ギュネシ・アチュクハヴァ》〉座という青空映画館からカーチェイス・シーンと思しき効果音が聞こえてきた。壁の隙間から観客たちを覗いてみたものの、赤い髪の彼女とその家族は見当たらなかった。

街のすぐ外、駐屯地へ続く道のかたわらにテントが張られていて、その周囲にはポスターが張られていた。ポスターにはこう書かれていた。

〈教訓と伝説〉座

小さいころ、夏になりイスタンブルのウフラムル館の裏手に広がる空き地に移動遊園地がやって来ると、この手の旅芸人の劇団のテントも張られていた記憶がある。もっとも、客が入らず結局は閉鎖されてしまったが。きっとこれも同じ類の移動劇団のテントなのだろう。通りをほっつき歩くうち、やがて映画が終わり観客たちが帰路につきはじめた。テレビの放送も終わって通りから人気《ひとけ》が失せてもなお、駅前広場のアパルトマンは暗いままだった。

私は後ろめたさにせっつかれるように、駆け足で高台へ戻った。墓地へ上る坂にさしかかるころには心臓が早鐘のように打っていた。糸杉で羽を休める梟《ふくろう》が静かにこちらを見つめていた。

もしかしたら赤い髪の彼女の一家はオンギョレンの街を出て行ってしまったのだろうか？　あるいは、彼女たちは依然として街にいて、私がいらない心配をしているだけなのだろうか？　マフムト親方が怖くて、私は必死に走った。どうして僕は、こんなにも親方に後ろめたさを覚えていたのだろうか？

「どこ行ってたんだ、心配したぞ？」

親方は少し眠って落ち着きを取り戻したのか、幾分、機嫌が直っていた。彼は煙草をひったくるように受け取ると火をつけた。

「街で何かあったのか？」

「何も」と答えてから、私は付け加えた。「移動劇団のテントがありました」

「あいつらなら俺たちがここへ来たときからいたよ。兵隊相手に腹を出して踊ったり、いろいろとけしからんことをする連中だ。ああいった劇団テントは売春宿と変わらん。あんな奴らに関わっちゃいかんぞ！　それはそうと、お前さんは街へ下りて人間観察に精を出してきたわけだ。それなら今夜はひとつお前さんが話を聞かせてくれよ、お坊ちゃん！」

まったく予想外だった。それに、執拗にお坊ちゃんなどと呼ばれるのも不本意だった。咄嗟に親方を怖がらせてやれるような話はないかと考えた。彼が物語を使って私を教育するつもりだというのなら、こちらだって物語でやり返してやる！　盲目や演劇のことを思い出した私は、ギリシアのオイディプス王の話をすることに決めた。ちゃんと読んだわけではないが、去年の夏にデニズ書店で粗筋に目を通した記憶がある。

『私たちの夢と記憶』というアンソロジー集で読んだその粗筋は、一年経ったそのときも、アラジンの魔法のランプの精霊のようにひっそりと、しかししっかりと頭の片隅に残っていた。私は聞きかじりの粗筋ではなく、自分の体験のように熱を入れて語りはじめた。

「オイディプスは、ギリシアはテーバイの街の王ライオスの息子でした。王子様ですから、まだ母親のお腹にいるうちから大切に扱われておりましたが、ライオス王が星占い師に王子の将来を尋ねると、悲しい予言を聞かされます……」

私はたっぷり余韻を置いて、マフムト親方と同じようにテレビ画面のぼんやりとした映像へ目をやった。

恐るべき予言によれば、オイディプス王子はいずれ父王を殺し、母親と結婚して玉座に座るのだという。恐れをなしたライオス王は息子が生まれるとすぐに国外追放し、その死を願って森の中に捨てるよう命じた。

ところが、隣国の王に仕える女官が森に捨てられた赤ん坊のオイディプスを見つけた。隣の王国の人々はオイディプスが高貴な生まれであるのをひと目で見て取り、子供のいなかった王と王妃は彼を王子のように大切に育てた。しかし、長ずるにつれオイディプスは孤独を託《かこ》つようになる。星占い師にそのわけを尋ねると、はたして父王と同じ予言を聞かされる。つまり、やがて父を殺し実の母と結ばれるという運命を知ってしまったのだ。オイディプスは恐るべき未来を避けようと、すぐさま国を捨てた。

やがてオイディプスはそれと知らぬまま故郷テーバイへ至り、橋の上で行き会った老人とごくごくつまらない理由で口論になってしまう。それこそが実の父ライオスだった。(私は父子が互いの正体に気づかないまま言い争いに至るこの部分を、お涙頂戴の国産映画さながらに長々しく引き伸ばした)。

二人は殴る蹴るの大喧嘩をはじめるがすぐにオイディプスが優り、怒りに任せた剣の一閃で老人を殺《あや》めてしまう。

「もちろんオイディプスは老人が実の父だとは知りませんでした」

私はそう言って親方の顔をまっすぐ見つめた。親方は物語ではなく胸糞悪いニュースを聞いたとでもいうように眉をひそめていた。

オイディプスの父殺しを見た者はおらず、テーバイへ入っても誰に罰せられることもなかった。——それにしても、父殺しのごとき大罪を働きながらも捕まらずに自由でいるというのは、一体どんな気分なのだろうか。いずれにせよ、不運はさらに続く。おりしもテーバイには女の顔にライオンの身体を備え大きな翼を生やした怪物が現れ、畑を荒らしまわり、謎かけを仕掛けては、答えられなかった旅人を殺していた。オイディプスがその謎かけを解くに及び、人々は彼を王に推戴したのだ。かくしてオイディプスは王妃と、つまり実の母親とそれと知らぬまま結婚することになる。

最後の言葉を、誰にも聞かれたくないとでもいうように早口で囁くように言い終えると、私はもう一度「オイディプスは実の母親と結婚したのです」と繰り返した。そして恐ろしい話を考えたのが私だと勘違いされないよう「四人の子供が生まれたそうです。本で読んだだけですが」と付け加えた。

「何年も経ち、オイディプスと妃、そして子供たちが幸せに暮らす街に疫病が襲いかかりました」

親方の赤々と燃える煙草の先端を見つめながら私は続けた。

「疫病で住民は次々と死んでいきました。恐れをなした人々は神託を得ようと使者を遣わします。神々の答えはこうです。『もし疫病から逃れたいのであれば、先王を殺した下手人を見つけ、街から追放せよ。そうすれば疫病は収まるであろう』」

その手にかけた老人が先王とは知らないオイディプスは、すぐに下手人探しを命じた。誰よりも犯人探しに熱心だったのは他ならぬオイディプスだ。そして徐々に、自分こそが父を殺した犯人だと気が付きはじめる。しかし、一番の悲劇は自らの妻が実の母親だと知ってしまったことだ。

私はふたたび一拍おいて口を閉ざした。マフムト親方が宗教にまつわる訓話を口にするとき、一番大切な場所では必ずそうしていたのに倣ったのだ。そんなときの親方は「ほら見たことか、こんな結末になっちまった」とでも言いたげで、どことなく脅しめいた雰囲気を漂わせていたものだ。でも、彼の真似をしてみたところで、私はオイディプス王の物語がいかなる教訓を語っているのか理解していなかった。だから私は、あくまで当たり障りのない語り口でオイディプスを憐れみながら話を終えた。

「母親と臥所を共にしていたと知ったオイディプスは自ら目を潰し、街を捨て、ついに死んでしまったのでした」

ようやく親方が口を開いた。

「つまり予言のとおりになったんだな。誰も神様の決めた運命からは逃げられないってわけだ」

親方がオイディプスの物語から立ちどころに運命にまつわる教訓を導き出してみせたので私はびっくりしてしまった。

「そうです。オイディプスが自らを罰すると疫病は収まって、街は救われたそうです」

「どうしてそんな話を俺に聞かせたんだ？」

「わかりません」

気後れを覚えながら答えると、マフムト親方は言った。

「お前の話は虫が好かんよ、お坊ちゃん。いったいどんな本に載ってたんだ？」

「夢についての本でした」

親方は二度とふたたび、「お前がお話を聞かせてくれ、お坊ちゃん！」とは言ってくれないだろうなと、私は思った。

# 10

マフムト親方と夜に街へ行くとき、私たちの行動にはしかるべき順序というのがあった。つまり、眼鏡の煙草屋か、いつもテレビを点けっぱなしの雑貨屋で親方の煙草を買い、そのあとでまだ開いていれば金物屋か建具店へ立ち寄る。マフムト親方は建具店の前に出された椅子に座って、いつのまにか意気投合した黒海地方はサムスン市出身の店主と一服をはじめる。私はまさにこの間に親方には黙って抜け出すと、赤い髪の彼女のアパルトマンの窓を見に駅前広場へ行くことにしていた。建具店が店じまいしている日には、ルメリ珈琲店へ行く。親方が「おいで、チャイを奢ってやるから」と誘い、駅前広場に続く横道にある珈琲店へ行くのだ。通りに出されたテーブル席が私たちの定席だったが、そこから広場は見えるものの彼女のアパルトマンまでは見えなかった。だから私はなにか言い訳をしては席を立ち、窓が見えるところまで行っては、明かりが灯っていないのを確かめて席に戻ってくるのだった。

親方がその日、掘った地面とか、仕事の進捗とかを総括するのは、きまってルメリ珈琲店にいるときだった。

「たしかに石は硬いが心配はいらん。俺がすぐになんとかするさ」

大岩が出た最初の晩にそう言った親方は、あくる日の晩には苛立つ私を「見習いは親方を信じることを学ばんとな！」と諭した。三日目の晩には「クーデターの前みたいにダイナマイトを使えりゃ話が早いんだがなあ。軍隊が禁止にしちまったから」と零していた。

別のある晩、マフムト親方は理解ある父親よろしく私と連れ立って〈太陽晴天〉座へ行き、壁の低くなった箇所に群がる子供たちに紛れて映画を観た。その日、テントへ帰ってきた親方が言った。

「一週間もすれば水は出る。明日、お母さんに電話するといい。心配しないで大丈夫だってな」

しかし、岩は一向に砕けなかった。

マフムト親方が高台に居残ったある晩、私はあの劇団テントへそっと忍び寄り、入り口のポスターや垂れ幕の文字を盗み見た。「詩人の復讐の物語、ロスタムとソフラーブの物語、山を掘り抜いたファルハドの物語。テレビではお目にかかれない大冒険の数々」と書かれていた。私はとくに「テレビではお目にかかれない」というところが気になった。

入場料はマフムト親方からもらう日当のおおよそ五分の一の額だった。幼児割引や学割の表示はなく、ただ一番大きなバナーには「軍人は大割引」。公演は土日十三時半、十五時」とあった。

親方が悪しざまに言っていたからだろうか、私は「教訓と伝説」というのが見てみたくてたまらなくなった。それ以降、私は親方がいようがいまいが関係なしに、なにかにつけて劇団テントまで足を伸ばし、その優しく黄色っぽい明かりを眺めるようになった。

ある晩のこと、私はいつものようにマフムト親方が珈琲店でチャイを飲んでいるあいだに駅前広場へ行って明かりの灯る気配すらない彼女のアパルトマンの確認を終えた。それから何の気なしにレストラン通りへ入った。すると、赤い髪の彼女の弟と思しきあの若者が、レストラン・クルトゥルシュ《救国》から出てきたのである。私はすぐに彼の後を追った。

私よりも五つか六つは年嵩に違いない若者は足早に駅前広場へ出て、さきほど私が見上げたアパルトマンへと姿を消した。胸が高鳴った。いったい、何階の電気が点くのだろうか？　赤い髪の彼女はその部屋に住んでいるのだろうか？　三階の電気が点くにおよび私の興奮は頂点に達したのだけれど、そうこうするうちにも若者が建物から出てきて、なんとこちらに向かって歩み寄ってきた。上階には明かりが灯っているのに彼が表へ出てきたので、私はすっかり混乱してしまった。

彼はまっすぐに私に近づいてくる。きっと尾行も、私が彼の姉に懸想していることもお見通しなのだ。私は恐れおののき、駅舎へ逃げ込むと近くにあったベンチに座った。構内は涼しく、しんとしていた。

ところが赤い髪の彼女の弟は、駅舎へは入って来ず、ルメリ珈琲店のある通りへと消えていった。そのまま後をつけるとマフムト親方に見つかってしまうので、私は並行する通りへ入って坂を駆け上がり、スズカケの木の影に身を潜めた。彼が通り過ぎるのを待って、尾行を再開した。

建具店のある通りから〈太陽晴天〉座の裏手を回り、途中で鍛冶屋の馬車とすれ違い、まだ店を閉めていない雑貨店や床屋のショーウィンドウや、いつも母に電話をかける郵便局を横目に彼をつけるうち、自分がこの二週間でオンギョレンのほとんどすべての通りに通暁していたことを知った。

彼女の弟が街のすぐ外に張られた移動劇団のテントへ入っていくのを見届けた私は、大急ぎで親方のところへ取って返した。

「どこに行ってたんだ？」

「母に電話しようと思って」

「お袋さんに会えなくて寂しいか？」

「ええ、寂しいです」

「お袋さんはなんて言ってた？　ちゃんと伝えたろうな？　岩を片付け終えたらすぐに水が出るからどんなにかかってもあと一週間で仕事は終わりだって」

「伝えました」

オンギョレンの郵便局は夜九時まで開いていて、私はいつもコレクトコールで母に電話をかけていた。交換手の女の子が「アスマン・チェリキさん、オンギョレンからジェム・チェリキさんが通話を希望されています。お受けになりますか？」と電話口へ向かって尋ねると、母は勢い込んでこう答えたものだ。

「受けますとも！」

係の女の子がすぐそこにいるうえ、コレクトコールの安くはない料金のことも頭にあってか、私と母はいつもよりもよそよそしい態度になりがちで、同じような話ばかり繰り返しては、同時に黙りこんでしまうことが少なくなかった。

とくにその晩は、母との間に生じたささいな行き違いや沈黙が、親方との会話にまで忍び込んできたかのようで、私たちは星を見上げながら坂を上るあいだ一言も口を利かなかった。なにか罪を犯してしまって、星々とコオロギに見張られているような居心地の悪さを感じながら、ただ黙って前だけ見て歩いているような塩梅なのだ。私たちに挨拶を寄越したのは、墓地の糸杉に住む梟だけだった。

テントへ潜り込むと、就寝前の最後の一服を点けた親方がようやく口を開いた。

「昨日、王子様のむごい話をしてくれたろう？　今日はあの話についてずっと考えていたんだ。俺もあれによく似た悲しい話を知ってるぞ」

咄嗟にオイディプス王のことだと思い至らず「聞かせてください、親方」と生返事をすると、親方はこんな風に話をはじめた。

「昔々のあるときのこと、ちょうどお前みたいな王子様がいた」

父王はその長男を溺愛し、王子が一言でもなにか言おうものなら二の句を継ぐ間も与えずに祝宴を催すほどに猫かわいがりしていた。王子が、父王の隣に侍《はべ》る黒い顎鬚をたくわえた顔色の悪い男の正体が死を告げる天使アズラーイールだと気が付いたのも、そんな宴の席でのことだった。互いに目が合うと、死告天使アズラーイールはひどく驚いたようにまじまじと王子の顔を見つめた。恐れおののいた王子は祝宴がはねるとすぐさま父王に「席上にアズラーイールがおりました。あの不気味な眼差しを見るに、私の命を取りに来たに違いありません」と告げた。

するとと父王もまた怯え、息子に命じた。

「誰にも告げずペルシアはタブリーズの都の宮へ参り、身を隠すのだ。タブリーズの王は余の友人だから、そなたを誰の手にも渡すまいて」

王はすぐに息子をペルシアへ送り出し、また祝宴を催して何事もなかったかのようにあのアズラーイールを招いた。するとアズラーイールが気づかわしげに言うではないか。

「我が王よ、今宵は王子のお姿が見えませんが」

「我が王子はまだほんの若者。もっともっと長生きすることだろう。だというのにどうしてお前のような天使が息子の行方を尋ねるのだ？」

「三日前のことです。我が主たる神がペルシアへ行ってタブリーズの王宮へ忍び込み、王子の——つまりはあなた様の息子の命を召し上げよとお命じになられたのです。ですから昨日、ここイスタンブルでたまたまご子息をお見かけしたときは驚きはしましたが、同時にこれであたら若者の命を取らずに済んだと嬉しくもございました。きっと王子も私が仰天して眺めているのに、お気づきだったことでしょうな」

アズラーイールはそう言い残してイスタンブルの宮殿を去ったのだそうだ。

# 11

翌日の昼前、うなじを焼くような七月の酷暑のなか、地下十メートルの井戸の底で親方はついに岩を砕いてみせた。私たち三人は大喜びしたが、砕けた岩をバケツで地上へ上げるのはひどく骨が折れ、劇的に仕事が早まったわけではなかった。

ちょうど正午ごろだろうか、地上へ上がってきた親方がとうとうこう言った。

「俺が上でもう一人と一緒に滑車を回す。そうすりゃもっと早く石をのけられるだろう。俺が上に残るからには、お前たちのうち一人には井戸に下りてもらわないといかん。さて、どっちが行く？」

私もアリも答えずにいると、親方は「アリ、お前が行け」と命じた。

親方が庇ってくれたようで嬉しかった。片足をバケツにかけたアリを井戸の底に下ろすと、親方と二人きりになった。底へ下りずに済んだ感謝を眼差しや言葉でどう伝えようと悩みながらも、親方の言うことに唯々諾々と従うのはどこか癪だった。もちろん、言いつけに従っていれば仕事はもっと楽になるだろうし、それだけ早く水も見つかるのかもしれない。そうとわかっていてなお、私はただアリの合図に応じて滑車を回しながら、周囲の物音に耳を澄ませるばかりで、感謝の言葉を口にできなかった。

はじめはコオロギの鳴き声しかしなかったが、やがてそのか細い声の背後にごくかすかなうめき声のような音が流れているのに気が付いた。三十キロの彼方から届くイスタンブルのうなり声だ。最初にこの現場に来たときは気にも留めなかったその音に耳を傾けるうち、カラスやツバメ、あるいは名も知れぬ鳥たちの嘆くような、あるいは懇願するような、ときに誇るような響きを帯びた鳴き声が重なり、ついにはイスタンブルからヨーロッパへ向かう貨物列車の「ガタンゴトン」という音や、小銃を担いだ兵隊たちが走りながら歌わされている「夏の牧草地よ、夏の牧草地よ」という民謡が聞こえてきた。

滑車を回しながら親方と視線が重なることも一度ならずあった。はたして親方はこの見習いのことをどう思っているのだろうか？　親方ともっと親しくなりたかったし、守って欲しいとも思ったが、実際に目が合うと私はやはり何も言えなくなってしまい、ただ目をそらすことしかできなかった。

「飛行機の音だ」

親方がそう言うと、私たちは機影を見つけようとそろって空を見上げた。当時、イェシルキョイの空港を離陸した飛行機は二分ほどかけて高度を上げると、まさに私たちの頭の上で方向転換をするのが常だった。

「上げろお！」

そうこうするうちに下からアリの声がして、私たちは鉄とニッケル——ニッケルがどんなものかを見せてくれたのもマフムト親方だった——を含む石くれを、ぎしぎしと鳴る滑車を回して引き上げ、手押し車へ移し替えた。

バケツを引き上げるたび、マフムト親方はアリに「こんなに石を積むな」、「でかい石には手を付けなくていい」、「バケツをしっかり鉤にかけろよ」などと声をかけた。

手押し車で石を捨てに行くのが私の仕事になった。いくらもしないうちに現場の隅に鉄やニッケル、それに不思議な断面を見せる石の小山が積みあがった。石の色や硬さ、重さは、最初の一週間に親方が掘り出した土とは似ても似つかず、私には新しい積山が別世界からもたらされたもののように思えた。

「仕事もたいして捗っちゃいませんし、そもそもこの岩はそう簡単に片付くもんじゃないですよ。別の場所に井戸を掘り直すつもりはありません」

次にハイリ氏がやって来たとき、親方はそう説明した。水は必ずここから出るはずだ、と。

繊維業者のハイリ氏は掘り進んだメートル数に応じ親方に給金を払っていて、これとは別に水が出た際には高額の成功金と、私たち見習いにも贈り物やご祝儀が振る舞われることになっていた。それが何百年もの間、井戸掘り人と施主が続けてきた伝統的な支払い方法だったからだ。井戸掘り人は成功金をふいにしないためにも井戸を掘る場所を注意深く選ぶし、よしんば施主が「ここを掘ってくれ」と望み薄な場所を示して譲らない場合でも、メートルごとの歩合給はもらえるというわけだ。また親方の方が「もしそこを掘って欲しいってんならメートルごとにこれくらいの割り増しをくれ」と申し立てることで、失敗の危険性を減らすこともできた。また、親方によっては十メートルより先の歩合給を増額するよう求める者もいた。

いずれにせよ井戸掘り人も施主も、水が出ないと損をする点では利害が一致していて、ある掘削地点に見切りをつけるときには、両者でよく話し合って決めるのが一般的だった。施主が意固地になって水など出そうもない場所を——岩や砂が多く乾いて、明るい土色の土地だ——掘るよう主張したとしても、井戸掘り人の方はメートルごとの歩合を頼りに仕事を続けられる。あるいは施主の側から掘削取りやめを宣言されることもある。そんなとき職人は、もうすぐ水が出るという確信があるならば抗弁してあと数日掘らせてくれるよう頼むのだけれど、このときのマフムト親方もそれに近い状況に陥っていたわけだ。

　次の日の夜、街へ下りた私は四日前に赤い髪の彼女の弟を見かけた時刻の三十分前、つまり八時十五分を狙ってレストラン通りへ足を運び、彼が姿を現したレストラン・クルトゥルシュの窓を覗き込んだ。窓には半ばまでチュールカーテンが引かれていた。店内に見知った顔はなかった。念のため扉を開けて店内を確かめてみたが、知った顔はもちろん赤い髪の彼女も見当たらず、ただラク酒（ニガヨモギで香りづけをした葡萄の蒸留酒。水で割って飲用する）だけが香っていた。

　そのまたあくる日、岩の下からようやく柔らかい土が現れた。しかし日暮れごろ、たいして掘り進まないうちにまた新たな岩が出た。私たちはすっかり意気消沈し、晩にルメリ珈琲店へ行っても言葉少なだった。一時間ばかり経ったころ、私はそっと席を立つと駅前広場へ向かった。広場の反対側のアーモンドの並木が視界を遮ったので、レストラン通りへ入った。そうして、レストラン・クルトゥルシュのチュールカーテン越しに店内を覗き込んだとき、弟と母親、そのほか見知らぬ四、五人と一緒に窓際のテーブルを囲む赤い髪の彼女を発見したのだ。

　私はすっかり興奮し、自分でも何がしたいのかよくわからないまま店内へ足を踏み入れた。テーブルの面々は冗談を言い合って笑うばかりで、私を気にも留めなかった。テーブルにはビールとラク酒のグラスが並び、彼女は話を聞きながら煙草を吸っていた。

「どなたかお探しですか？」

　ウェイターが尋ねた瞬間、テーブルの人々が一斉に振り返った。すぐそばに掛けられた鏡のおかげで彼らの動きがよく見えた。そして、鏡越しに彼女と目が合ったのだ。鏡の中の彼女は相変わらず優しそうだったが、今回は少し面白がるような表情を浮かべていた。こちらを注意深く観察する彼女を、私もまた慎重な眼差しで見つめ返した。少しからかうような雰囲気で、ほっそりとした手がテーブルをせわしなく叩いていた。

「夜六時以降は兵隊の入店は禁止なんですよ」

ウェイターは黙ったままの私に言った。

「僕は兵隊じゃありません」

「十八歳以下もお断りなんだ。知り合いがいるなら入りなさい。でなければ、申し訳ないが帰ってくれ」

「私たちの知り合いよ、ほら座りなさいな！」

赤い髪の彼女がそう言うと店内は一瞬、静けさに包まれた。彼女は何年も前からよく知っているとでもいうように私を見つめていた。その眼差しはあまりにも優しく親しげで、私はたちまち有頂天になってしまった。情熱たっぷりに見つめ返した途端、目をそらされてしまったけれど。

私はウェイターを振り切って店を飛び出すと、そのままルメリ珈琲店へ駆け戻った。

「なにしてたんだ？　毎晩、親方をほっぽりだして一体どこをほっつき歩いてるんだ？」

私は親方の問いにこう返した。

「親方、あの新しい岩には僕もほとほと嫌気が差してます。だって仕事の終わりが一向に見えないんですから」

「親方を信頼しろ。俺の言うことを聞いて、どっしり構えてればいい。そうすれば俺が水を見つけてやる」

父の冗談や言葉は私を楽しませ、あるいは考えさせ、おかげで私は知恵を働かせる術を学んだものだけれど、さりとて常にその言葉を信じられたわけではなかった。それにもかかわらず、やはりマフムト親方の言葉はいつも慰めに満ちていて、信頼に値するように響くのだ。だから私も、今のところは本当に水は出るのだと信じることに決めたのだった。

# 12

三日かけても新しく出た岩の始末はつかず、その間赤い髪の彼女にも出会わなかった。レストラン・クルトゥルシュで私を追い出そうとするウェイターから守ってくれたときの光景や、あの優しい眼差し、からかうような微笑みを浮かべる柔らかそうな唇の優美な佇まいを、幾度となく思い返した。彼女は背が高くて、身のこなしもきびきびとしていて魅力的だった。私が思い出に浸る傍らで、マフムト親方とアリは一日中、交代で井戸の底へ下りてはツルハシで岩と奮闘していた。すべては遅々として進まず、暑さが私たちの体力を奪っていく。しかし、岩のかけらをバケツで引き上げ、手押し車へ移して捨てに行く作業は以前ほどきつくなかった。赤い髪の彼女が私に見せてくれた親愛と慈悲を思い出せばそれだけで力が湧き、水だってもうすぐ出るに違いないと安閑と構えていられたからだ。

一人でオンギョレンの街へ下りたある晩、私は移動劇団のテントの列に並んで入場券を買おうとした。しかし、受付代わりの机に陣取った見知らぬ男に「お前さん向きじゃないよ！」と、あえなく追い返されてしまった。

はじめは年齢制限でもあるのだろうと納得しかけたものの、思い返してみれば小さな街のことだから子供たちはどんないかがわしい場所にでも好き勝手に潜り込んでいるし、それにいちいち目くじらを立てる大人もいない。第一、私はもう十七歳で実年齢よりも年嵩に見えるとよく言われるくらいなのだ。きっと受付の男は、「テントの中でやっている劇は安っぽい代物だから、お前みたいな都会育ちで学のあるお坊ちゃん向きじゃない」とでも言いたかったのだろう。赤い髪の彼女は、下品な兵隊趣味とか、いかがわしい冗談とかに馴染んでいるのだろうか？

帰りがけ、無数の星々を見上げながら作家になろうと一度ならず考えたのをよく覚えている。マフムト親方はテレビを観ながら寝ないで待っていた。

「劇団のテントへ行ったのか」

私は「行ってません」と答えたものの、親方の目を見れば信じていないのは明らかで、蔑むように口角が歪められていた。

それ以降、一緒に巻き上げ機を回しているときでさえ、親方はその蔑むような表情を浮かべるようになった。そのたびに私は、気づかないうちに過《あやま》ちを仕出かして彼を失望させたのだと、罪悪感に苛まれたものだ。私の過ちとは？　それはちゃんと力を入れずに滑車を回したことだったり、土満載のバケツをしっかりと鉤にかけなかったことだったりと、時によってさまざまだった。水が出ない日が続き、マフムト親方は責めるような、あるいは蔑むような、ときには何かを疑うかのような視線を頻繁に寄越すようになった。私は自責の念を覚えながらも、徐々に憤懣を蓄積させていった。

たしかに父は、マフムト親方のように私に関心を持たなかったし、朝な夕な一緒に過ごしてくれたこともない。でも、いついかなるときも息子に蔑むような視線を向けたことはなかった。唯一私が父に対して申し訳なく思ったのは、彼が監獄に入れられていたときだけだった。しかしどうして自分が親方の一挙手一投足にいちいち後ろめたさを覚えるのかもわからなければ、なぜ彼に従い喜ばせたいという思いがこみ上げてくるのかもわからなかった。親方と一緒に巻き上げ機を回しながら私は幾度もこの疑問に向き合おうと試みたが、そのたびに心が挫けてしまい、結局は親方から目をそらしてただ怒りだけを募らせるのだった。

いまや親方と過ごす時間でいくらかましなのは、彼の物語を聞いているときくらいのものだ。親方は毎晩のようにテレビ画面に映るぼんやりとした映像を眺めながら、地下世界の地層のことを話した。地層の中にはとんでもない分厚さと大きさのがあって、そんな地層に当たると経験の浅い井戸掘り人はいつまでたっても掘り抜けずにあきらめてしまうのだという。しかし、へこたれずに掘り続ければ地下水脈に行き当たることもある。大地というのは人間の身体とそっくりで、血管が血液を運ぶことで身体を養っているのと同じに地下水脈もまた鉄や亜鉛、石灰、そのほかの資源を運ぶことでこの世界そのものを養っているというのが親方の考えだった。そして、地下水脈の間にはさらに渓谷や川、さらには大小の地底湖が存在しているのだそうだ。

マフムト親方は、思いもよらないとき、予想だにしない場所から唐突に水が出たという話をよくしてくれた。たとえば五年前、黒海にほど近いサルイェル地区の内陸に井戸を掘ったときのこと、スィワス県出身の雇い主は穴から砂ばかり出てくるのですっかり怖気づき、親方の腕を疑って井戸掘りをやめろと言いだした。親方は砂が出たからといって見誤ってはいけない、血管と同じで大地深くを流れる地下水脈もあるのだからと言い聞かせ、実際にそれからすぐに水を掘り当ててみせたのだそうだ。

イスタンブルの古いモスクを補修したときの話も親方のお気に入りだ。親方は幾度となく誇らしげに「井戸のない古いモスクはイスタンブルに一堂だってない」と豪語し、「ヤフヤー・エフェンディ・モスク（ベシクタシュ地区にある一五三八年開堂のモスク）の井戸は敷地に入ってすぐのところにあるんだ」とか、「マフムトパシャ・モスク（グランドバザール付近にある一四六四年開堂のモスク）の井戸は坂を上り終えた先の中庭にあって、深さが三十五メートルもあるんだぞ」などと語り出したものだ。

「古い井戸に入るときは、はじめにバケツの中に蠟燭を立てて火を灯して下ろさねばならん。そうしてから火が消えず、ガスが溜まっていないのを確認して、はじめて聖なる場所へ下りていくんだ」

イスタンブルの住民たちが何百年にもわたって井戸に捨て、あるいは隠したさまざまな事物を嬉しそうに列挙してくれたこともある。剣、スプーン、瓶、サイダーの蓋、ランプ、爆弾、小銃、拳銃、人形、骸骨、櫛、蹄鉄——そのほか思いもよらない代物が見つかるのだそうだ。銀貨が出てくることもある。それらはみな、幸運を祈ろうと投げ込まれ、真っ暗な枯れ井戸の底に隠されたまま、何年も何世紀も忘れられた末に発見されたのだ。私は不思議でならなかった。いったい全体、なにをどうすれば、自分が大切にしているはずのものを井戸に投げ込み、しかも忘れてしまうのだろうか？

# 13

うだるような暑さに息もつまらんばかりの七月のある日の正午ごろ、ハイリ氏の軽トラックがやって来た。状況が思わしくないと見て取るやハイリ氏は、私たちの意気を挫くようなことを言い出した。

「三日以内に何らかの成果が得られなければ、この場所には見切りをつけてください」

親方がいまの掘削地点から水が出るという確信があるのなら掘り続けて構わない、だが三日経っても水が見つからなければ、四日目以降は親方にも、アリにも給料は支払わない。もちろん給料なしのまま仕事を続けても、水が見つかったらご祝儀と贈り物は出すし、繊維工場が完成した暁にはマフムト親方の功績についても明記する、マフムト親方のように経験豊富で勤勉かつ実直な井戸掘り人が間違えた場所を掘って、あたら力と才能を無駄使いするのは見ていられない、というのがハイリ氏の意見だった。

「おっしゃることももっともだ。三日といわず二日で見つけてみせますよ。なあに心配いりませんよ、社長さん」

ハイリ氏の軽トラックが蟬の声のなかを去っていったあとも、私と親方は長いこと口を開かなかった。やがて十二時半に通るイスタンブル行きの旅客列車の「ガタンゴトン」という音が聞こえてきた。

クルミの木陰に横たわってみたものの眠気は訪れず、赤い髪の彼女や移動劇団のテントのことを考えても心休まらなかった。

このクルミの木から五百メートルほど離れた場所、ハイリ氏の土地のすぐ外には、第二次世界大戦期から残るコンクリート製の掩蔽壕《えんぺいごう》があった。大戦時に戦車や歩兵を足止めする機関銃座を置くために作られたのだと、親方が教えてくれた。私は子供っぽい好奇心に促されるまま、棘だらけの野草とブラックベリーの茂みで塞がれた入り口から中へ入ってみようと試みたが、いくらもたたずにあきらめて草地へ大の字になった。三日以内に水が出なければご祝儀はもらえない。しかし計算してみれば、これまでに貯めた給料だけでも予備校へ通うには十分だ。水が出ないなら出ないで、ご祝儀はあきらめて家へ帰ればいいだけのことだ。

その日の晩、ルメリ珈琲店で涼んでいると親方が「井戸掘りをはじめてかれこれ何日くらいだ？」と尋ねてきた。二人とも答えなど分かり切っているのだけれど、親方が二、三日に一回はわざわざ尋ねてくれるのが私は嬉しかった。

「二十四日です」

私は慎重にそう答えた。

「今日も入れてか？」

「はい、今日の仕事は終わりましたから。今日も計算に入れました」

「合計で十三、四メートルは掘ったのにな」

マフムト親方はそう言って、お前のせいだとでも言いたげな視線を寄越した。

いまでは巻き上げ機を回しているときでさえ、こんな目つきで見られる。そのたびに申し訳なさを感じる一方で、負けん気が湧いていっそ逃げ出してやろうかなどとも思うようになった。もっとも、そんなことを思いつく自分がすぐに怖くなってしまうのだけれど。

ところが、そのときの私はふいの胸の高鳴りを覚えて、凍りついたように固まっていた。なぜなら、赤い髪の彼女とその家族が駅前広場を歩いていたからだ。

しかし、いま彼らの後をつければマフムト親方に私の気持ちを知られてしまうだろう。逡巡するうちにも足の方が先に行動を開始した。つまり私は、親方には断らずにすっくと立ちあがると、あくまで彼らを見据えて広場の反対側の道の角を目指して歩きはじめたのである。郵便局へ母親に電話しに行くのだろうと親方が勘違いしてくれることを願いながら。

赤い髪の彼女は記憶にあるよりも背が高かった。なぜ私は彼らを尾行しているのだろうか？　知り合いでもないというのに。しかし、彼らの後を追いかけていると心が満たされるのだ。彼女に「あなたのこと知ってるわ」というあの眼差しでもう一度、見つめて欲しかった。彼女のあの優しくも悪戯っぽい眼差しが、この世界の素晴らしさを教えてくれるように思えたのだ。

そんなのみんな妄想だ——ふいに醒めた考えが脳裏をよぎるようなときには、こう考えるようにしていた。「僕は誰からも見られていないときこそ、僕らしくいられるんだ」。これはそのころに発見した新しい考え方だ。おそらくあなたの心の中にも、他人の目がないときにだけ表へ出てきて好き勝手をする第二の自分が住んでいることだと思う。たとえば、そばに父親がいて見張っているようなときには、決して表へ出てこない第二の自分が。

その晩の彼女は父親と思しき男性と一緒だった。その男性と彼女が前を、そして弟と母親が後ろを歩いている。後ろの二人の言葉が聞こえそうな距離まで近寄ってみたが、会話の内容まではわからなかった。ギュネシ座に差し掛かると彼らは家族そろって壁の隙間で足を止め、映画を観はじめた。少し先にもっとスクリーンに近い小さい隙間が空いていたので、私もそこへかじりついた。私は彼らとスクリーンの間に陣取ったものの、彼女が気になって映画は頭に入って来なかった。

近くで改めて見ると、彼女の顔は記憶にあるほど美しくなかった。きっと肌がスクリーンの青白い光に染まっているせいだ。でも、そのふっくらとした美しい唇や眼差しには、変わらずあの優しく悪戯っぽい表情が浮かんでいる。私が井戸掘り人の見習い仕事に三週間以上も耐えられたのは、彼女のこの眼差しの魔力があったればこそだ。

彼女がスクリーンを見て微笑んでいるのは映画が面白いからだろうか？　それともほかの理由があるのだろうか？　一瞬だけ振り向いて彼女の方へ向き直ると、彼女はスクリーンではなく私を見つめて微笑んでいた。あの優しい眼差しが、私を見据えていたのだ。

途端に汗が噴き出した。彼女のところへ行って言葉を交わしたい。でも、彼女は私よりも十歳は年上に違いない。

「ゆっくりしすぎたね、そろそろ行こうか」

父親らしき男性がそう言った瞬間、どうやら私は——自分では何をしたか思い出せないのだ——壁際から離れて彼らの行く手を遮ってしまったようだ。

「なんだ、お前？　俺たちをつけ回してるのか？」

彼女の弟がすごみ、前を行く母親が声を上げた。

「トゥルガイ、誰なの？」

弟の方がさらに畳みかけた。

「一日中、つけ回しやがってなんの用だ？」

「兵隊かね？」

そう尋ねた父親に母親が答えた。

「兵隊じゃないようね。……お坊ちゃんよ」

母親の言葉を聞いて赤い髪の彼女がまた微笑んだ。その顔は美しく、心弾む表情を浮かべていた。

「もともとはイスタンブルの高校生でした。いまは高台の方で親方と井戸を掘ってるんです」

私が咄嗟にそう答えると、彼女は何かを問いかけるようにじっとこちらの目の中を覗き込んだ。

「それなら親方さんと一緒にいらっしゃい。私たちの劇場へね」

そして、彼女たちは去っていった。劇団テントまで彼らに追いすがろうとは思わなかった。彼らは家族ではなく、移動劇団の劇団員だったのだ。私はあれこれの妄想を逞しくしながら、その後ろ姿が道を曲がるまで見送った。

親方のところへ戻る途中、三週間前に彼女と出会った晩に一緒だったあの年老いた馬車馬を見かけた。くたびれた馬は杭に繫がれたまま道端の草を食《は》んでいた。その瞳は変わらず悲しげだった。

# 14

あくる日の正午近く、井戸の底で働いていたアリが歓声をあげた。ようやく岩を砕き終え、土が顔を覗かせたのだ。マフムト親方はアリを地上へ上げると、自分の目で確かめようとすぐさま井戸の底へ下りて行った。そして、すぐに上がってきて宣言した。

「岩はおしまいだ。下から色の濃い土が覗いている。水までもうすぐだ」

親方が煙草を吸いながら井戸の周囲を歩き回り、あれこれの予測を立てるのを見守っているうちに、私とアリまですっかり舞い上がってしまったものだ。

その日は夜遅くまで休みなく働いてくたびれてしまったので、街には下りなかった。翌日も朝早くから仕事に取りかかった。しかし、井戸からはからからに乾いた鈍い黄色の土が出るばかり。土はあまりにも柔らかく、ときにツルハシがいらないほどだ。マフムト親方はシャベルで直接土をすくってバケツに入れ、私とアリはさして重くもないそれを早々と引き上げ続けた。昨日の期待はすぐに失望に取ってかわった。

マフムト親方は十一時前に地上へ上がり、アリと交代した。

「土埃を立てないようゆっくり動け。急いで動くと土埃で窒息して、お天道さまも曇って見えなくなっちまうぞ」

新しい土を見れば水が近くにないのは明らかだったが、アリも私も何も言わなかった。砂っぽい土はこれまで掘り出したどの土とも違っていたせいなのか、アリは新しい積山に捨てることにしたようだった。私も彼に従って新しい積山にバケツの中身を空けた。

夕食後、親方と一緒にオンギョレンへ下りてルメリ珈琲店へ行った。一昨日、彼女から親方と一緒に劇団テントへ来なさいと誘われたなどと、言い出せる雰囲気ではなかった。それに、どうせ彼女の劇を観るなら一人で観たかった。私が彼女に惹かれているのを知ったら親方は反対するだろう。そうなったら、親方と真っ向から対立することにもなりかねない。私はそれが怖かった。父に対してさえ、これほどの恐れを抱いたことはない。恐怖の根源的な原因はわからないままだったが、少なくとも赤い髪の彼女がその一因であるのは確かだった。

私はチャイを残したまま「母に電話してきます」と断って席を立った。そして角を曲がるが早いか、移動劇団のテントを目指して駆け出した。夢の中のようになかなか前に進まないような気がした。

煌々と照らし出された黄色いテントが目に入ると、子供のころドルマバフチェ宮殿にやって来たサーカスのテントを見かけたときのように胸がわくわくした。しかし、なにげなく垂れ幕に視線を走らせ、その隅に新しく貼りだされたポスターを見て、私は驚愕した。茶色い粗紙には大きな黒い文字でこう書かれていたのだ。

**公演最終日まであと十日**

入り口には入場券売りの男も、トゥルガイ——私はあの切符売りの息子に違いないと睨んでいた—

—もおらず、公演開始まではまだ時間があるようだった。街の通りを夢遊病者よろしくふらふら歩きまわりながらレストラン通りの店々の窓を覗き込んでいくと、そのうちの一軒の、客でいっぱいのテーブルにトゥルガイの姿があった。私は店内に飛び込んだ。

彼女は見当たらなかったが、私に気づいたトゥルガイが手を挙げた。私は彼の隣に座ると、こう切り出した。

「今度、僕が劇団のテントへ入場できるように手助けしてよ。もちろん入場料は払うからさ」

「入場料なんかいらないさ。観たいと思ったら開演前にこのレストランへ来て俺を見つけな」

「でも、あなたがいつもここにいるとは限らないじゃないか」

「お前さんは俺たちを尾行でもしてるのか？」

トゥルガイはそう言って眉を吊り上げ、からかうような笑い声をあげた。そして空のコップにトン

グで氷を二つ入れクリュプ社のラク酒を注ぐと、その細長くて背の高いグラスを私の手に持たせた。

「飲めよ！　一息に飲み干せたら裏口から入れてやるよ」

「今夜は行けないからね」

私はそう答えながらも、さも慣れた風を装ってラク酒を呷《あお》り、ぐずぐずせずに親方のところへ取っ

て返した。でも、親方の言いつけを破って劇団テントへ行くのは簡単じゃないぞ——テーブルに戻っ

た瞬間、私はふいにそう思った。いまや責任感やこれまで共にしてきた苦楽が、私と親方、そして井

戸掘りという仕事そのものを深く結びつけていて、易々とはこの街を離れがたくなっていたのだ。そ

れこそ、金を受け取って「ちょっと休みます」とでも言い訳をしてさっさと家へ帰る決心でもしない

ことには。そしてそれは親方に恐れをなして水探しをあきらめるということだ。ちょっと怖いからっ

て自分の言いたいことも言えないまま尻尾を巻いて逃げるなんて、腰抜けそのものだ。

ラク酒のせいか血がたぎっていた。高台へ戻る道すがら夜空を見上げるうち、星々が頭の中の思考やほんのひと刹那の思い、あるいは知識や記憶と一緒になってちかちかと瞬いているように思えてきた。人間はすべての物事を同時に考えることはできない。しかし、少なくともそれを同時に見ることはできるのだ。それは、頭の中に思い浮かんだ言葉に、想像力が追いつかないのと似ているかもしれない。私はこのとき思ったものだ。自分の感情にさえ追いつけないとは、言葉とはなんと不便な代物なのだろうと。

感情とはいま眼前で瞬く満天の星のように、言うなれば一枚一枚の絵のようなものだ。ところが、その世界を肌で感じている真っ最中には、世界そのものについてあれこれ思考するのは困難だ。だからこそ私は作家になりたかった。僕ならさまざまな想念を束ねて、言葉では言い表せないような光景や感情であってもそれを文章へと落とし込むことも自在だ、古本屋へ来るデニズさんの友人連中なんかよりもよほどうまくできるはずだ——私はそう信じていたのだ。

速足で先を行くマフムト親方は、ときどき立ち止まっては「ぐずぐずするな」と私がいる背後の暗闇に向けて怒鳴った。近道のために畑を横切っているとときどき土に足を取られてつまずきそうになって、そのたびに私は美しい夜の空を見上げた。草地にはようやく夜の涼しさが漂いはじめていた。

「親方」

私も暗闇に向かって声を張り上げた。

「僕らの井戸のニッケルや鉄の石の塊は、空から落ちてきた流れ星かもしれませんね」

# 15

施主のハイリ氏の軽トラックが次にやって来たのはいつものように三日後ではなく、五日後のことだった。水がまだ見つかっていないのを承知のうえで、まるきり気にしていないような態度だった。トラックには奥さんと、私より数歳年下と思われる息子が同乗していた。ハイリ氏は現場を歩きながら水が出た暁にこの土地に聳え立つであろう繊維工場について家族に説明し、やがて青写真片手に歩数を数えながら倉庫や管理棟、職員食堂などの場所を示しはじめた。ま新しいサッカーシューズを履き、軽トラックに積んできたゴムボールを抱えた息子は、父親の話に聞き入っていた。

そのうちにハイリ氏と息子はゴールポストのかわりに石を置くと、現場の隅でサッカーをはじめた。互いに反則だと喚き合う父子のかたわらでは、奥さんが私の特等席であるはずのクルミの木陰にレジャーシートを広げ、バスケットから食べ物を取り出して昼食の準備をはじめた。急いでアリが呼び寄せられた。私たちも昼食に招待されるのだと察するや、マフムト親方は途端に落ち着きをなくした。一見すれば深い意味のなさそうな愉快なピクニックが、その実は水発見を期す前祝いだと気が付いたのだ。ハイリ氏は水はもっと早く見つかるだろうと考えていたろうから、当然、失望しているはずだ。そんな施主に誘われては、マフムト親方も不承不承、レジャーシートの隅に腰を下ろし、ゆで卵や玉ねぎとトマトのサラダ、あるいは肉詰めボレキ（パイの一種、さまざまな種類があるトルコの代表的な軽食）を一口ずつつままざるを得なかったのである。

　食事が終わるとハイリ氏の息子は昼寝をはじめ、太りじしで朗らかな奥さんの方はその隣で煙草を吸いながら『おはよう《ギュナイドゥン》』紙を広げた。新聞紙の端がぱたぱたと風にそよいでいた。

　やがてマフムト親方がハイリ氏を掘り出した土の積山の方へ連れていくのが見えたので、私も彼らについていくことにした。ハイリ氏の悲しそうな顔を見れば、いますぐどころか、近いうちにさえ水が出る望みは薄く、もしかしたらこの土地からは永遠に出ないかもしれないと消沈しているのが窺えた。

「ハイリさん、あんたの許可がもらえるならもう二、三日だけ……」

　マフムト親方はひどく卑屈な声でそう申し出た。親方の情けない姿を見せつけられて、私はハイリ氏に無性に腹が立った。ハイリ氏はクルミの木陰へ行くと奥さんや子供と相談した末に戻ってきた。

「マフムト親方、あんたは前回も三日間くれと言っていたね。そして私は三日以上、猶予をやった。でも水は出ない。出てくる土も、掘ってる場所も最悪だ。この井戸はやめにしよう。見誤った現場を放棄するのは、なにも私たちがはじめてってわけじゃない。この土地の別の場所に――それがどこかはあんたの方がよく弁《わきま》えているだろう――井戸を掘ってくれ」

　するとマフムト親方が答えた。

「水ってのは思いもよらないときに出るもんです。俺はいまの穴を掘り続けます」

「それなら水が出たら呼んでくれ。軽トラックに飛び乗ってすぐに駆けつけるから。ご祝儀も弾もう。だけど私は実業家だからね、水のない場所に際限なくセメントを流し込んでもらうわけにもいかない。以降の日給、材料費、そのほかの雑費は出さないよ。アリも引きあげさせる。別の場所に井戸を掘る段になったら、また手伝いに寄越すとしよう」

「俺はここで水を見つけてみせますよ」

マフムト親方は宣言し、二人は隅へ引っ込んで日給や経費の最後の清算を済ませた。二人は仲たがいをしたという様子ではなく、私はハイリ氏が親方に現金を渡し、それを数えるのを注意深く見守った。

やがてハイリ氏の奥さんとアリが、ピクニックの残り物のゆで卵やボレキ、トマト、それに私たちのために持ってきてくれたはずの西瓜ともども軽トラックに乗り込んだ。奥さんはしょんぼりする夫を慮《おもんぱか》るのと同じくらいに、私たちのことも心配してくれた。

「君も家まで送ってやろう」

ハイリ氏がそう言ってアリを助手席に乗せると、現場には私と親方だけになった。私たちは軽トラックの荷台からこちらを振り返って手を振るアリの姿をいつまでも見送った。この世界がどれくらい静寂に満ちていたのかを思い出したのは、久しぶりだった。でも、コオロギの鳴き声はしたが、イスタンブルのうなり声は聞こえなかった。

その日の午後は休みになった。赤い髪の彼女のことや作家になる夢、あるいは家にいつ帰れるのか、ベシクタシュの友人たちはどうしているか——クルミの木陰にだらしなく身を横たえてぼんやりするうちに様々な考えが浮かんでは消えていく。宵の口、ブラックベリーの茂みで入り口が塞がれた掩壕の近くの蟻の巣を眺めて暇をつぶしていると親方がやって来た。

「息子や、俺はもう一週間、続けることにする。……お前の日給は俺が立て替えよう。来週の水曜日には万事めでたしで仕事は終わるだろう。ご祝儀ももらってな」

「でも親方、あのひどい土がどこまでも続いてたらどうするんです？　水が出なかったら？」

親方は私の目をじっと覗き込んだ。

「親方を信じろ」

彼は私の髪を撫で、肩に手をかけて優しく抱擁すると続けた。

「お前はいずれ大人物になる、俺には分かるんだ」

親方の決断に否を唱える気力は湧かなかったが、心の中には怒りと失望が渦巻いていた。それでも私は「とにかく残り一週間だ」と思い直した。それなら、一週間以内に赤い髪の彼女に会いに行かねばならない。彼女の公演を観に行かないと。

# 16

例の乾いた土の色はそのあと三日、変化しなかった。滑車を一人で回さねばならなくなったので、マフムト親方はバケツ一杯に土を盛ることもできず、仕事はなかなか捗らない。土が柔らかいので親方の仕事はすぐになくなってしまう。バケツが下りていっても、親方はシャベルで四、五杯の土を盛るだけなので、すぐに「上げろ！」という声が返ってくるのだ。

井戸の底の親方はすぐにいらいらするようになり、文句を言われたり怒鳴られたりすることが多くなった。半分ほど土が入ったバケツを持ち手の片隅を握ってぶら下げるようにして引き上げ、手押し車へ空けて中身を捨てに行く。この作業を一人でこなすのはひどく時間がかかった。手押し車を押しながら小走りしているときや、土を捨てている最中に、思わずへたばって座り込んでしまうこともあった。それでもなんとか井戸のたもとまで戻ると、下から文句を垂れる親方の大声が聞こえてくるのだ。あまりにも仕事の速度が落ちたあるとき、地上へ上がってきた親方は、自分は休憩をとりながら私になぜ遅れたのかと尋ねた。しかし、親方を引き上げるのだけで疲労困憊していた私はなにも答えられなかった。すると親方はそれ以上は文句を言わず、ただ「息子や、くたびれちまったんだよな」と言ってオリーヴの木陰で静かにタバコを吸いながら私の仕事が終わるのを待ってくれた。親方の

「息子や」という言葉に、私は心動かされると同時に、ひどく動揺したものだ。やがて私もクルミの木陰に横になったのだけれど、しばらくすると親方は、優しい、しかし断固とした口調で仕事再開を命じ、私たちはふたたび井戸掘りに戻った。

毎晩のように、私は夕食をとりにオンギョレンへ下りるようになった。ルメリ珈琲店へ行くたび、私はもう一言さえ断らずに席を立ち、赤い髪の彼女に会えないか、移動劇団のテントへ入れないものかと期待しながら通りをうろつくようになった。黄色い劇団テントはいつもの場所に立っていたが、彼女たちには会えないまま二日が過ぎた。

建具店のある通りを歩いていると、後ろからトゥルガイが追いついてきたのは三日目の晩だった。

「井戸掘りの見習い君、ぼんやりしてるな」

「テントに入れてよ。入場券は買うから」

「じゃあレストランに来な」

私はトゥルガイと連れ立って、窓にチュールカーテンの引かれたレストラン・クルトゥルシュへ行き、劇団員たちの定席に迎えられた。

「観劇の前にまずはラク酒の飲み方を覚えないとな」

そう言うトゥルガイは私よりほんの五つか六つ年上にしか見えなかった。彼がなにか冗談を言いながらラク酒を置き、私は以前と同じように一息でグラスを空けた。かたわらではトゥルガイが隣の劇団員となにごとか小声でささやき交わしていた。少し長居しすぎたろうか？　マフムト親方は待ちくたびれてはいまいか？　そう思ったものの、もし彼らが案内してくれるなら、今晩こそ移動劇団のテントへ行くつもりでいた。

「明後日の晩に、この店に来な。親方も連れてな」

やがてトゥルガイが言った。

「マフムト親方は居酒屋も演劇も好きじゃないんだ」

「奴さんを連れてきてくれたら、あとは俺たちに任せな。お前は日曜日のこの時間にここへ来るだけでいい。そうしたらうちの親父がお前をテントへ入れてやる。入場券も金もいらないよ」

私はぐずぐずせずにマフムト親方のところへ戻った。帰り道、親方は水を見つけて大喜びした昔の思い出話をはじめた。そのときの施主は百人規模の祝宴を開いて、子羊を四頭も屠ってくれたのだそうだ。――地下水ってのは思いもよらない瞬間に突然、湧き出すもんだから、お前はきっと驚くぞ。神様が信心深い井戸掘り人の顔に水をかけて下さるのさ。はじめ、水は赤ん坊のお漏らしみたいに力強くじょろじょろ滲みだすんだ。だから井戸掘り人の方も赤ん坊を眺める父親よろしくにっこり笑うわけだ。水が出て嬉しさのあまりに井戸の上の徒弟どもが大声ではしゃいで、跳ね回った拍子に石が落っこちてきて怪我しちまった井戸掘り人もいるくらいの大喜びさ。そういえば、水が出たのを我が事みたいに喜んで、井戸に日参しては見習い二人に水を見つけるまでの苦楽を話させる昔気質の引退した大親方《おおおやかた》もいたっけな。その大親方ときたら、井戸へやってくるたびに同じ話を繰り返させては、二人に見習いに昔の大きな紙幣を一枚ずつくれたもんさ。だが、いまはもうそういう大親方も、気前のいい御大もいなくなった。昔の雇い主たちは、一所懸命に仕事をしてる井戸掘り人に向かって「私はもうやめる、掘りたきゃ自分の人手と金を使ってくれ！」なんて口が裂けても言わなかった。自分の土地で働いてくれる井戸掘り人には食事を用意して経費や贈り物を絶やさず、水の出ると出ないとに関係なくご祝儀を弾んでくれた。それこそ、父親よろしく面倒を見ないと男がすたるって考えられてたもんだ。でも、勘違いするなよ。ハイリさんはいい人だ。水さえ出れば、必ず昔気質の御大たちにも負けないくらいご祝儀を弾んでくれるだろうさ！

# 17

あくる日、井戸の底の土が黄色味を増し、すかすかになった。バケツで引き上げるだけでも、それがひどく乾いた、まるで藁のように軽い土だとわかるくらいだ。埃っぽい砂状態の土の中からは、擦り切れた皮のような薄い地層や、子供のころに売っていたおもちゃの兵隊のようにぼろぼろと壊れやすい真珠のごとき色合いの土が出てくるかと思えば、私の肌とまったく同じ色をした何百万年も前の石だとか、透明になった貝殻、あるいはダチョウの卵くらいの大きさの奇妙な岩の塊や、軽石のようにすぐにも水に浮きそうな石が出てくることもあった。親方の機嫌が悪くなればなるほど水は遠のくかのようで、私たちはもう一言も口を利くことなく働き続けた。

さらにあくる日、いよいよ明日の夜には移動劇団のテントへ入れるのだと思うと嬉しくてたまらず、私は細かいことには頓着せずに親方の言いつけに従って大いに働いた。その晩はオンギョレンへ下りる予定はなく、私は食後にテントの隅に横になると星を見ながらうつらうつらしていた。

真夜中過ぎ、はっと目を覚ますとマフムト親方がいなくなっていた。私はテントを出て真っ暗闇の中を歩き回った。この世界が空っぽになり、僕以外の生き物がいなくなってしまったのではないか——そんな恐ろしい想像が、かすかに肌に感じるそよ風のようにじわじわと心を蝕んだ。その一方で、夜は神秘的な美しさを確かに秘めていて、頭上に迫る星空も相俟ってか、自分の未来に横たわる幸福の存在がひしひしと感じられた。明日、僕を劇団テントへ連れて来るよう言ったのは、もしかして赤い髪の彼女ではないだろうか？　それにしてもマフムト親方はこんな時間にどこへ行ってしまったんだろう？

そう考えた瞬間、強い風が吹き抜け、私はテントに戻ってしまった。

翌朝、目を覚ますとマフムト親方は帰ってきていて、傍らには新品の煙草が置かれていた。その日も夕方まで死に物狂いで働いたが、仕事はなかなか捗らなかった。すでに井戸の深さはかなりのもので、親方の姿が埃に紛れて見えないほどだ。仕事を終え互いに水をかけて身体を洗っていると、以前のように親方の裸体が見えるからといって動揺するようなこともなくなっていた。むしろ、青痣や切り傷だらけで一見するとがっしりとして見える肉体が実のところはひどく痩せて骨っぽく、皺に覆われているさまが目に入るたび、水が見つかるとは信じられなくなっていた。

劇団テントへ行くその晩、当然ながら親方には高台に残って欲しかったのだけれど、いつもの時刻が来ると彼は「煙草を買いに行こう」と言うが早いか、先に立ってオンギョレンへ向かってさっさと歩きはじめてしまった。ルメリ珈琲店の定席に落ち着くころには私はすっかり緊張していた。八時半を待って席を離れる、レストラン通りへ向かった。開演前に赤い髪の彼女と話したかったが、テーブルには彼女はおろかトゥルガイの姿さえなく、代わりに一人の劇団員に手招きをされた。

「九時五分過ぎにテントの裏に来な。あいつら、今夜はいないんだよ」

これは「彼女たちは今夜の舞台には立たない」という意味だろうか。私はがっかりしてしまい、友人のテーブルにいるような態度で目の前にあったグラスに氷を放り込み、なみなみとラク酒を注いであっという間に飲み干した。

レストランを出た私は、マフムト親方に出くわさないよう裏道を伝って移動劇団のテントまで行った。九時五分過ぎに黄色いテントの裏で待っていると、突然中から劇団員が出てきてそのまま中へ引きこまれた。

すでに劇ははじまっていて三十人弱の客が入っていた。いや、もしかしたらもう少し多かったかもしれない。テントの隅はひどく濃い影に沈み、せり上がりになった中央の舞台だけが裸電球で煌々と照らされていて、教訓に満ち満ちた伝説とやらをなおさらに神秘的に見せていた。テントの内側は群青色に塗られ、大きな黄色い星々が描かれていた。星々の間には尾を引く流れ星や、小さくて遠い星もちりばめられていた。あれから何年も経って、いまとなっては井戸掘り現場の私たちのテントから見えた星空と、劇団テントの内側のそれはすっかり混ざってしまって、見分けがつかなくなっていなければだが。

ラク酒は腹の中で暴れ、私はすっかり酔っぱらっていたが、よもやその晩に劇団のテントで過ごしたほんの一時間ばかりの間に目にした光景が——ちょうど適当にページを捲って読んだだけのあのオイディプス王の物語と同じように——自分の人生の行く末を暗示することになろうとは夢にも思わなかった。なにせあのとき、私の頭脳はステージ上で演じられる演劇ではなくて、彼女の姿を見つけるためにだけ目まぐるしく回転していたのだから。代わりにこの場では、あの晩に目にした光景を、後年になって私たちが行った調査や、さまざまな書物から得た知識で補いながら説明することにしよう。

移動劇団〈教訓と伝説〉は、一九七〇年代半ばから一九八〇年のクーデターまでの間、アナトリア各地を巡って革命主義的な民衆演劇の類を演じていた旅芸人たちの系譜を引いている。

ただし、八〇年代に入った当時の彼らのレパートリーの大半は資本主義を非難するような内容ではなく、伝統的なお伽噺や英雄叙事詩に材を取った古めかしいラブストーリー、あるいはイスラム教やイスラム神秘主義に関連した問答から想を得たさまざまな演目から成っていた。いくつかの演目が私にはちんぷんかんぷんだったのもそのせいだ。ちょうどテントへ入ったときは当時、話題になったテレビ・コマーシャルを茶化したパロディ寸劇が二本、上演されていた。一本目は半ズボンを穿いて口ひげを生やした子供が貯金箱を持って登場し、腰の曲がった祖母に貯めたお金を何に使えばいいか相談する内容だ。赤い髪の彼女の母親と思しき老婆役が、銀行の誇大宣伝を揶揄するような下品な冗談を飛ばして観客を笑わせた。

二本目の筋を私がよく理解できなかったのも無理はない。なにせ、彼女が出演していた上に、ミニスカートを穿いていたのだから。その脚はすらりと長くて美しく、首元や腕も剝き出しだった。舞台上の彼女はぞっとするほど神秘的だった。目のまわりに太いアイラインを引き、真赤な口紅がふっくらした唇の上で照明に輝いていた。彼女が洗剤容器を取り上げてコマーシャルをもじったセリフを口にすると、黄緑色のオウムがそれに答えた。はく製のオウムの背後で誰かが声を出しているのだ。舞台はどこかの雑貨屋らしく、オウムがやって来る客にその都度、冗談を飛ばしたり、人生や恋、金についてあれこれ捲《まく》し立てては笑いを取っていた。ふと胸が高鳴った。彼女の視線が私に向けられたような気がしたのだ。その微笑みは甘美そのもの、ほっそりとした手は生き生きと動いていた。私は彼女に夢中で、ラク酒のせいもあって劇の内容はほとんど頭に入ってこなかった。

ステージ上で繰り広げられる寸劇はどれも数分間の短いもので、次から次へと上演されていった。本や映画に当たってそれらの元ネタを突き止めたのは、ずっと後年のことである。そうした寸劇の一つに、私が彼女の父親だと思い込んでいた男性が、ニンジンのように長い付け鼻をつけて登場した。はじめはピノッキオだと思ったそれが実はシラノ・ド・ベルジュラックだと知った後年、私はその長い長い口上に読み耽ったものだ。あの寸劇の教訓はきっと、「人は外見にあらず、心の美しさ」だったのだろう。

ハムレットに倣ったらしき髑髏や書物が配された舞台上で、「生きるべきか、死ぬべきか」というあのセリフが発せられたのを機に、劇団員たちはそろって民謡を歌いだした。愛などまやかし、金こそ真実という内容だった。この劇のなかで彼女は歌いながら、はっきりと私を見つめてくれた。恋と酒ですっかりのぼせ、歌詞もセリフも話の筋も舞台の様子さえよく覚えていないが、そのとき目にした光景そのものは、まさに彼女の眼差しと同様にくっきりと記憶に焼きついている。

その晩、上演された演目の中でちゃんと理解できたのは、聖イブラヒムの物語だけだった。犠牲祭（ヒジュラ暦十二月に行われる大祭。信徒たちは後述されるイブラヒムの故事に倣い羊を屠り貧者に分け与える）にまつわる彼の物語は学校でも教わったし、父から聞かされたこともあったからだ。聖イブラヒムを演じていたのは、私をテントへ引き入れた劇団員だった。聖イブラヒムは子宝に恵まれるよう神に祈り続けた末に、一人の息子——赤ん坊は人形だった——を授かる。息子はすぐに大きくなり、まだほんの子供に見える劇団員が演じる息子が地面に寝かせられ、聖イブラヒムがその首筋にナイフをあてがった。イブラヒムはそこで父親と息子の間の信頼についていくつかの教訓を口にした。観客はみなそのセリフに感動しているようだった。

静寂を破ったのは羊のぬいぐるみを抱いた彼女だった。彼女は新しい衣装に着替えて天使に扮していた。ボール紙で作った天使の羽も新しい化粧も彼女によく映えていて、私は観客たちと一緒に拍手を送った。

その晩の公演の最後の演目は感動的で、いまでも一枚の絵のようにしっかり記憶に残っている。この光景は生涯忘れないだろう——劇を見ているうちからそう予感したほどだ。ただ、当時はそれがなんの物語のどういう場面なのかまではわからなかった。

鎧に身を固めて鉄仮面をつけ、盾を構えた二人の騎士が舞台の中央に進み出てきて、スピーカーから聞こえる剣戟の音に合わせてプラスチック製の剣で切り合いをはじめた。途中、なにか言葉を交わす場面もあったが、すぐにチャンバラが再開した。鎧武者の正体はトゥルガイと彼女の父だろうと当たりをつけるうちにも、二人は切り結び、ぶつかり合い、舞台の上を転げまわった。

観客と一緒になってはらはらしながら見守るうち、徐々に年嵩の騎士が若い方を圧倒しはじめ、ついに剣の一突きがその心臓を貫いた。彼らの切り合いがあまりにも巧みだったせいで、客席の私たちは剣がプラスチック製であることも忘れて肝をつぶしたものだ。

若い騎士は即死には至らなかったようで、うめき声の合間に何かを喋ろうとしていた。年嵩の騎士は相手に歩み寄り、まるで勝者の余裕を見せつけるように自分の鉄仮面を外した。やはり、彼女の父親だった。ところが騎士は、相手の腕に輝く腕輪を見ると途端に狼狽し、慌てて若者のマスクを下ろすと——こちらはトゥルガイではなく別の俳優だった——悲しみと驚きのないまぜになった表情を浮かべた。騎士は大げさな身振りで自分が過ちを犯してしまったことを観客に示したのち、悲憤慷慨《ひふんこうがい》とばかりに嘆きの声を上げた。そして、赤い髪の彼女が二人の騎士の悲劇に涙を流すにおよんで、ついさきほどまでテレビ・コマーシャルのパロディを笑っていたはずの客席は静まりかえった。

年のいった方の騎士が座り込んで若者を抱きしめながら涙にくれる。迫真の演技に私たちはすっかり飲まれてしまった。どうやら年嵩の騎士は、若者を殺してしまったことを悔いて泣いているらしかった。

舞台上の光景を見守るうち、私は自分まで得体のしれない後悔の念の虜になってしまったような気がした。きっと、それまで私が映画であれ漫画であれ、これほど分かりやすく悲しみが表現されている場に居合わせたことがなかったからだ。あの瞬間まで私にとっての悲しみというのは、言葉によって容易に表現され得るものだったのだ。ところがあのときの私は、ただ眺めていただけの物語で語られる後悔に共感し、その感情をただ忘れていただけだとでもいうような心地さえ覚えていたのだ。

赤い髪の彼女は背後から二人の戦士を見守り、彼らのために泣いていた。彼女は互いに殺し合った男たちにも負けぬほど何かを悔やみ、彼らよりもなお激しく涙していた。もしかして劇中の人物たちも、劇団の俳優たちと同じく家族だったのだろうか。観客が静かに見守るなか、彼女の嘆きはやがて挽歌へと変じ、叙事詩のように長く、素晴らしい詩となって詠み上げられた。私には、彼女のモノローグが二人の戦士と、その身の上に起こったことをなぞりながら、生きることや怒りについて歌っていることくらいしかわからなかった。いや、もしかしたら観客席が暗くて彼女の眼差しが読み取れなかったから理解できなかったのだろうか。彼女と言葉を交わしたいという激しい衝動がこみ上げた。やがて赤い髪の彼女のモノローグが終わると、公演はそのままお開きとなり、観客たちは帰っていった。

## 18

劇団テントを出た私の足取りは重く、遅々として進まなかったのだけれど、ふと目をやると券売所代わりに使われていた机のそばに彼女がいるのが目に入った。

舞台衣装を脱いだ彼女は、空のように深い青色のロングスカートを穿いていた。

初恋、演劇、そしてラク酒——はじめてのことばかりでくたびれてしまった私は、過去か、さもなくば想像の中の世界にいるような錯覚に苛まれていた。なにもかもが思い出のように断片的にしか把握できないのだ。

「劇は気に入った？」

赤い髪の彼女が微笑んだ。

「拍手してくれてありがとう」

私は彼女の笑顔に勇気づけられて「最高だったよ」と答えた。

あれから何年も経ったいまでさえ、彼女の名前をあなた方読者に知られるのは妬ましく、いっそ隠しておきたいほどだ。でも、いまは物語をちゃんと語ることにしよう。私たちはアメリカ映画の登場人物よろしく、まずは互いに名乗りながら挨拶を交わしたのだから。

「僕はジェム」

「ギュルジハンよ」

「演技がうまいんだね。劇のとき、君に目が釘付けだったよ」

私は少し無理をして「君」と口にした。そばで改めて見ると彼女は思った以上に年上だった。

「井戸掘りの調子はどう？」

「水なんてもう出ないんじゃないかって思うことがあるよ」

本当は「オンギョレンに残っているのは君に会えるからなんだ！」と答えたかったのだが、そんなことを言ったら驚かせてしまうに違いない。

「昨日は親方さんも来てくれたのよ」

「誰？」

「マフムト親方よ。彼は、水は出るって確信している様子だったけど。うちの劇団や劇を気に入ってくれたわ。ちゃんと入場券も買ってくれたしね」

「きっと、劇を観たのがはじめてだったからだよ。一度、オイディプス王やソフォクレスのことを話したら怒っていたくらいだもん。ひどいと思わないかい？」

嫉妬に駆られて思わずそう答えた。

「彼は正しいわ。ギリシア演劇はトルコでは人気がないもの」

もしかして彼女は私に嫉妬して欲しいのだろうか？

「息子と母親が寝るなんてけしからんって怒っていたよ」

「昨日の舞台で父親が息子を殺すのには腹を立てなかったのに……。彼、昔の物語や伝説が好きみたいよ」

彼女は公演のあと、マフムト親方と言葉を交わしたのだろうか？　夜間に外出許可を取った兵士さながらに、見習いが眠ったあとでこそこそとオンギョレンへ下りていくマフムト親方の姿など想像もつかなかった。

「マフムト親方は僕につらく当たるんだ。水を見つけること以外、眼中にないのさ。僕が劇を見に来るのだって嫌がっていたし。今夜、ここへ来たと知られたら怒られるだろうな」

するとと彼女はこう言った。

「心配しないで、私から言ってあげるから」

私は嫉妬のあまりしばらく何も言えなくなってしまった。マフムト親方と彼女はそんなに親密なのだろうか？

「親方さんはそんなに居丈高で厳しいの？」

「父親みたいに庇ってくれるし、親しくもしてくれるよ。でも、僕がどんな命令にも絶対服従するのを期待してるんだ」

赤い髪の彼女は優しい声でこう言った。

「言うこと聞いてあげればいいじゃないの！　あなたを無理やり見習いにしたわけじゃないんだし……。それともあなたの家はそんなに貧乏なの？」

マフムト親方から「うちの見習いはお坊ちゃんだ」とでも聞かされたのだろうか？　二人で私のことを話題にしたのだろうか？

「僕らは父さんに捨てられてしまったからね！」

「そんな人、父親って言わないわ。それならあなたは、自力で自分の父親を見つけなさいな。この国では誰しもたくさんの父親を持っているものよ。国とか、神様とか、どこかのお偉いさんとか、マフィアのボスとかね……。ここでは誰も父親無しでは生きていけないもの」

彼女は美しいだけでなく、とても賢明だと思った。

「父さんはマルキストだったんだ」

このとき、どうして私は「マルキストなんだ」と言わなかったのだろう？

「尋問のとき拷問されたんだ。僕が小さいころも何年も牢屋に入っていたよ」

「お父さんの名前は？」

「アクン・チェリキ。もっとも、うちの薬局はチェリキ（鋼）じゃなくてハヤト（命）っていう名前だけどね」

私がそう口にした途端、彼女は考え込むように黙り込んでしまった。父がマルキストであるのがそんなに気になったのだろうか？　いや、ただの思い過ごしだろう。きっと疲れていて物思いに沈んでいるだけだ。私は彼女にハヤト薬局で夜番をしていた父の様子や、彼に弁当を届けたこと、あるいはベシクタシュの市場のことなどを話した。彼女は興味深そうに耳を傾けてくれたものの、本当はマフムト親方や父のことを話したくはなかったので、すぐに話題が尽きてしまった。

「私は夫と一緒にそこに泊まっているの」

彼女は、私が幾度もその窓を見上げたあのアパルトマンを指さした。

失望に続き、欺《あざむ》かれたような気がして怒りがこみ上げた。しかし、街から街へと国じゅうを巡り、政治劇をやるような移動劇団で彼女のような年ごろの女性がやっていくには夫の存在が欠かせないことも理解できる。酔っぱらっていても、それくらいは容易に想像がつく。もっと早く思いつかなかったのが不思議なくらいだ。

「何階？」

「私たちの部屋は広場に面してないわ。毛沢東主義者の知り合いがいてね、彼がこのオンギョレンへ呼んでくれたの。彼が持っている一階の部屋に間借りしてるのよ。トゥルガイのご両親は上の階ね。私たちの部屋は中庭側。トゥルガイが言っていたけど、あなた、アパルトマンの前を通るたび窓を見上げてるんですってね」

秘密を暴かれたようで気恥ずかしかったが、彼女はあくまで優しく微笑んでいて、ふっくらした唇はますます魅力的に見えた。

「おやすみ。素敵な劇だったよ」

「待って、もうちょっと歩いてから戻りましょうよ。あなたのお父さんのことが気になるから」

さあ、あれから数十年経ったいま、この物語を読む読者諸君には断っておく必要があるかもしれない。つまり当時は——それが劇中であれ現実であれ——化粧をして群青色の綺麗なスカートを穿きこなす赤髪の女性が、夜の十時半に男性に向かって「もうちょっと歩きましょう」と言ったとしたら、その意味はよきにつけ悪しきにつけたった一つであったのだと。もちろん、私はまだ一人前の男ではなく、情熱や恋心を隠す術も知らない高校生に過ぎなかったし、彼女には夫がいて、場所もアナトリア、つまりはアジアではなくイスタンブル近郊《ルメリ》、ようはヨーロッパであるうえ、私たちの頭にあったのは左派らしい道徳観念——つまり父の政治信条だ——ではあったけれど。

予想にたがわず、私たちは散歩のあいだ一言も言葉を交わさなかった。暗い街路の隅は普段よりも幾分深い闇に沈み、オンギョレンの空には星一つ瞬いていない。駅前広場のアタテュルク像の前に、誰かが置き放した自転車があったのを覚えている。

「あなたに政治の話はした？」

ふいに赤い髪の彼女が尋ねた。

「誰が?」

「お父さんの政治仲間が家に来たりしなかった?」

「そもそも父さんはあんまり家にいなかったよ。それに、母さんも父さんも僕を政治に関わらせようとはしなかったし」

「お父さんはなぜあなたを左派として育てなかったのかしら?」

「……僕は作家になりたいな」

「それなら私たちのために脚本を書いてちょうだいよ」

秘密めかした笑みを浮かべてそう言ったときの彼女は嬉しそうで、相変わらず魅力的だったが、どことなく功利的な雰囲気を漂わせてもいた。

「最後に私がやったモノローグみたいな脚本や作品を書いて欲しいの。その中に私自身の生き方が反映されているならなおいいわね」

「最後のモノローグ、僕にはよく分からなかったんだ。脚本があるの?」

「いいえ、あれはその場で思いついたまま口にしただけ。コップ一杯のラク酒の力を借りてね」

私は知ったかぶりの愚かな高校生そのものという態度でこう答えるのがやっとだった。

「劇の脚本なら、前々から書いてみたいと思っていたよ。でも、まずは戯曲を読んでみないといけないな。最初に読む古典は『オイディプス王』にするよ」

七月の夜の駅前広場が、まるで昔の思い出から抜け出してきたかのように見慣れた場所に思えた。暗闇がオンギョレンの街の貧しさやうらぶれた佇まいを覆い隠し、橙色の街灯の光が駅舎や駅前広場をまるで一枚の絵葉書のように美しく照らし出していた。広場をゆっくりと巡回する軍用ジープの強力なヘッドライトに、野犬の群れが浮かび上がった。

「もめ事を起こす不良兵士や逃亡兵を探しているのよ。ここの兵隊たちはとにかく質が低いから」

「週末は彼らのために特別な出し物をやってるんだって?」

「……お金を稼がないといけないからね」

彼女は私の目をじっと覗き込んだ。

「私たちは私営の劇団だもの。国からお給料がもらえる国立劇団とは違うのよ」

彼女の腕が伸びてきて、私の襟についた藁を取った。彼女の身体やすらりとした脚、そして胸がすぐそこに感じられた。

それから私たちは会話もなく歩き続けた。アーモンド並木の下を通るとき、彼女の瞳が黒から緑に変わったような気がして、ふいに不安に駆られた。遠くにこの一カ月、何度もその窓を仰ぎ見たアパルトマンが見えてきた。

「うちの人があなたは若いわりにいい飲みっぷりだって言っていたわ。お父さんもラク酒が好きだったのかしら?」

私は「まあね」と頷きながらも、彼女の夫と酒を飲んだことなどあったろうかと首を傾げた。記憶は曖昧で、さりとて尋ねてみる気も起きなかった。むしろ、失望ごとすべて忘れてしまいたかった。井戸掘りが終わったら彼女と会うことは二度とないだろう。そう思うともう子供でもないのに、泣きたいほど胸が詰まった。彼女との別れの辛さに比べれば、アパルトマンの窓を見張っていたのを知られた羞恥心など——実際にはその部屋に彼女はいなかったわけだが——どうでもよい。

私たちが足を止めたのはアパルトマンまであと百メートルばかりというアーモンドの木の下だった。最初に立ち止まったのが彼女だったのか、それとも私だったのかは覚えていない。彼女はあくまで聡明で優しく、舞台上から見つめてくれたときと同じ凜としながらもくつろいだ表情を浮かべて笑っていた。その笑顔を見ていると、劇中で嘆き悲しんでいた騎士とその息子を眺めていたときと同じ後悔がよみがえるかのようだった。

「トゥルガイは今夜、イスタンブルへ行っていていないの」

やがて彼女が言った。

「もしお父さんみたいな飲みっぷりを見せてくれるなら、彼のボトルから一杯奢るわ」

「喜んで。君の旦那さんにも会えるね」

「トゥルガイが私の夫よ。前に一緒に飲みながら『僕を劇へ連れて行け』って頼んだでしょ」

私はなにも答えなかった。驚くべき事実が頭に浸み込むのには時間が必要だったのだ。

「トゥルガイは七つも年増の女と結婚しているのが恥ずかしいのね、ときどき私たちが夫婦だって隠すことがあるのよ。若いわりには頭も切れるし、いい夫なんだけれど」

私たちはふたたび歩きはじめた。

「実は、君の旦那さんといつどこで飲んだろうって考えていたところだったんだ」

「この前の晩、あなたたちはレストランでクリュプ社のラクを飲んでいたわね。あのボトル、まだ半分ほど残っているのよ。毛沢東主義者の友人のコニャックもあるわ。トゥルガイもしばらくしたらイスタンブルから戻ってくるでしょうし、そうしたら私たちはこの街から引き上げるつもり。あなたに会えなくなったら寂しくなるわね、お坊ちゃん！」

「どういうこと？」

「わかるでしょ、この街での公演は終わったってこと」

「僕も君に会えなくなるのが寂しいよ」

アパルトマンの入り口まで来た私たちの身体はいまや密着し、頭がくらくらした。彼女は外扉の鍵を開けながら言った。

「ラク酒に、炒ったヒヨコ豆と氷もつけるわ」

「ヒヨコ豆はいらないよ」

私はまるで急ぎの用事があるからすぐに帰るとでもいうように答えた。

外扉が開き、暗くて狭いエントランスへ入った。真っ暗闇の中でキーホルダーから内扉の鍵を探す音がした。やがてライターが灯され恐ろしげな影が浮かぶのをよそに、彼女は鍵を見つけてさっさと室内へ入った。入り口の明かりをつけると、彼女が振り返った。

「怖がらなくていいわ」

そう言って彼女は微笑んだ。

「ほら、私はあなたのお母さんだっておかしくない年だもの」

# 19

その晩、私は生まれてはじめて女性と愛し合った。言葉にできないほど素晴らしい体験だった。ほんの一瞬を境に人生や女性についての考え方はもちろん、自己認識さえ一変してしまうほどに。赤い髪の彼女は私に、私という存在と幸福の何たるかについて教えてくれたのだ。

彼女は三十三歳だった。つまり、ちょうど私の二倍生きている計算になるのだが、実際にはその十倍も生きているように思えた。でもその晩の私は、彼女との年齢差——のちに同級生や地元の友人たちの大いなる関心を呼ぶであろう——など気にも留めなかった。その晩の体験を誰かに漏らすことはないと確信していたからだ。だからいまあなた方にも、当時の友人たちが気にかけ、万が一私が教えてやったとしても「嘘っぱちだ」と信じなかったであろう細々とした話を明かすつもりはない。ただ、彼女の肢体は予想にたがわず素晴らしくて、愛し合っているときにはそれが優しくも果敢に、ときに下品とさえ思えるようにふるまって、私の初体験をなおさらに信じがたいものにしたということだけを述べるに留めておこう。

トゥルガイのラク酒をボトルごと空け、家をアトリエがわりにして看板職人をしているというもと、毛沢東主義者の友人のコニャックにまで手をつけたせいだろう、真夜中過ぎにオンギョレンを出たときの私はまっすぐ歩くのもままならず、夢見心地で自分の姿を身体の外から眺めているような始末だった。おかげで、その夜の幸福が我がものとは到底信じられず、どこか外から私を眺めている誰かの幸福と勘違いしているのではないかと思ったものだ。

親方への恐怖がよみがえったのは、ようやく墓場へ続く坂道にとりかかったころだ。いま噛みしめているこのたぎるような、誰にも知られたくない情熱を親方の叱責から守らなければならない。そんな思いがこみ上げた。マフムト親方は、私に嫉妬するだろうか。墓地を過ぎ——もう梟さえ寝入っていた——近道のために草地を突っ切っているとき、私は草に足を取られて転んでしまった。草に優しく抱きとめられるままに空を見上げると、そこにはきらきらと瞬く満天の星が広がっていた。

世界は、この世のあらゆるものは、かくも美しかったのだ。いったい私はなにを急いでいたのだろう？　どうしてマフムト親方をこんなに怖がっていたのだろう？　彼女は、親方があの黄色いテントへやって来て劇を観たと言っていた。それを思い出すと、ふいに親方への嫉妬がよみがえった。劇の終わったあと、彼女と親方がどこかで待ち合わせて親密な会話を交わしたなどと、信じたくない。でも彼女と愛し合った自身がもたらす万能感に後押しされるまま、私はこう思い直した。おそらく井戸から水は出ないだろう、でも僕は給料を受け取って家へ帰ればそれでいいんだ、予備校へ通って入試で合格点を取って、そして作家になって眼前に浮かぶ星々のようにいつまでも瞬き続けてやるんだ、と。私たち二人は出会い、気持ちを通じ合わせた。これが運命なのは明らかだ。いつか、赤い髪の女性の小説を書くことになるかもしれない。

ふいに星が流れた。目に映る世界と、頭の中に思い描いた世界が交差するのを確かに感じながら、私は七月の星空を一心不乱に見上げ続けた。星を読むことさえできれば、人生にまつわるあらゆる神秘が解明されるとでもいうようにいつまでも。いままで気が付かなかっただけで、万物はこの星々のように元から美しかったのだ。その晩、私は自分が作家になると確信した。そのためにはひたすらに世界を眺め、観察し、目にしたものを理解し、言葉で言い表せるようにならなければならない。私の胸は、それを教えてくれた赤い髪の彼女への感謝に溢れていた。頭の中に思い描いたあらゆるものと世界とが混ざり合い、たった一つの意味に収斂していくように思えた。

また一つ、星が流れた。もしかしたら、いまあの流れ星を見たのはこの世界で私だけかもしれない——そう思うと、自分がここに確かに存在しているという確固たる自信が胸を満たした。それは素晴らしい感覚で、まるで「ミンミンミン」というセミの鳴き声に合わせて星々を一つひとつ数えられるような気がした。一、二、三、五、七、十一、十三、十七、十九、二十三、二十九、三十一……僕はここにいるぞ。

草の感触を背中やうなじで味わいながら、彼女に触れられたときのことを思い出した。私たちは居間の長椅子の上で明かりも消さずに愛し合った。彼女の上半身、豊かな乳房、銅色の皮膚を照らしていた明かりや美しい唇、そして私の身体じゅうに触れてくれたその手のことが忘れられず、ふたたび彼女と愛し合いたいと思った。しかし、トゥルガイは明日、イスタンブルから戻ってくるそうだからもう無理だろう。

トゥルガイは孤独なオンギョレンでの日々にあって、私に親しみを感じて底意のない友情を示してくれた。そんな彼がイスタンブルへ行っている夜を狙って、その妻を寝取ったのだ。罪の意識を紛らわせ、自分がまだ善良で信頼に足る人間だと信じたくて、私は酒で霞がかかった頭でありとあらゆる言い訳を考えた。そもそもトゥルガイと彼女が夫婦と知ったのは、矢が弓から放たれた後だったではないか。トゥルガイと会ったのはたかだか三、四回。なにも四十年来の大親友というわけでもない。兵隊どもに腹を見せたり、下品な話を聞かせたりする根無し草の旅芸人のことだから、きっと家族についての考え方もふつうとは違っているのかもしれない。トゥルガイの方も妻を裏切っている可能性はある。ひょっとしたら、明日には夫婦で互いのアヴァンチュールについて語り合ったりするのだろうか。彼女が、トゥルガイに私との時間のことを聞かせるのだ。いや、そんなことはあり得ない。きっと、彼女は私のことを忘れてしまうだけだ。

さきほどまでの意気が挫けると、たちまち劇を見ていたときに感じたあの自責の念が鎌首をもたげた。どうしてあの舞台で目にした光景は、こんなにも心を揺さぶるのだろう。マフムト親方が同じ舞台を見たのかもしれないと思うと、妬ましくてたまらなかった。あの二人は劇のあとどこかで密会して言葉を交わしたのだろうか？

私は乾いた草地を忍び足で歩き、みすぼらしいテントへ近寄った。天も世界もこんなに広々としているというのに、いま私はあのテントへ入っていって身を縮こめねばならないのだ。

マフムト親方は眠っていたが、私が隣で横になるとふいに声をあげた。

「どこに行ってた？」

「居眠りしてました」

「俺をテーブルに置いてけぼりにしてか。劇に行ったんだろう？」

「違います」

「もう朝の四時だぞ。明日も暑くなる。寝不足で働けると思ってるのか？」

「気がくさくさしていて。ラク酒を飲まされてしまったんです。それに暑くて。帰り道、道端に寝転がって星を眺めていたんです。そうしたら居眠りしちゃって。だからいっぱい眠りました、親方」

「若いの、嘘はやめろ！　井戸掘りは遊びじゃないんだぞ。もうすぐ水が出るって大事なときに何やってんだ」

私が黙っていると、マフムト親方は起き上がってテントを出て行ってしまった。テントの隙間から星を眺めていれば親方のことなどすぐに忘れて眠れると思ったが、気が付くと彼のことばかり考えていた。

なぜ親方は突然「劇へ行ったか」などと尋ねたのだろう？　親方は私を羨《うらや》んでいるのだろうか？　たしかに赤い髪の彼女のように洗練された女性は、マフムト親方のごとき田舎者など歯牙にもかけないに違いない。いや待て、彼女のような女性の気持ちは推し量れない。だからこそ、私は彼女を好きになったのだから。

私はマフムト親方を追いかけることにした。はじめは我が目を疑ったものの、親方はこんな時間だというのにオンギョレンの街へ下りて行こうとしていた。さきほどの嫉妬がよみがえり、無性に腹が立った。かすかな星の瞬きが、無窮の夜闇の中でかろうじて親方の背中を照らし出していた。

ところが親方は、しばらく坂を下ると道から逸れ、私のお気に入りのクルミの木の方へ向かった。彼はそこで煙草に火をつけると、木陰に腰を落ち着けた。私は草地に身を隠して煙草を吸う親方を観察した。煙草の火先の橙色だけが見えた。

やがて親方がオンギョレンへ行く気がないのを確かめてから、私はテントへ戻った。その晩、遠くから眺めた親方の姿は何年経っても色あせず、それどころかマフムト親方と彼を追う若い私の姿を、まるで夢を見ているときのような三人称視点で、はっきりと思い起こせるほど鮮明に覚えている。

# 20

翌朝も早くに目が覚めた。私はいつもどおりテントの隙間から黄色く輝く長い剣のように日の光が差し込むころ合いに床を出た。どんなに長くても三時間しか寝ていないはずなのに、疲れは感じなかった。赤い髪の彼女との体験のおかげで、昨日より力がみなぎっているような気さえしている。

「眠くないか？　頭ははっきりしてるか？」

「大丈夫です、親方」

マフムト親方は朝のチャイを飲みながら私を気遣ってくれたが、お互い昨日の話には触れなかった。この五日間変わらずそうしてきたように、親方は井戸へ下りていった。上から覗き込むと、シャベルを持った黒い染みが小さいバケツに土を入れ「上げろお！」と叫んでいるようにしか見えなかった。

井戸の深さは二十五メートルだそうだが、セメント用の漏斗もどきの樋の先端はもっと深くまで伸びているように見えた。日差しに目が眩んだせいか、コンクリートの内壁がどこまでも続く井戸の底の親方の姿を見失ってしまいそうで恐ろしかったが、かといってもっとよく見えるよう井戸に身を乗り出すのはさらに怖かった。

バケツの引き上げも一筋縄ではいかなくなった。どこからか入り込んだ風に縄が煽られ、バケツがコンクリート壁に当たってしまうのだ。私にも親方にも原因はわからなかった。一人で滑車を回していると途中でバケツが弧を描きはじめてもわからないので、頭の上に落ちてくるのを恐れた親方の吠えるみたいな怒鳴り声でようやく気が付くのだった。

井戸の口から離れて小さくなっていくにつれ、マフムト親方は以前にもまして居丈高な怒声を張り上げるようになった。バケツを下ろすのが遅いと怒鳴り、土を捨てに行くのに時間がかかりすぎると文句を垂れ、砂っぽい土が立てる粉塵に苛立っては怒鳴り散らすのだ。井戸の壁に反射する彼の罵声は、井戸の口から奇妙なうめき声のように響いたものだ。おかげで私はその日、四六時中、罪の意識に苛まれる羽目になった。

だからだろう、私は延々と赤い髪の彼女の優しい笑顔や美しい肢体、それに情熱的な情交のことばかり考えていた。彼女を想うのは素晴らしい体験だったから。午後の休憩の間にオンギョレンまで大急ぎで会いに行くべきだろうか？

私を井戸へ下ろさず地上で働かせてくれる点に関しては、親方に感謝していたものの、炎天下での作業は井戸の底でのそれよりもきついように思えた。アリと二人がかりで回していた滑車を一人で回すのには慣れたものの、それでも力尽きてしまうことはあるのだ。

地上へ引き上げた土満載のバケツを足場板の上に置くときがとくにきつい。バケツを少し持ち上げてから一瞬だけ重力に任せ、その間に軽く引き寄せて足場板へ乗せるのだ。前はアリと二人がかりで慎重にやっていた作業を一人きりでやるのは骨が折れた。

鉤から外さないまま引っ張るとバケツが傾いて砂粒やムール貝、あるいは砕けた巻貝の殻がこぼれてしまう。そうすれば数秒後には、井戸の底からうめき声と罵声が帰ってくる。ムール貝や小石だって高いところから降ってきたら大怪我するんだぞ、もし頭に当たったら死ぬかもしれないだろ――マフムト親方は口を酸っぱくしてそう言ったものだ。やがて親方はバケツの口まで土を入れなくなり、仕事は遅々として進まなくなった。

乾いた黒いムール貝の殻や砂をやっとこさ台車に移し、高台の隅まで運んで捨てるころには汗まみれになり、井戸へ戻ればマフムト親方の詰るような怒声を聞かされる。うなり声のようでよく聞き取れないその声は、まるで井戸の底にいる年老いたシャーマンが悪魔や精霊でいっぱいの地下世界の寝床に腹を立てて文句を言っているかのようだった。

アパルトマンの十階から地上を見下ろすのと変わらないわけで、当然ながらバケツが井戸の底に着いたかどうかはよく見えない。最後の数メートルは滑車を止めて、親方の「もうちょっと下ろせ！」という声を待たねばならない。それにしても、井戸の底に見えるマフムト親方の、なんとちっぽけで弱々しく見えたことか！

その日、一瞬、眩暈がして井戸へ落ちるのではないかと思ったのは、仕事をはじめて一時間ほど経ったころだろうか。しばらくすると、今度は手押し車の中身を空けて、そのまま地面に倒れ込んで一分ばかり眠ってしまった。

慌てて井戸へ戻ると、地下から親方のうめき声が聞こえていた。すぐに空のバケツを下ろしたが親方の文句は止まなかった。

「親方、どうしたんですか！」

私は下へ向かって声を張り上げた。

「俺を上げろ！」

「なんですって？」

「俺を上へ上げろって言ったんだ！」

ふいにバケツが重くなった。親方がバケツに片足をかけたのだろう。親方を地上へ引き上げるのはこの日一番の大仕事だった。マフムト親方が井戸掘りをあきらめてくれればいいのに――巻き上げ機の取っ手にぶら下がるようにして全力で回しながら、一緒にぐるぐる回る頭で私はそう思った。地上へ戻ったらすぐに休憩にして、ぶつぶつ言いながらも給料を払って井戸掘りなどあきらめてしまえばいいのに。そうしたら金と身の回りの品をまとめて、すぐさま彼女に会いに行くのだ。君を愛している、トゥルガイなんかと別れて僕と結婚した方がいい、そう伝えるのだ。でも、母はどう思うだろう？　そもそも、彼女だって「私はあなたのお母さんでもおかしくない年なのよ」と言って一笑に付すに違いない。とにかく、昼の休憩前にクルミの木陰で少し眠った方がよさそうだ。どこで読んだのかは忘れたが、こんなふうにくたびれきっているときには十分間の眠りが数時間のそれと同じくらい元気を回復してくれるのだそうだ。少し眠って、それから彼女に会いに行くのだ。

ようやくマフムト親方の頭が井戸の縁から現れ、私は最後の気力を振り絞って疲労困憊しているのを隠そうとした。

「息子や、今日はいつにもまして手が遅いじゃないか」

親方はそう切り出した。

「必ずここで水が見つかる。だから水が出るまではお前も親方の言うことをちゃんと守らないといかんぞ。ぐずぐずと仕事をするな」

「わかってます、親方」

「冗談で言ってるんじゃないぞ」

「もちろんです、親方」

「文明あるところに村あり、都あり。村あり都あらば井戸あり、だ。水のない文明も、親方のいない井戸もない。親方に従わない奴に井戸掘り師の見習いは務まらない。水が出れば金持ちになれるんだぞ」

「金持ちになれなくたってあなたについて行きますよ、親方」

それから親方は仕事の最中にも注意を怠らず目を見開いておくよう繰り返した。もしかしてマフムト親方は彼女の劇を観ている間、私への説教の内容でも考えていたのではないか？　そう思われるほど、この日の親方は学校の教師のように長々と説教を垂れた。私は夢でも見るようにぼんやりと彼の言葉を聞いていた。とくに返事をしなければならないようにも思えなかったからだ。ふたたび彼女の幻が見えて、恥ずかしくなった。

「テントへ行ってその汗まみれの服を替えてこい」

最後に親方は言った。

「お前が井戸へ下りろ。下の方が楽だから」

「わかりました、親方」

## 21

ムール貝の殻や巻貝、魚の骨が混じった悪臭を放つ土をシャベルでバケツへ入れること、それが井戸の底での唯一絶対の仕事だ。地上にいるよりもよほど簡単だ。問題は砂っぽい土を掘るとか、バケツに入れて上へ送るとかの作業ではなく、地下二十五メートルの井戸の底にい続けるということそのものだった。

井戸へ入る前から恐ろしくてたまらなかった。片足をバケツにかけて両手で縄を握りしめるうちにも徐々に光が遠くなっていく。底が近づくにつれ、コンクリートで固めた壁面にひび割れやクモの巣、そして奇妙な斑点が現れはじめた。臆病なトカゲが明るい方へ逃げていった。それはまるで、心臓に井戸というコンクリート・パイプを打ち込まれた地下世界が発する警告のように思えた。いつなんどき地震が起きるとも限らない。そうなれば最後、永遠に土の下に埋もれてしまうだろう。地中から押し殺したような奇妙なうめき声が聞こえるような気がした。

「行くぞお！」

空のバケツを下ろすマフムト親方の怒声が響いた。見上げれば井戸の口はあまりにも遠く小さく、怖気づいた私はすぐに地上へ戻りたくなってしまった。しかし、マフムト親方が苛々しながら待っている。私は大急ぎでバケツを砂っぽい土で満たすと「上げてくださぁい！」と叫んだ。

親方は私よりもずっと速くバケツを引き上げ、その中身を現場の隅に捨ててさっさと戻ってくると、バケツを送り返してきた。

その間、私は身じろぎ一つせず地上を見上げていた。マフムト親方の姿さえ見えれば、井戸の底に独りぼっちで置いてけぼりにされたのではないとわかるからだ。親方が土を捨てに離れていくと、あとには小さな円形に切り取られた空だけが現れた。その青の美しさといったら！　望遠鏡の反対側から覗き込んだように世界は遠くにあり、しかしだからこそ美しかった。

やがてマフムト親方が現れてバケツを鉤にかけるまで、私は望遠鏡の反対側の世界を延々と見上げていた。蟻のように小さなマフムト親方の姿が見えると、すぐにもバケツが下ろされてくる。ほっと胸を撫でおろした私は、バケツを地面に下ろし「大丈夫です！」と声を張り上げた。

ふたたびマフムト親方の小さな影が見えなくなると、途端に恐怖がぶり返した。万が一、親方が躓いたり、なにか良くないことに見舞われたら？　あるいは見習いを躾《しつ》け、懲らしめるためにしばらく姿を現さなかったら？　もし彼女と愛し合ったことが知られたら、罰を与えられるのだろうか？

シャベル十二掻きでバケツを満たし、その余勢を駆って土を少し掘り下げてみたものの、たちまち目も開けられないほどの粉塵が舞い井戸の底は真っ暗になってしまった。白っぽい土は柔らかくまるきり砂のようだった。こんな土から水が出ないのは火を見るより明らかだ。

つまり、まったくの無駄、井戸の底でこんな恐怖を味わう必要はなかったんだ！　そうだ、井戸から上がったらすぐにもオンギョレンへ行って彼女に会おう。トゥルガイが何を言おうと構わない。彼女は僕を愛してくれたんだ。トゥルガイを説得するんだ。殴られるかもしれないし、拳銃で撃たれてしまうかもしれないけれど。昼日中に会いに行ったら、はたして彼女はどう思うだろう？

怯えを宥《なだ》めすかしながら三度——しっかり数えていたのだ——バケツを満たして地上へ送り返した。三度目、マフムト親方はなかなか姿を現さず、ふたたび地中からの声が聞こえるに及んで、私は恐怖にとりつかれてしまった。

「親方！　親方！」

私は地上へ向かって叫んだ。青い空はちょうど硬貨と同じくらいの大きさしかない。親方はなにをぐずぐずしているのだろう？　私は喉が張り裂けんばかりに絶叫した。

ようやく姿を現した親方に、「親方、地上に上げてください！」と怒鳴った。ところが答えはなく、ただ土を盛ったバケツが引き上げられていった。お前などもう用済みだということなのだろうか？

ゆっくりと巻き上げられていくバケツから目を離すことなく、私はそう思った。

ようやくバケツが井戸の口へ着くと、親方が顔を出した。ふたたび大声で叫んだが、まるで夢の中にいるみたいにその声は届かなかった。親方は土を捨てに行き、やがて空のバケツだけが戻ってきた。

私は幾度も地上へ上げてくれと叫んだが、やはり聞こえていないようだった。

いまごろ親方は手押し車を押して敷地の隅へ向かっているところだろうか、そろそろ中の土を空けたころだな、さあもうじき引き返してくるぞ、ほらもう戻ってくるに違いない——ほんのひとときが耐えがたいほど長く感じられるというのに、いくら待っても親方は戻ってこない。もしかして、そこいらで一服しはじめたのだろうか？

ようやくマフムト親方が井戸の口に現れ、私はふたたび全力で叫んだ。しかし親方はなにも聞こえないかのように仕事を続けた。私は咄嗟にバケツに片足をかけ縄を摑むと「上げろぉ！」と呼びかけた。

バケツはゆっくりと巻き上げられ、ようやく地表へ出るころには私はぶるぶる震えていた。

人心地ついてどうにか足場板に降り立つと親方が尋ねてきた。

「親方、僕はもう下へは行きません」

「それを決めるのは俺だ」

「はい、決めるのは親方です」

「そうだ。初日からそういう殊勝な態度だったら、いまごろは水は出ていたろうよ」

「親方、僕はずぶの素人だったんですよ。それなのに水が出ないのが僕のせいですって？」

親方は片方の眉毛を吊り上げ、疑わしげな表情を作った。私の言葉が気に入らなかったのは明らかだ。

「親方、僕は死ぬまであなたのことを忘れませんし、一緒に働いて大いに人生勉強させてもらっています。でも、この井戸はもう止めにしましょうよ、いいじゃないですか。どうか手の甲を差し出してください、あなたの手の甲に服従の接吻をしますから」

しかし、マフムト親方は手の甲を差し出してはくれなかった。

「二度と水が出ないとか、中止にするとか言うな。絶対にだ。わかったな？」

「わかりました」

「よし、それじゃあ親方が底へ下りてやろうじゃないか。昼休みまでまだ一時間以上ある。今日の休憩は長めに取る。お前もクルミの木陰に寝っ転がってゆっくり眠れば疲れが取れるだろ」

「ありがたいかぎりです、親方」

「滑車を回せ、下りるぞ」

私は滑車を回し、親方はゆっくりと井戸の中へ消えていった。

土を捨てに行き来し、底から聞こえる親方の声に耳をそばだて、一心不乱に滑車を回した。汗が滝のように吹き出し、一度だけテントへ駆け込んで水を呷った。砂に混じって魚の化石が出てきて手を止めると、井戸の底から早くしろとばかりに親方のうなり声が聞こえてきた。私は辛くなるたびに彼女の乳房や肌の色を思い出しては妄想に耽った。

白と黄の斑点がある人懐こい蝶々が、恐れるそぶりも見せずに楽しそうに草地やテント、それに滑車や井戸の上を飛び回った。

あの蝶々はなにかを暗示しているのではないだろうか？　折しもイスタンブル＝エディルネ線がのろのろとヨーロッパ方面へ向けて走っていく十一時半のことで、私はあの蝶々こそなにもかもがうまくいくことを示す予兆に違いないと思ったものだ。列車が通過し、さらに一時間ほど経ったころ、今度はイスタンブル方面行きの列車が通り過ぎた。それがいつもの休憩時間の合図だった。

昼休みの間にオンギョレンへ走っていって彼女に会うべきだろうか、それともマフムト親方に彼女のことを知っているか尋ねてみる方がよいだろうか――そんなことを考えながら滑車に留め具をかけ、井戸の口に現れたバケツの取っ手を摑んだ。下からはマフムト親方の怒鳴り声が相も変わらず響いていた。

なにも考えずにいつも通りにバケツを引き、足場板に乗せようとしたその瞬間だった。バケツが鉤から外れて下へ、井戸の底へと落ちていった。

「親方ぁ！」

一瞬の硬直から覚め、私は絶叫した。

ほんの一秒前まで怒鳴り散らしていたはずのマフムト親方の声が途切れていた。やがて井戸の底から苦しそうなうめき声が聞こえ、すぐにまた静かになった。片時として、あのときのうめき声を忘れたことはない。

私は後ずさった。井戸からは物音一つせず、覗き込む勇気も湧かない。もしかしたらうめき声ではなく、ただの罵声だったのかもしれない。いまや井戸のみならず世界そのものが静寂に包まれていた。足が震えている。どうすればよいのだろう。

大きなスズメバチが井戸の周りを飛びまわった末に、覗き込むように井戸の口に入り、そのまま見えなくなった。

私はテントへ駆けていくと、汗で濡れそぼった服とズボンを着替えた。裸になると身体がぶるぶると震えていて、涙が出た。しかし、私はすぐに泣きやんだ。赤い髪の彼女のそばなら泣くのも恥ずかしくないのに。そうだ、彼女なら僕のことをわかってくれる。助けてくれるに違いない。トゥルガイだって手を貸してくれるかもしれない。駐屯地や市役所から助けを連れてこられるかもしれないし、消防隊が出動してくれるかもしれない。

私は畑を突っ切ってオンギョレンへ駆け下りた。私が通ると黄色い草地に潜むコオロギが一斉に鳴きやんだ。途中で少しだけ道路に出たものの、すぐに畑に飛び込んだ。墓地に沿って坂道を下りながら、奇妙な衝動に突き動かされるまま背後を振り返ると、イスタンブルの方角に黒い雨雲が出ていた。

マフムト親方は怪我をしている。出血があるのなら一刻も早く助けを呼ばなければならない。でも、誰に助けを求めればよいのだろうか？

街へ着くと私はまっすぐに彼女とトゥルガイのアパルトマンへ向かった。しかし、部屋の扉を開けたのは見知らぬ別の女性だった。きっと毛沢東主義者の友人とやらの妻なのだろう。

「あの子たちなら発ったわよ」

尋ねるまでもなくそう言われ、目の前で人生ではじめて女性と愛し合った部屋の扉が閉ざされた。

駅前広場を渡った。ルメリ珈琲店に客はおらず、郵便局は電話をかける兵士で溢れている。歩道には、夜とは打って変わって市場へやって来た周辺の村の住民たちの姿があった。

〈教訓と伝説〉座のテントはなくなっていた。一見すると昨日までそこにテントが張られていた痕跡はなに一つ見当たらなかった。目を凝らすと入場券の切れ端とテント用のペグが残っていた。彼らは行ってしまったのだ。

自分でも何をしているのか分からないまま私はふたたび駆けだし、そのまま街を出た。走るのも、立ち止まるのも、あるいは徐々に厚くなっていく雨雲を見上げてその意味を考えるのも、どれもこれも私の肉体と神経が勝手にやっていることのように思えた。額、うなじ、身体中から汗が滝のように吹き出した。夜には涼しい風が吹き抜ける墓地の坂道は、真昼間のいま、地獄のような暑さに包まれていた。墓地には呑気に草を食む羊たちの姿があった。

高台へ戻ってきたところで私はようやく足を緩めた。私の人生の成否が、これから先の三十分余りの間にどう振る舞うかにかかっているのはよく理解していたが、だからといって何をすべきなのか見当もつかない。マフムト親方は気を失っているだけなのか、怪我をしているのか、あるいは死んでしまったのか。とにかく頭が働かない。七月の酷暑のせいだろうか。頭の真上にかかった太陽が、私のつむじやうなじ、あるいは鼻の頭をじりじりと焼いていた。

最後の近道にとりかかると草を割るがさがさという音が聞こえ、私の行く手を恐る恐るといった様子で亀がさえぎった。私と親方の足跡から外れれば、すぐにも草の中へ逃げ込めるはずなのに、亀はそんなことさえ思いつかない様子で、まるでそれが運命だとでもいうように私の進路からのかず、ただ逃げようとあがくばかりだった。僕もあの亀と同じじゃないだろうか？　自分の運命から逃れようと誤った道を、意味もなく歩き回っているだけなんじゃないのか？

ベシクタシュ地区の幼馴染たちの中には亀を裏返しにして干からびさせ、ついには殺してしまうような連中もいた。私はそういった亀を見つけると、怯えて甲羅の中に引っ込んでしまったそれを持ち上げ、そっと草地へ戻してやったものだ。

急ぎ足で井戸へ近づくにつれ呼吸が浅くなり、私はマフムト親方の声か、せめてうめき声が聞こえるように願った。この瞬間が、この一カ月に経験してきたのと同じ月並みな思い出の一つになりますように、バケツが滑落しておらず、親方にも怪我一つありませんように、私が水差しから水を飲んでいると、いまにも井戸の底から彼の腹立たしげな声が聞こえてきますように――どれほどそう祈ったことだろう。

でも、井戸からは物音一つせず、ただ蟬の鳴き声だけが聞こえていた。しじまがいやが上にも後悔の念を掻き立てた。巻き上げ機の上を二匹のトカゲが這っていた。井戸へ一歩踏み出したものの、すぐに勇気は萎え、覗き込むには至らなかった。覗き込んだら最後、きっと目がつぶれてしまうに違いない。

考えてみれば一人では井戸に下りられない。誰かの手伝いが必要なのだ。そのためにオンギョレンへ、彼女のもとへ駆けて行ったのではなかったか。それなのに誰にも知らせずにまた戻ってきてしまった。どうしてこんなへまをやらかしたのか、自分でも訳がわからない。どうせ誰にも会えないと最初からわかっていて、すぐに親方の元へ戻った方が彼が喜ぶとでも思ったのだろうか。

あるいは、親方の死を確信して、もう後戻りできないところまで来てしまったのだと悟っていたのだろうか？　あのとき、「神様、お慈悲を」と願う以外に何かすべきことはあったろうか？

テントへ入ると涙が込み上げた。チャイダンルク（チャイを淹れるためのサモワール）、もう千回は読み返したろう古新聞、親方の青いゴムサンダル、親方が街へ下りるときにつけていたベルト、親方の目覚まし時計――

——この一ヵ月に親方が使っていた何もかもが、いまや耐え難い悲しみを呼び覚ました。

　私は知らぬ間に自分の荷物をまとめていた。一度も履かなかったゴム靴も含め、すべての荷物を古い旅行鞄に詰め込むのには三分もかからなかった。

　ぐずぐずしていたら私の不注意が親方の死因だと責められ、逮捕されてしまうかもしれない。裁判には何年もかかるし、その間に予備校も大学も人生そのものも台無しになる。私は少年刑務所、母は心労で死んでしまうだろう。

　マフムト親方が生きていますように。もう一度、そう神様に祈りながら、うめき声が聞こえやしないかと井戸の口へ近寄った。しかし、やはりなにも聞こえなかった。

　十二時半発のイスタンブル行きまであと十五分。私は父の古い旅行鞄を握りしめてテントを出ると、決して振り向かずにオンギョレンへ取って返した。もし振り向けばまた泣いてしまう。黒々とした雨雲が街へ忍び寄り、なにもかもが不気味な紫色に染まっていた。

　駅舎は市場帰りの村人でごった返していた。遅れている列車の到着を、籠やずだ袋、ビニール袋の間で村人と兵隊に挟まれながら待つ間、私は心に誓った。客車に乗り込んだら必ず左側の窓際に座ろう、列車が分岐点で曲がるまでの間に、マフムト親方と井戸を掘った土地を目に焼き付けておこう、と。イスタンブルへ帰るときは必ずそうしようと、この一ヵ月考えていたのだ。もっとも、想像の中では水が無事に見つかり、私の傍らにはハイリ氏からもらったご祝儀とプレゼントがあったはずなのだけれど。

　赤い髪の彼女と劇団員たちもこれから来る列車でイスタンブルへ戻るのかもしれないと考えた私は、駅舎へ入ってくる人々を注意深く観察しながら電車を待ったが、なにしろ人の数が多かった。ようやく電車が到着したとき、私は最後にもう一度だけ駅前広場とオンギョレンの街を振り返ったが、すぐに怖くなってしまい大急ぎで列車に乗り込んだ。座席についたとき、自分の誇りを捨ててマフムト親方に忠誠を誓ったときの敗北感は、はかりしれない罪の意識によって塗りつぶされていた。

# 第2部

# 22

涙で濡れたまなこを窓外へ向けると、私たちの高台や井戸が遠くかすかに見えていた。街へ続く道端に佇む墓地や糸杉並木の光景が、目にした端から生涯忘れえぬであろう一枚の絵に変じていくかに思えた。それは、真っ暗な空にそのまま飲み込まれて行きそうなマフムト親方と一緒に井戸を掘った高台を描いた絵だ。しかし、遠くで雷が落ち、雷鳴が聞こえる前に電車がカーブに差しかかると、もう何も見えなくなってしまった。途端に胸のつかえが取れたような気がした。眩暈を覚えるような安堵のなか、電車のガタンゴトンという音に紛れて、後ろめたい思いが胸をかすめた。

私は静かに物思いに沈んだ。世界と距離を置いていたかったのだ。世界は美しく、私の心もまた美しくあって欲しかった。心の中の罪の意識も悪意も、見て見ぬふりを続ければやがて忘れてしまうかもしれない——私はそう思い至り、それ以降は何事もなかったように振る舞う決心を固めた。あなたにも経験があるだろうが、何事もなかったように振る舞い、実際にそのあと何事も起きなければ、結果としては何もなかったことになるものなのだ。

イスタンブル行きの列車は工場や倉庫、畑の間を抜け、谷を渡り、モスクのすぐ脇をかすめ、珈琲店や小さな工場《こうば》をかき分けて走っていく。やがて通り雨が降りはじめると、人気のない校庭でサッカーをしていた子供たちがゴールポスト代わりに置いたらしきシャツやビニール袋をひっつかんであわてて帰っていくのが見えた。

列車の窓から見える大地は瞬く間に水に覆われ、大小の水たまりだらけになった。もし井戸の底にいたなら洪水が起こっても気づかないに違いない。マフムト親方はまだ井戸の底にいるのだろうか？いまも私を呼ぼうと、地上に向かって叫んでいるのだろうか？

イスタンブルのスィルケジ駅で降りた私は、雨に降られながら少し歩き、そのままチケットを買ってアジア岸のハレム地区行きの車載フェリーボートへ乗り換えた。フェリーはなかなか出発しなかった。運転手、家族連れ、泣きわめく子供、砂糖入りのヨーグルト容器の群、トラックの喘ぐようなエンジン音――私はそのときまで群衆の中に身を置く安心感を忘れていた。文明世界へ舞い戻った野蛮人の気分だ。髪やうなじ、背中に雨が這っても、私は身じろぎ一つせずに座って、水滴だらけの窓からボスフォラス海峡の両岸や、イスタンブルの目の前をゆっくりと流れる潮流を眺めながらも、遠くに見えるはずのドルマバフチェ宮殿と、その後背のベシクタシュ地区や予備校の向かいに立つ高層アパルトマンを見分けようとした。

フェリーを降りてバスに乗る前に、売店で紙ナプキンを買って身体を拭いた。もう何時間も食事を摂っていなかったが、売店でチョレキ（ベーグルに似た丸いパン）やドネル・ケバブを買う気にはなれなかった。人殺しになるっていうのはこういう気分なんだ――私は自分にそう言い聞かせた。

どこからともなく声が聞こえていた。誰にも知られたくないはずの話を、頭の中で勝手にはじめる心の声だ。周囲の人々が、私の懊悩に気づいた様子はなかった。ゲブゼ行きのバスに乗ったのは午後三時だった。久しぶりに母に会えるのだと思うと心が弾んだ。右側の窓から差し込む日光に焼かれるうち、私は居眠りしてしまった。夢の中の私は罪と罰から解放され、日の光に満ちた暑い楽園にいた。

はじめは「まるで人殺しみたいな目つきじゃないの。何があったの？」と言われるのではないかと心配だったが、母は何も言わず、ただ息子の怯えを汲み取ってくれた。母を抱きしめるとようやく気が楽になった。母からは、まさに母の香りがした。母は少しだけ泣き、それから嬉しそうにゲブゼでの暮らしも悪くないと話しはじめた。フライドポテトとキョフテ（トルコ風の小さなハンバーグ）を作ってくれるらしい。

「お前が心配だったのと寂しかったの以外は快適そのものだったわ」

そう言うと母はまた泣きはじめてしまい、私たちはさらに強く抱き合った。

「ひと月の間に大きくなったみたい。腕も太くなったし、背も伸びたんじゃないの。すっかり大人びて男前になって。そうだ、サラダに刻んだトマトを足しましょうか？」

私は散歩に出た。近辺の丘からイスタンブルの街を眺めていると、ふいにあの高台によく似た土地が見えたような気がして、するとマフムト親方に出くわしたようにどきりとした。

約束を破って井戸の底へ下りたことは話さなかった。無事に母のところへ戻って来られたのだから、こまごまとしたことまで説明する必要はないだろう。

母から父の話はなかった。つまり、父からは電話一本なかったということだ。でも、母はともかく、どうして息子の私にまで電話をくれないのだろう？　ゲブゼへ戻ってから、マフムト親方が井戸へ下りていく最後の光景が繰り返し脳裏をよぎるようになった。親方はいまも辛抱強く井戸を掘り続けているんだ、巨大なオレンジの実の反対側から反対側までくりぬく虫みたいに——私はそう信じようと努めた。

母のへそくりでゲブゼの家に新しいテレビと目覚まし時計を揃え、マフムト親方からもらったお金は銀行に預けた。三日間、家でたっぷり寝て疲れを取った。マフムト親方や悪漢たちに追いかけられるのは悪夢の中だけで、実際には私宛ての電話もなければ、誰かが後を追ってくることもなかった。帰宅して四日目、イスタンブル市内へ出た私はベシクタシュ地区の大学入試予備校へ登録し、まじめに授業に出はじめた。

一人になると、マフムト親方と井戸のことをどうしても思い出してしまった。地元や高校の友人たちと会ったり、映画へ行ったりして遊ぶと気が紛れたが、彼らと一緒に一、二回、ベシクタシュ商店街の居酒屋へ入ったときにも、私は友人たちのように煙草や酒を楽しむことができなかった。慣れないラク酒を一気飲みして酔っぱらったんだろうと囃し立てられても、たいして気にならなかった。しかし、お前は口髭も顎鬚も生えそろってない半人前の男だと言われたときは、さすがに黙っていられなかった。

「髪やらうぶ毛やらがそんなにありがたい代物だってんなら、神様はいまごろ皮なめし工房に火の雨を降らせてるだろうさ。毛やら歯やらなんぞ、猫にだってあるってのになんだい」

そのときの、友人一同の笑いっぷりといったら！　デニズ書店で店番をしている晩、寝しなに目が痛くなるまで読み込んだ本から仕入れた私の大仰な物言いが面白かったのだろう。

それにしても、死に瀕した親方を井戸の底にほっぽり出すような人間が、はたして作家になれるものだろうか？　そもそも、バケツの落下は私の責任なのだろうか？　いやいや、あの現場で悪いことなどなに一つ起こらなかったんだ——私は幾度となく自分に言い聞かせた。そう、私は厳しい労働や叱責、睡眠不足に耐え切れず、金を受け取って家に逃げ帰ってきただけではないか。普通の人ならみなそうするように。でも「普通の人」という言葉が、私は好きになれなかった。

二、三歳年上の地元の友人たちのうちイスタンブル大学へ通っている連中というのは大抵が口髭も顎鬚も伸び放題の左派の学生たちで、デモ行進のときに裏通りで警官とやり合ったときの様子を酒を飲んで笑いながら誇らしげに語っていた。彼らはみなうちの父を尊敬していたが、どうやら私は自分でも気づかぬうちにそんな彼らに苛立ちを募らせていたらしい。それに気が付いたのは、赤い髪の彼女に話が及んだある晩のことだった。

「ジェム、お前、女の子と手を繋いだこともないんだろ？」

仲間の一人がからかうように言った。ちょうど友人たちが自分の恋模様とか、どんな手紙を送って返事を待ちわびているとか、とにかくあけっぴろげに話しているところだった。そこで私も、二カ月前におじにエディルネ方面の建築現場へ送られたことや——井戸掘りよりは建築現場という言葉の方が重みがあると思ったのだ——オンギョレンの街で経験した恋について話すことにしたのだ。私はテーブルの面々にまずこう尋ねた。

「オンギョレンって街を知っている奴は？」

私がこんな話をはじめるとは思っていなかった友人たちは驚き、やがて一人が「兄貴がオンギョレンで兵役に就いてるよ。一度だけ両親と一緒に面会へ行ったけど、小さくて退屈そうな街だった」と答えた。

「彼女は僕より二倍は年上の劇団員で、素晴らしい女性だったよ。自己紹介を済ませる前から一目で恋に落ちたんだ。通りで見かけたときにね。そして彼女は僕を家へ連れて行ったのさ」

友人たちの疑わしげな表情を見回して、私はそれが初体験だったと付け加えた。すると一人が口を開いた。

「どうだった？　良かったか？」

「彼女の名前は？」

「なんで結婚しなかったんだよ？」

煙草を吸っていた友人がそう言うと、兵役中の兄を訪ねて行ったという友人が後を引き受けた。

「あの街には、週末に外出許可をもらった兵隊のためにベリーダンスをやるような劇団のテントはおろか、水商売女が歌うナイトクラブも、何にもなかったぞ」

別離の胸の痛みと、なによりも罪の意識から逃れるためにも、地元の友人たちとは距離を置いた方が良いと考えるようになったのはこのときからだ。しかし、マフムト親方と井戸のことは死ぬまでつきまとい、私が幸せになるのを邪魔するに違いない、頭の片隅では理解しはじめていた。だからこそ私は、「一番いいのは、何事もなかったように振る舞い続けることだ」と自分に言い聞かせ続けたのだった。

# 23

だが、何事もなかったように振る舞い続けることは、はたして可能だろうか？　私の頭の中では、マフムト親方はいまでも井戸の底にいて、シャベルを握って掘り続けている。だから彼は無事で、警察の殺人事件捜査もはじまらないのは当たり前なのだ。

でももし、マフムト親方の死体を誰かが、たとえばアリあたりが発見して、検察官が事件性があると考えたら？　トルコのことだから何日も何週間もかかるだろうが、やがてはゲブゼまで知らせが来て、母は悲しみのあまりに泣きすぎて気絶してしまうだろう。ついでゲブゼ警察からイスタンブルへ知らせが行き——これも何カ月もかかるに違いない——予備校か、さもなくば古本屋にいる私は逮捕される。父を見つけてすべてを打ち明けて相談すべきかもしれない。でも、息子にさえ電話一本寄越さない彼が、力になってくれる公算は低い。それに、父に打ち明けるということは、自分でことの深刻さを認めるも同じだ。予備校へ警察官がやって来て逮捕されない日が一日、また一日と過ぎるたび、私はその一日こそが、自分が他の生徒と同じことを示し、無罪を証明する幸多き証拠に他ならないと思うことにしていた。その一方で、今日というこの日こそが平々凡々とした無垢な日常の最後の一日にようにも思えてしまうのだった。デニズ書店で店番をしているとき、本の場所を問うお客が厳しい眼差しをしていようものなら、私には彼が私服警官に思えてしまい、あらいざらい白状したくなったものだ。あるいは、マフムト親方が無事に井戸から抜け出して、いまごろ私を忌々しく思いつつも、いつしか忘れてしまったに違いないと考えることもあった。

古本屋での私は実によく働いた。どんな仕事に対してもぬかりなく当たったつもりだ。デニズ氏は、私の思い切ったショーウィンドウの飾りつけや、本の選び方、あるいはセールのアイデアを気に入ってくれて、冬に入っても奥の部屋の長椅子で夜を過ごしてよいし、その小部屋を勉強のできる家代わりに使ってもよいとまで申し出てくれた。母は私がゲブゼを空けるのを寂しがる反面、カバタシュ高校やベシクタシュの予備校へ通い続けていれば大学入試でも良い結果を出せると信じている様子だった。

私は高校でも、予備校でもそれこそ猛牛よろしく勉強し、公式の類もすべて丸暗記した。母を安心させたいのももちろんだが、この受験こそが自分の人生の重大な分岐点だと承知していたからだ。勉強に集中して疲れると私は、赤い髪の彼女の幻の太陽のように火照って私の心を照らす肌の色や腹、乳房、そしてあの眼差しを想った。何事もなかったふりをすることこそが、勉強の大いなる助けとなった。

大学入試の書類に志望学部を書き込むとき、私はゲブゼの家にいて、かたわらには母が座っていた。当然ながら母は第一志望に医学部と書いて欲しがった。作家になるという夢が息子を困窮させるのではないか、父親と同じように政治的な不幸を呼び込むのではないかと心配だったのだろう。

実のところ、井戸の底に親方を置き去りにしてからというもの作家になりたいという思いは急速にしぼんでしまった。医者でなければエンジニアになって欲しいと母にせがまれたので、私は地質工学の欄にチェックを入れた。母はその選択に井戸掘り人の仕事が影響しているのを見て取り「お前も大人になったね」と言ったが、私は心にこびりついた黒い染みに気が付かれたような気がして、居心地が悪かった。

イスタンブル工科大学のマチカ・キャンパスにある地質工学部に五番の成績で合格しているのが発表されたのは、一九八七年の夏の終わりだった。築百十年という大学の校舎は、もともとオスマン帝国時代に近代的な軍隊の武器庫兼兵営として使われていた建物で、三十年に及ぶ専制を敷いたアブデュルハミト二世を帝位から引きずりおろすべく青年トルコ党の行動軍がテッサロニキからイスタンブルへやって来た一九〇八年、スルタンの側についた部隊がここに陣取って、まさに私たちが授業を受けている教室で銃撃戦を行った場所だ。私はいろいろな本から仕入れたこの手の知識を級友たちに語り聞かせるうちに、古い建物に特有の天井の高い教室や、どこまでも続くかのような階段、どんな音でもこだまさせる廊下の神秘的な雰囲気や、なによりもベシクタシュやデニズ書店から坂を下って十分余りという立地がたちまち大好きになった。

その夏、私は単なる店員からマネージャーに昇格した。私が作家にならないなどとは決して認めないデニズ氏は、新しいマネージャーが地質工学を学ぶのは認めつつ、エンジニアだって優れた作家になれるだろうと豪語した。それで私も、大学の学生寮で毎晩、一冊は本を読むようになった。

何事もなかったように過ごすため、私はマフムト親方に聞かせたあのソフォクレスのオイディプス王の物語のことを忘れようと努め、どうにかこうにか大学三年生まではあの物語とかかわらずに済んだ。しかし、ある日、夢について書かれた一冊のエッセイ集が入荷した。いつだったか、オイディプス王の物語の粗筋を拾い読みした、まさにあの本だ。よく見れば、本の作者はジークムント・フロイトだ。よくよく読めば、フロイトはオイディプス王の物語についてというよりも、男性の心の中に潜む父親殺しの欲望について論じていた。

数ヵ月後、適当に取り上げた本の中にオイディプス王があった。一九四一年に国民教育省から出版された訳本だった。『オイディプス王』の色あせた白表紙に、私はおののいた。しかし、その翻訳が滅多に市場に出回らない珍しい本だったからなのか、私は人生の神秘を解き明かそうという思いに突き動かされるまま、気が付けば貪るように読みはじめていた。

物語はフロイトの粗筋とは違ってオイディプス王の生誕からではなく、もっと後の時代からはじまっていた。王子であるオイディプスは知らず実の父を殺して王座につき、母と結婚し、すでに四人の子供をもうけていた。原作は、息子が少なくとも十六歳は年かさの母と臥所を共にした点については詳しく語っていなかった。自分でその場面を思い描こうとしてみたが、うまくいかなかった。オイディプスにとっては、相手は母であると同時に妻なのだから、息子たちはオイディプスの兄弟でもあるわけだ。しかし、オイディプスも他の人々も、あるいは観客でさえ、この忌むべき事実には気づいていないようだった。そのうちにオイディプスの無知のせいなのか、ペストが街を襲う。悪運を払うためには、前王を殺した者を見つけなければならない。誰よりも熱心だったのは、自分が犯人だとは知らないオイディプス自身だ。しかし、誰が下手人かを理解するにおよび、彼は良心の呵責に苛まれるあまり、ついには自ら目を潰すことになってしまう。

三年前、井戸のほとりでマフムト親方に話したときは、もっと違う順番で語ったような記憶があったが、ページをめくるたびに、まさにこの戯作通りの順番で話したような錯覚を覚えた。いつのまにか親方の死への罪悪感が薄れていることにはたと気が付いたのも、ソフォクレスを読み進めているときのことだ。三年あまりの間に、ある日突然教室に警官がやって来て逮捕されるかもしれないという恐怖も、ほとんど感じなくなっていた。そうだ、きっとマフムト親方は死んでなどおらず、聖典《クルアーン》にあるのと同じように誰かに井戸から助け上げられたに違いない。

思えば親方が聖典から取った宗教説話を話してくれたのも、見習いの教育のためだったはずだ。だというのに私は、宗教説話を聞かされるたびに居心地の悪さを感じ、あまつさえ仕返しとばかりにオイディプス王の話をしたはずなのに、いつのまにやら自分が物語の主人公よろしく何事もなかったかのように振る舞いながら暮らしている。考えてみれば、マフムト親方が井戸の底に取り残されるはめになったのも物語のせいかもしれない。そうだ、彼は神話のせいであそこに取り残されたのだ。

オイディプスは予言という名の自らの物語を打ち消そうとするあまり、父親を殺すことになった。予言者の言葉になど取り合わず、笑い飛ばしていれば、オイディプスは家と国を追われることもなければ、実の父に出くわしてその命を奪うこともなかったかもしれない。オイディプスの父親も同じだ。息子を救うためにあれこれの策を講じさえしなければ、のちの災難は起こらなかったかもしれない。他の人と同じような月並みで「普通の」暮らしを続けたいのであれば、オイディプスとは反対に何事もなかったように振る舞う必要がある。善人でありたいと望んだオイディプスは、殺人者になりたくないがゆえに殺人者となり、殺人者が誰かを知ろうとしたがために自らが父親殺しの下手人であることを思い知らされた。ソフォクレスの戯作の本筋も、最終的には自らが犯人と知ることになる主人公の遍歴に置かれている。

ひるがえって私はどうだろう。自分が殺人犯かどうかも、そもそも殺人事件があったのかどうかさえ明らかではない上に、誰かを殺す意図も、息子に殺されるような理由もない。なにせ、マフムト親方は井戸から出てぴんぴんしていることだって十分にあり得るのだから。でなければ、警察がやって来ないはずがないではないか？　そうだ、やはり他の人と同じでいるために、私はすべてを忘れて何事もなかったように生きていかねばならないのだ。

# 24

「そもそも何も起こらなかったのだ」――私は長いことそう考えていた。湿った埃とカリウム石鹸の匂う大学の廊下を歩いているときや、「政治的闘争だ、警察とやり合うぞ」云々と言い訳して冶金学の授業を中止させる同級生たちと連れ立って映画を観に行ったとき、あるいは学生寮でテレビドラマをぼんやり眺めているとき、はたまたテレビのサッカーの試合や、当時登場したばかりだったビデオで映画を観たり、ボスフォラス海峡を通る船をなんとなしに眺めるときも、ショーウィンドウに並ぶ新品の家電製品を冷やかすときも、ベイオール地区まで出て雑踏に混じるときも、日曜日の夜にはこれで休日はお仕舞いだと嘆くときにさえ、ふと自分が皆と同じように成りおおせたのだという確信めいた思いが兆し、そうすると私は得も言われぬ満足感を覚えるのだった。

武器庫から改装されたマチカ地区にあるイスタンブル工科大学の校舎には、ごくわずかではあるものの工学を学ぶ女学生がおり、どの娘にも絶えず男子学生が付きまとっていた。

「おじさんの親戚で、ギョルデス出身の娘さんがイスタンブル大学の薬学部へ入学して学生寮で暮らしてるんだけどね、人込みだらけの街が怖いんですって。あんたが助けになってくれるならおじさんも喜ぶと思うんだけど」

ある週末、ゲブゼで母からそう頼まれたとき私が興味をひかれたのも、たんに大学へ通う自分と同じ年ごろの女の子が物珍しかったからにすぎない。

その娘アイシェは、髪の色こそ明るい茶色だったが、少しだけ赤い髪の彼女に似ていた。とくにふっくらした上唇の描く曲線やほっそりとした顎はそっくりだった。会ったその日に、私はアイシェに恋するだろうと予感し、彼女もまた満更でもなさそうに見えた。

それから私とアイシェは毎週土曜日の午後になると映画館や、チェーホフやシェイクスピアを上演する街中の劇場へ行き、あるいはお茶をしにバスに乗って海沿いのエミルガン地区などへ足を伸ばすようになった。分別を弁《わきま》えた、それはそれは綺麗な女の子と——友人たちの言い方を借りれば——「付き合って」親密に過ごすのはなんとも愉快この上なかった。人生は上々に思え、私はマフムト親方のことも井戸のこともすっかり忘れた気でいた。

この調子で順風満帆の人生を続けるべく、私は地質工学の上級クラスへ登録した。成績最優秀者の一人だったので難なく受理された。出会って二年目、私とアイシェは映画館や公園、あるいは人目につかない裏通りで手をつなぎ、キスをするようになった。保守的な家庭で育った彼女が、結婚前に私と寝ることがないのは出会ったその週のうちからはっきりとしていた。

定期的に売春宿へ通い、あらゆる女は最終的にはベッドへ連れ込めると心の底から信じ切っているベシクタシュの友人たちにけしかけられた末に、私はある昼下がりに彼から鍵を借り、一人部屋で彼女と待ち合わせた。結果は、当然ながら惨憺たるものだった。慣れた風を装ってラク酒を勧めた私の懇願に二時間も辛抱強く耳を傾けた末に、アイシェはわっと泣いて部屋を飛び出していき、長いこと寮に電話をしても出てくれなかったのだ。

私は赤い髪の彼女を探してまた会うことを夢見、彼女との行為を思い出しながら自慰に耽って時間を過ごした末に、婚約する決心を固めた。アイシェと和解して以前と同じように付き合うためにはそれしかなかった。母が仕立て屋と一緒に縫ってくれたシャツを着こんで臨んだ婚約式が終わると、アイシェはときおり土曜日の午後にデニズ書店まで会いに来てくれるようになった。デニズ氏やほかの店員たちが「ギョルデス娘」を美人だと思っているのがわかり、私は鼻高々だった。私は彼女に読み漁った本のことや地質学の歴史にはじまり、月並みな政治的見解やらサッカー観戦の醍醐味に至るまで、なんでも嬉々として語った。夏には研修で訪れたコズルやソマで目にした地の底で喘ぐように働く炭鉱労働者たちの労働条件について、世界や人生に対する憤懣や断固とした考えを交えて手紙を綴ってはアイシェに送りもした。彼女が私の手紙を大切にしまい、たびたび読み返していると聞かされて大いに自尊心がくすぐられたが、実のところ彼女の手紙を大切にしまっているのは私も同じだった。満ち足りた日々を過ごしていても、ときおり小さなきっかけ一つで心の闇が顔を覗かせるときがないわけではない。

「イスタンブルの全部の公園に井戸を掘れば水問題なんてすぐに解決するのに」

イスタンブルが水不足に陥ったその夏、雨乞いの儀式に出席した農業大臣を好き勝手に貶しながらアイシェがそう漏らしたとき、私はしばらくなにも言えなかった。昔、井戸掘りをしたのさえ話したことはない。あるいは、オンギョレン近郊で首相臨席のもと落成式が行われた冷蔵庫製造工場の記事を読めば、ふいにマフムト親方が話した宗教説話を思い出してしまったし、婚約者の誕生日プレゼントにと手に取った『カラマーゾフの兄弟』の新訳の頭にオイディプスやハムレットを引きながらドストエフスキーと父殺しについて論じるフロイトの序文があるのを知って、本を脇に放り出して代わりに純真な主人公の出てくる『白痴』を買い求めたこともある。

ふたたび、マフムト親方の夢を見るようになった。今度の彼は宇宙空間の星々の間に浮かぶ、まだ熟していない巨大な青いオレンジの上で井戸を掘っていた。その夢を見ていると、やっぱり親方は死んでいなかった、罪の意識を感じる必要はなかったのだと安堵するのだけれど、彼が井戸を掘り続ける惑星を見ているうちに居たたまれなくなってしまうのだった。

　マフムト親方に出会ったから地質調査技師を目指すようになったのだと、アイシェに打ち明けようと思うことはあったが、その都度思いとどまった。しかし、アイシェと仲良く本の話に興じながらマフムト親方になりかわって地学の神秘を――高嶺の山頂の裂け目やひび、あるいは窪地から見つかる貝殻や魚の頭骨、そしてムール貝の秘密を最初に解き明かしたのは十一世紀の中国の沈括《しんかつ》という識者だった話などだ――語り聞かせていると、やはり親方の井戸のことを話さねばという気になるのだった。

　ソフォクレスの百五十年後の人物であるテオプラストスが『石について』で説いた鉱物論は、その後何千年も信じられたそうだ。想像力豊かな作家にはなれそうもないが、テオプラストスのように誰もが信じてしまうような物語を書いてみたいと、どれほど願ったことか！　私が温めていたのは『トルコの地質学的構造』という本の構想で、トロス山脈の山嶺から、私たちが井戸を掘ったトラキア地方の細かい砂状の大地に至るまでの地下に横たわる神秘から説き起こして、トルコ南部のプレートの構造や、石油と天然ガスの本当の分布図に至るまで（トルコはいずれもわずかにしか産出しないが、国土東部には大量に埋蔵されていると信じられている）、地質学のおよそすべてが書き記された大著になる予定だった。

# 25

イスタンブルのどこかまでは知らないが、父がこの街で暮らしていることは知っていた。ただ、電話一つ寄越さない相手に、こちらからかける気は起きなかった。最後に父と会ったのは、兵役へ行く前にアイシェと結婚したときだった。披露宴を終えた私とアイシェは、タクスィム広場に建てられたばかりのホテルのレストランで父と待ち合わせをしたのだ。父を目にした瞬間、どうしてか安心感が心に広がった。

アイシェと瞬く間に打ち解けた父は――それどころか、放っておくと数字ばかり暗記してしまう私のエンジニア気質を二人してからかったほどだ――二人きりになると言った。

「お母さんによく似た子を見つけたな」

父は老けてなおハンサムだった。金にも困らず第二の人生を謳歌していて、それが少し気まずいようでもあった。私の方も父殺しの物語に執心しているのがどことなく後ろめたかった。でも、父のいない数年間に孤軍奮闘した末に「確かな自分」になったという自負があった。

父は決して私と張り合おうとはせず、信頼してくれている様子だったにもかかわらず、彼のそばにいるだけで私はその確かな自分でいるのが難しくなるような気がした。マフムト親方と過ごした一カ月間、私は彼に反発することで自分を保とうとしていた。それが正しかったのかどうか、いまとなっては分からないが、少なくとも自分の感情くらいは理解できるようになった。つまるところこの日の私は、父に認めてもらいたかったのだ。そうすれば、自分が彼の期待に応えて立派な人生を送っているという確信が得られるから。しかしその反面、父に言いようのない怒りも感じていたのである。

「お前は本当に幸運だね。息子をこんなにも素晴らしい娘さんに任せられて、私も安心したよ」

別れ際に父は、アイシェを見つめながらそう言った。

アイシェと肩を並べてタクスィム広場からパンガルト地区へ続く背の高いマロニエ並木を通って帰宅するとき、私は父と別れられてほっとしていた。私たちの部屋は、フェリキョイからドラプデレ大通りの下り坂の途中にある格安の家賃のフラットだった。新婚の私たちは毎日のように時間をかけて愛し合い、談笑し、そして冗談を言い合った。幸福そのものだ。ときどきマフムト親方のことを思い出すと、オイディプスのように過去の罪を探るのは過ちであり、もはや罪の意識以外になにも生み出さない思い出に過ぎないと割り切ることにしていたが、同時に私にとって彼はいったい何だったのだろうかと考えずにはいられなかった。

兵役を終えた私は資源探索・開発局のイスタンブル支部に働き口を見つけた。大学時代の友人たちは、高等地質調査免許を持っている地質調査技師として働くくらいなら、建築会社に勤めるか、さもなければドネル・ケバブ・スタンドでも開業した方が稼げるぞ、などと冗談を飛ばしたものだ。でも、薄給の公務員であってさえ私にとっては幸運だった。

そのうちトルコの建設会社がアラブ諸国やウクライナ、ルーマニアなどでダムや橋を受注し、調査のために地質学者や地質調査技師を募集しはじめた。私はまずリビアでの仕事にありついたものの、毎年最低半年は現地で暮らさねばならなかった。子供ができないのに悩んでいた私たち夫婦は、知り合いの信頼のおける医者に相談しようと決め、イスタンブルへ戻ることにした。その後、一九九七年にリビアよりは近いということでカザフスタンとアゼルバイジャンで事業展開する会社へ移った。それ以来十五年もの間、飛行機でイスタンブルと近隣諸国の間を行ったり来たりの暮らしが続き、ささやかながら貯金もできた。

同じパンガルト地区のもっといい家へ越し、週末をイスタンブルで過ごせるときはアイシェと一緒にショッピングモールへ出かけたり、映画を見たり、レストランで外食したりした。晩にはテレビで政府高官や軍高官の声明を聞きながら夕食をとり、妊娠を成功させるための怪しげな方法を提唱する教授とか、アメリカ帰りのぴかぴかの医者とかとの面会予約を取る一方、子供がいないからといって結婚生活や二人の幸せが脅かされぬようあれこれと話し合った。

ベシクタシュまで下りていってデニズ書店に顔を出すこともあった。店主のデニズ氏はようやく私が作家にはならないことを受け入れ、かわりに書店の共同経営を持ちかけてきた。あらゆる人間がそうであるように、私にももっと別の輝かしい人生というものがあり得たのかもしれない。でも少なくとも、何事もなかったように振る舞うことには成功したじゃないか——私はそう自分に言い聞かせた。もちろん、マフムト親方のことを思い出したり、子供に恵まれない後悔の念に苛まれることがなかったわけではない。とくに飛行機に乗っているときがそうで、ベンガジやアスタナ、あるいはバクーへ向かっていると、自分はひょっとしてマフムト親方のことを思い出すために飛行機に乗っているのではないかと真剣に悩んだほどだ。そして飛行機から降りると、途端に子供がいない悲しみが襲いかかって来るのだ。

イェシルキョイのアタテュルク国際空港を飛び立った飛行機が、群れを成して街の上空を飛ぶ渡り鳥のように旋回して東に進路を取るとき、眼下にはきまってオンギョレンの街が見えた。オンギョレンは黒海からもマルマラ海からも、あるいは海岸沿いのビーチや真新しい大型リゾート施設からも、そして上空から見下ろしてさえその巨大さがわかる石油コンビナートからも、さほど離れているわけではない。そのはずなのに木々や緑地、それに黄色や橙色を呈する実り豊かな大地のいずれからも隔絶しているように見えて、ただ昔と変わらずそばに兵営だけを従えて、薄灰色の不毛の大地に取り囲まれていた。

窓から垣間見える光景は機体が旋回するとすぐに消えてしまったが、私には下界の様子が手に取るようにわかった。

私たち夫婦が年老い、子宝に恵まれずにいるうちに、オンギョレンとイスタンブルの間に横たわる田畑や工場、倉庫や修理工場はみな閉鎖されていた。上空から、鉛のような灰や漆黒に見えるのがそれだ。空港から離陸した旅客機からも見えるようにと、色とりどりの大きな文字で建物や倉庫の屋根に社名を書いている工場も、その周辺に散らばって中間素材を扱う聞いたこともない名前の、塗装もないぼろぼろのちっぽけな工場も、みな閉鎖されていた。さらに高度が上がると、工場街の周囲を取り囲む無数の一夜建てが視界に入ってくる。イスタンブル郊外に新しい街や村が、あたかも都市そのものが成長しているかのように広がっていくさまを目の当たりにして、私はぞっとしたものだ。飛行機に乗るたび、都市の伸ばした手は驚くべき僻地にまで入り込んでいって、徐々に広がる道路には何十万という車両が我慢強いアリのように進んでいくのが見える。そして、技術の進歩と共に井戸掘り人の仕事もまた失われていった。

何百年にもわたってツルハシとシャベルを担ぎ、木製の滑車でバケツを巻き取り、壁面を固めながら井戸を掘った人々は、一九八〇年代が半ばを過ぎるころから急速に姿を消した。はじめて掘削機を目にしたのは、夏にアイシェと一緒にゲブゼの母を訪ねたときのことだった。人力でねじ回しのように回して使う最初の掘削機に続いて原動機で動く強力な機械が登場した。泥にまみれた巨大なタイヤのトラックの荷台に、油井やぐらのように聳え立って轟音をまき散らすこの新型の掘削機は、マフムト親方と二人の見習いが何週間もかけて掘った大地を、一日で五十メートルも掘りぬいて水を発見するのだ。そして地の底にある水はポンプ付きの水道管であっという間に、しかも安価に汲み上げられるのだった。

新型掘削機を使う新しいやり方があまりにも簡単だったせいだろう、一九九〇年代以降のイスタンブルの緑地では一時期、水余りになったほどだ。しかし、そのせいで地表に近い地下水脈は急速に枯渇し、二〇〇〇年代初頭には最低でも七、八十メートルは掘らねば水源に当たらなくなった。日に一メートルしか掘り進めないマフムト親方と二人の見習いでは、もう水にたどり着くのは不可能だ。こうして、イスタンブルからも、都市が築かれた大地からも、そしてその自然からも、従来の純真さは失われていったのである。

# 26

オンギョレンでの日々から数えてちょうど二十年目、私はイスタンブル工科大学時代の旧友の誘いを受けてテヘランへ向かった。石油会社の面接を受けるためだ。離陸して数分後、飛行機が西から南へ旋回しようと機体を傾けたとき、私の視界に飛び込んできたのはイスタンブルの市街地と一体化したオンギョレンの姿だった。いつのまにかオンギョレンは、そこいらの通りや家々、屋根やらモスクやら工場やらの大海の一部にすぎなくなっていたのだ。いまにオンギョレンで育った年若い世代は「イスタンブルで暮らしています」と言い出すことだろう。

しかし、ある人がその街を何と呼んでいるのか、そして自分がはたしてどこで暮らしているのかと自問することに、いったいどれほどの意味があるというのだろう？　ホメイニーの革命から二十五年経った当時、イランはいまだ鎖国状態だった。

「だからこそ、この国はトルコ人にとって大きな可能性を秘めているのさ」

そう捲《まく》し立てた友人のムラトの希望的観測は理解できたが、共感する気にはなれなかった。

「産油国だからイラン政府からいくらでも契約が取れるぞ。トルコから持ち込んだ掘削機を売れるし、西側諸国とイランの仲介役だってできるかもしれない」

もしかしたら彼の言う通りなのかもしれない。しかし、膨大な数のトルコ企業が西側諸国の禁輸措置の網の目を掻い潜っている以上、ＣＩＡや第三国のスパイがそれに気が付いていないわけがないだろう。大学時代と変わらず小手先のいかさまやら企みごとやらが大好きなマラトヤ出身のムラトは、そんな私の心配を一笑に付した。彼はスカーフなしでは外出さえできないテヘランの女性たちを見ても、私のような不安を感じないようだった。

当時は、西側の新聞が大真面目にイラン空爆の是非を議論し、イスタンブルに拠点を置く世俗主義系、トルコ民族主義系の新聞が「トルコはイランのようになってしまうのか？」と煽るような時代だった。私はムラトとの政治談議にかまけるつもりもなかったし、そもそもテヘラン初日にしてここでは働けないと思った。

しかし、イラン人があまりにもトルコ人に似ているので、すっかり魅了されてしまったのも確かだ。イスタンブルへ帰るのを急ぐ理由もなかったし、私はテヘランの商店街や書店を——なんとニーチェの翻訳が無数に売られていた！——好奇心たっぷりに歩き回った。道行く男たちの挙措や表情の浮かべ方、身振り手振り、あるいは扉の前で立ち止まって互いに道を譲る礼儀作法、何をするでもなくぼんやり佇むさま、珈琲店で煙草を吸いながら時間を潰す様子。どれもこれも私たちトルコ人とそっくりだった。テヘランでイスタンブルよりもひどかったのは、交通事情くらいのものだ。西に向けて舵を切ってからというもの、私たちトルコ人はイランという国のことをすっかり忘れ去ってしまったのだ。エンゲラーブ通りの書店を巡った私は、書物の種類の多さに感心することしきりだった。

家の中に囚われて鬱屈した感情を託《かこ》つ現代的な世俗主義世代がいることもすぐにわかった。ムラトが、男女同席の酒席へ連れて行ってくれたのだ。そうした家々の女性たちはスカーフなどかぶっていなかった。酒は家で密造しているらしかった。こうした世俗主義者がテヘランには無数にいるのだ。

ただし、この国の世俗主義はトルコのように国軍の後ろ盾を得て確固として存在し、慎重に守られるべきものではない。むしろ、そこに存在しないかのように扱われるものだった。この国の人々がより真摯に世俗主義を切望しているように思えるのも、きっとそのためだ。

あくる日の晩は、別の家に招かれた。子供たちもたくさんいて、私は女性やその親戚、そしてビジネスマンたちが交わす笑いの絶えない騒々しい会話に耳を傾けた。こちらがトルコ人とわかると誰しも親切になり、礼儀正しく話しかけてくれた。彼らはみなイスタンブルが好きで、観光やショッピングに行ったことがあるのだそうだ。せがまれてトルコ語を喋ると、彼らはひどく愉快そうに微笑んだものだ。その席で、ある家族がカスピ海沿いの別荘に招待してくれた。すぐさま首を縦に振ったのは、私よりも酔っぱらっていたムラトの方だった。

群青色の空をいただくテヘランの街明かりを窓から眺めるうち、大学時代の同級生の腹には、トルコとイランの橋渡し役を演じたいという情熱以上のもっと別の決意が秘められているのではないかという疑念が脳裏をかすめた。もっとも、それがトルコを北大西洋条約機構や西側諸国と切り離すためのスパイ工作なのか、孤立するイランを救いたいからなのか、それとも禁輸措置を受けたこの国でいまこそ好機とばかりに一山あてたいだけなのかまでは、わからなかった。

フルーツ味のカクテルでほろ酔いになりながらアイシェとイスタンブルを想った次の瞬間、前触れなくマフムト親方と一緒にオンギョレンへ下りて行く夜の光景がよみがえった。同時に、あの不思議な「父親」への懐かしさと怒りがこみ上げた。

マフムト親方のことを思い出したのは、ホテルの部屋に架けられた絵のせいに違いない。前にも見たことのある絵だ。でも、いつどこで見かけたのかは思い出せず、主題が何なのかもわからなかった。いや、主題についてはよく知っているのに、思い出したくないだけなのかもしれない。それは父親が息子を抱きしめて泣いている絵で、眺めるうちに何年も前にオンギョレンの劇団テントで味わった後悔の念が胸をかすめた。古い書物から題を取ったと思しきその絵は、壁に架けられたカレンダーの中央に印刷されていた。息子を抱きしめる父親の愛情が主題なのだとは思うが、彼らが血まみれなのが気になった。

じっとカレンダーを眺めていると、かたわらに女主人がやって来た。

「ロスタムがソフラーブを殺して嘆き悲しむ『王書』の場面ですよ」

私が絵について尋ねると、なに不自由なく暮らす老女はそう教えてくれた。その瞳には「あなた、そんなこともご存じないの？」とでも言いたげな光が宿っていた。イラン人は、西欧化するあまりに過去の詩人たちや物語を忘れてしまったトルコ人とは違うんですよ、と彼女は言いたかったのかもしれない。確かに彼らイラン人は詩人のことを決して忘れないから。

「ご興味がおありなら、明日ゴレスターン宮殿へお連れしましょう」

女主人はどこか誇らしげにそう申し出てくれた。

「絵のオリジナルがあるの。挿絵付きの装飾写本やそのほかの古い書物が展示されているんですよ、あそこには」

結局、女主人ではなくムラトに案内されてゴレスターン宮殿を訪れたのはテヘラン滞在最終日の午後だった。木々の生い茂る広大な庭園と、こぢんまりとした離宮群を見物しながら、父のハヤト薬局の近くにあったウフラムル館を彷彿とさせる可愛らしいネギャール館へ入った。昔のイラン絵画を展示する薄暗い建物には私たち以外に観覧者はおらず、守衛は「なにしに来たんだ」とばかりに顔をしかめた。

死んだ息子を抱いて嘆く男——あるいは傷ついた息子を懸命に治療しようとしているのかもしれな

いが――の絵はすぐに見つかった。父親はイランの国民的叙事詩『王書』の英雄ロスタムだ。私は読書好きのつもりだが、トルコ人の常でロスタムのこともソフラーブのことも知らなかった。それでも絵が描こうとしているのが父でも子でもなく、父子の姿だということは容易に理解できた。

博物館の売店には絵葉書も書籍も売っておらず、ロスタムとソフラーブの複製画の類も見つからなかった。私は不安だった。あの絵が、いままで意識せぬよう努めてきた恐ろしい記憶をよみがえらせ、不幸をもたらすような予感がしたのだ。井戸の底に置きざりにしてきたマフムト親方を忘れようとすればするほどに、ロスタムとソフラーブの絵が脳裏にこびりついて離れなかった。

「あの絵がどうしたってんだよ、坊っちゃん。さあ話してみろよ」

私はなにも答えなかったが、ムラトは夕飯に招かれたあの家の絵を写真に撮ってイスタンブルへ送ってくれると約束してくれた。

テヘランからの帰路、イスタンブルへ向けて降下をはじめた飛行機からふたたびオンギョレンを探した。しかし、オンギョレンはもう見つからず、雲間から見えるのは巨大なイスタンブルだけだった。二十年前にマフムト親方を最後に目にした場所へ、オンギョレンへ行ってみたいという抗いがたい欲求がこみ上げた。

# 27

私はオンギョレンを再訪したいという衝動に抗った。週末にイスタンブルにいるときは妻とテレビの前でのんびり過ごし、ときにはベイオール地区の映画館へ繰り出したりしながら、努めて内心の苦悩から目を背けようとした。いや、苦悩という言葉ははたして適当だろうか？　なにせ、子供ができないこと以外に私に悩みなどないはずなのだ。不妊の原因が私ではなくアイシェにあると診断した医師たちから何日も、ときに何カ月もかかる治療をしてもらったものの、捗々《はかばか》しい結果を得られずにいたあの時期に、これまで通りに何事もないように振る舞い続けていたのならば、そのあとの出来事も起きなかったのかもしれない。

イスタンブルの書店を巡ったものの、フェルドースィーが千年前に詠んだ『王書』の翻訳はなかなか見つけられなかった。昔、オスマン帝国の識者たちの大半はイランの国民的叙事詩の一部、少なくとも挿話の一つくらいは諳んじていたものだが、トルコの二百年に及ぶ西欧化の努力が実を結んだ結果、いまでは誰もこの物語の大海に興味を持たなくなってしまった。この長大な叙事詩は、一九四〇年代に韻律と脚韻には頓着しない散文訳が行われ、一九五〇年代に入って国民教育省から四巻本として出版されたことがある。私は世界名作シリーズに収められたその黄ばんだ白表紙の物語を入手し、読みふけった。

神話と物語がないまぜになっている点や、はじめはおどろおどろしいおとぎ噺のように幕を開け、やがて王国や王族の命運や道徳についてさまざまな教訓的な物語が綴られるさまは心地よく、散文訳で一五〇〇ページに及ぶ民族史を編むことに生涯をささげたフェルドースィーの姿勢には心打たれた。書物への愛と教養を備えた彼は、他の史書や叙事詩、英雄物語に目を通し、アラビア語やアヴェスター語、パフラヴィー語の書物まで渉猟して物語を探し、英雄たちの伝説や宗教説話、史実を巧みに自らの物語の中へ落とし込んでみせたのだ。

その点で『王書』は、古《いにしえ》の偉大な王や皇帝、英雄と、彼らの忘れ去られた物語の百科事典と言ってもいいだろう。それを読んでいると、自分自身がときに物語の主人公であり、ときに書き手であると錯覚してしまったものだ。

フェルドースィーが存命中に息子を亡くしたという事実は、息子に先立たれる父親というテーマにも大きな影響を与えたことだろう。真夜中にロスタムとソフラーブの物語に読みふけりながら、それが夜闇のなかマフムト親方の口から語られるところを想像していると、ときおり赤い髪の彼女のことを思い出した。あらゆる出来事を網羅しながら細やかに記述し、あるときは登場人物たちの人間らしさに一喜一憂させられ、またあるときは驚嘆のあまりに窒息してしまいそうにさえなった。なぜなら、もし作家になっていたら、私もこんな果てしのない百科事典のような物語を書いてみたかったからだ。地底湖や大山脈、あるいは地下に折り重なる地層にまつわる物語が綴られる私の本を。

さて、叙事詩の冒頭で語られるイランの建国神話や、魔物や怪物、精霊や悪魔の登場するおとぎ噺に続いて、王や勇者の冒険が語られ、ようやく私たちと同じ人間の、つまり父や家族、日常生活、あるいは国家の悲哀が詠まれる箇所まで読み進むころには、私はまるでよく見知った自宅にいるような親しみさえ感じていた。物語と歩みを共にするうちに私は父を思い出し、そして自分がマフムト親方を殺したかもしれないという事実を思い出した。マフムト親方の記憶はソフラーブの物語が終わり、次代のアフラスィヤーブの物語がはじまるとより鮮明になり、私はしきりと不安を催すようになった。もう本を閉じようと思うこともあったが、この果てなく続く物語の海を進めば進むほどに、人生の投げかけるなにがしかの謎かけが解けるような気がして、きっといずれ心安らぐ岸辺へたどり着くだろうという確信めいた予感があった。

妻が寝入ったあとで読んでいるせいか、『王書』は子供のころに聞かされたおとぎ噺や悪夢のように、頭の中にすんなりと入ってきた。

昔々、ロスタムはイランの国の天下無双の勇者だった。彼を知らぬ者はなく、また敬愛しない者もいなかった。ある日、狩りに出たロスタムは道に迷い、夜眠っている間に愛馬ラクシュにも逃げられてしまった。ロスタムは愛馬を見つけようと敵国であるトゥーラーンの国へ踏み入る。ロスタムの名声は先ぶれのように広まり、人々は彼を見れば一目でそれと見分け篤くもてなした。トゥーラーンの王から予期せぬ歓待を受けたロスタムは、その晩開かれた宴で王と酒席を共にすることになった。

やがて饗応を辞したロスタムの寝室の戸を叩く者がある。トゥーラーンの王女タフミーネだ。彼女は褥《しとね》へ立ち入ると「宴席でお見掛けしあなた様に恋をいたしました」と打ち明け、名にし負う賢明な勇者ロスタムの子種を授かりたいと懇願する。王女は弓のように弧を描く眉につややかな髪のまばゆい、糸杉のようにすらりとした肢体と小さな口を備えた乙女だった。（ちなみに、私の中ではその髪の毛は赤色をしていた）。ロスタムは、寝室までやって来た思慮深く弁舌爽やかにして美麗、誉れも高い乙女に否とは言えなかった。その晩、二人は愛し合った。あくる朝ロスタムは、生まれてくる子供を見分けられるようにと、一環の腕輪を王女に託して国へ帰っていった。

母となったタフミーネは、父のないその子にソフラーブと名付ける。何年も経って自分の父がロスタムだと知ったソフラーブはこう言う。「ではイランの国へ赴き、冷酷なるカイカーウス王を玉座より引きずり下ろし、代わりに我が父を王位へつけましょう。そののち私はこのトゥーラーンの国へ戻り、カイカーウスと同じように慈悲を知らないアフラスィヤーブ王に成り代わり、王となりましょう。その暁には、我が父と私がイランとトゥーラーン、すなわち東と西を一つ国となし、あまねく世界を公正の名の下に統治しましょうぞ」

しかし、志も心根も善に溢れるソフラーブは、自らの敵がいかに狡知に長けているかまでは計れなかった。イランとの戦を申し出たソフラーブに、アフラスィヤーブ王は若者の真意を知りながらも賛成した。そして、ソフラーブが父ロスタムに気づかぬよう、軍勢に密偵を忍ばせるのも忘れなかった。かくして父と子はそれと知らぬまま軍を率いて会し、遠くに互いの姿を認める。多種多様な欺きと戯れ、そして悲劇の連関によって、伝説に歌われる武人ロスタムとその息子ソフラーブは、一騎打ちに臨むことになる。鎧に身を固めた父と子は、オイディプスと父王のように互いの正体に気が付かない。もともとロスタムは、対峙する戦士が彼の勇名に気後れせぬようにと、一騎打ちでは注意深く正体を隠すのを習いとしていた。父をイランの玉座につけることに夢中で、脇目も振らずここまで来たソフラーブもまた、一騎打ちの相手が誰かなど気にもかけない。かくしてそろって無双の勇者である父と子は、背後の軍勢が見守るなか互いに剣を抜くのだ。

父と子の激戦や、幾日も続く決闘の様子、そして父が息子を手にかけてしまうその終焉まで、詩人フェルドースィーはマスナウィー体（トルコやイランの古典詩の詩形の一つ。対句ごとに脚韻を変えられるため長大な物語詩を詠むのに適する）で長々と謳い上げていた。父子の物語の過酷さや悲哀にもまして私の心をえぐったのは、この話と同じことを以前に体験したという既視感だった。あるいは、たんに自分でそう思い込みたかっただけかもしれないが、いずれにせよ私はこの古い物語にのめりこみ、ついにオンギョレンの移動劇団のテントで観たあの劇のことを思い出すに至った。やがて私は、ロスタムとソフラーブの物語を読んでいると、過去の記憶を追体験しているような錯覚にからめとられていった。

# 28

ソフラーブとロスタムの物語に通暁した上でオイディプス王の物語との類似点について考えてみると、二つの物語を整理するのはさほど難しくなかった。ソフラーブとオイディプスは驚くほど似ている反面、二人には大きな相違点が一つある。オイディプスは父を殺し、ソフラーブは父に殺されるという点だ。片方は父殺し、もう片方は子殺しなのだ。

しかし、この大きな違いこそがそのほかの類似をなおさらに強調するかに見える。とくに、オイディプスもソフラーブも父を知らず、彼に会ったことがないと幾度も読者に強調される点などはそっくりだ。自分が命をかけて戦っている相手が実の父と知らない点で、ソフラーブに罪はないと多くの読者は考えることだろう。しかし、この物語では肝心の父ロスタムの死はけっして訪れない。

父と子の決闘がなかなか終わらないところも、オイディプスの犯人探しが一向に終わらないのと似ている。初日、ロスタムとソフラーブはまず短槍を手に戦いはじめるものの、互いの得物が同時に砕け散って引き分けとなる。ついで三日月刀を抜いて決闘は続く。二人の刀がぶつかると、両軍の兵士にも見えるほどの火花が飛び散ったそうだ。

この刀も砕け散り、今度は槌矛《つちほこ》が取り出される。二人の打撃の激しさに槌矛も盾も曲がり、へこみ、馬は疲労困憊してしまう。どうやらオンギョレンで観た劇では、二人の決闘の最期の場面だけが演じられたようだ。

初日はソフラーブの方が一撃を入れ、父の肩に傷を負わせて終了となる。二日目の戦いの決着はもっと早くつく。若いソフラーブが父親の腰帯をつかんで瞬く間に地に転がして馬乗りになるのだ。私はぞっとしたが、ソフラーブが抜いた短剣がまさに父の頭に吸い込まれようというその瞬間、ロスタムは死の恐怖に負け、息子にこう嘘をつく。

「初回で殺してはならぬ。いま一度、私を打ち倒したそのときこそ、私の命をお前にやろう。それが我が国の習わしなのだ。もし習わしに従ってお前が勝利したのなら、誰しもがお前を真の勇者と認めるだろう！」

ソフラーブは自らの心の声に従い、年老いた対戦相手に慈悲をかける。その晩、仲間たちはソフラーブに、昼間の行いは間違いだ、いかなる敵も軽視してはならないと助言するが、若者は耳を貸さなかった。

三日目、まだ果たし合いがはじまって間もないというのにロスタムは唐突に息子を地に這わせ、読者である私たちに口を挟む間も与えず、剣の一閃でソフラーブを切りつけて倒してしまう。オンギョレンで劇を観ていたときと同じように、私はこの展開に驚かされてしまった。

思えば、道の辻でそうとは知らずに父に出くわしたオイディプスもまた、ロスタムのように驚くべき手早さで、しかも一瞬のくだらない激情に任せて父を殺した。その一瞬に関しては、オイディプスもロスタムも到底、正気とは思われない。まるで父が子の、そして子が父の命を心安らかに奪えるように、そうしてそのさまを美しい詩にして献じられるように、神が取り計らったかのような手早さだ。

では「父を殺したオイディプスも、息子を殺したロスタムも、理性を失っていたのであるから無実だ」とは言えるだろうか？　少なくともソフォクレスの『オイディプス』を観た古代ギリシアの観客たちの感想は、マフムト親方と同じだった。つまり、オイディプスの罪は父を殺したことではなく、神が定めた運命から逃れようとしたことなのだと、彼らは考えた。そうなると、ロスタムの罪も息子を殺したことではないのかもしれない。あるいは、一夜の逢瀬によって子を成したにもかかわらず、父親の名乗りをあげなかったことが彼の罪だったのだろうか。

いずれにせよ、オイディプスがその目を潰したのは罪の意識に苛まれてのことだろう。古代ギリシアの観客たちはきっと、これぞ神の示した運命に背いた彼への罰だと得心し、納得したことだろう。となると、同じように息子を殺したロスタムも罰せられるべきなのだが、東方から伝わったこの物語では父親は罰せられず、私たち読者に残されるのは嘆きだけだ。東方世界では、父親は罰を受けないということだろうか？

真夜中にふと目が覚めたとき、私は妻のかたわらで二つの物語のことを考え続けた。半分開いたカーテンの隙間から差し込む街灯の光に照らし出されるアイシェの美しい額や優しげな唇を眺めていると、子供がいなくとも彼女といられればそれだけで幸せに思えた。ときにはベッドを抜け出して窓外を眺めながら、そもそもなぜオイディプスとロスタムのことばかり考えているのかと自問したこともある。雪の日や雨の日には、私たちの住む古い建物の水道管がうなり声をあげ、明滅する青い街灯が照らし出したイスタンブルの薄暗い通りを警察車両が怯えるようにひっそりと通り過ぎていく。あれはちょうどトルコのEU加盟をめぐって、トルコ民族主義者とイスラム主義者が争っていた時期だった。いずれの陣営もトルコ国旗を戦旗のようにこれでもかと誇示したものだから、国軍の兵営はもとより、街の小高い場所所や、とにかくイスタンブルのそこらじゅうに巨大なトルコ国旗がはためいていた。

家の上を通り過ぎる飛行機の轟音を耳にして、ふとマフムト親方を思い出す日もあった。街じゅうが寝静まっているからだろうか、雲間から旋回中の飛行機が垣間見えると、それは私にだけ示された秘密の徴《しるし》のように思えたものだ。でも、夜明けを待ってあの飛行機に飛び乗ってマフムト親方の井戸を探したところで、決して見つからないだろう。すでにオンギョレンの街はイスタンブルに飲み込まれ、都市の森の中に姿を消してしまったのだから。私には罪があるのか、それともないのか。不安を消すためにはオンギョレンへ行くしかない。そう理解していてなお、私はオンギョレンを再訪する代わりに『王書』と『オイディプス王』をためつすがめつし、ロスタムとソフラーブ、オイディプスの物語を他の物語と比較しながら、自分の気持ちを宥めるのだった。

# 29

平凡な人生とはいえ、さまざまな父親と息子たちに出会うものだ。いつからか彼らとオイディプス、そしてロスタムとソフラーブを比べるのが私の癖になった。たとえば、仕事場からぼんやりと家路を辿るとき、サンドウィッチ・スタンドの店主を見かけてこう考えるのだ。彼は店員に怒鳴り散らしているが、実際にはロスタムのようにはなれないだろう、でも緑色の瞳に憤怒を秘めた店員の方はふとしたきっかけでドネル・ケバブ用の大きな包丁で店長を切り殺すかもしれない。あるいは、アイシェの親友夫婦のお宅へ男の子の出産祝いのために訪ねていけば、いかにも狭量で厳めしい父親を見て、こいつは知恵の回らないロスタムにはなるかもしれないな、などと予想するのだった。

政治スキャンダルや殺人事件の見出しで埋め尽くされる新聞に目を通すようになったのも、オイディプスやロスタムを彷彿とさせる以下のような物語にちょくちょく出くわすからに他ならない。一、兵役や投獄で家を離れている間に父親が嫁と関係を持ち、それに気が付いた息子が父親を殺す場合。二、こちらは様々な類型に分類できるが、いずれも性的不満を募らせた息子が母親と無理やり関係を持ってしまった場合。彼らの中には激昂のあまりに、あるいは息子を罰しようとした父親に対抗して、彼を手に掛ける者も見受けられる。社会的に見てもっとも忌避されるのはこの手の息子たちなのだが、世間が彼らを――それこそ犯人の名前さえ思い出したくないと思うほどに――憎むのは父親を殺したからではなく、母親を強姦したからである。そのため彼らは、名を挙げたいとか、汚らしい奴らをきれいさっぱり掃除してしまいたいと望む地元の顔役やらごろつきやら、あるいは金で雇われた殺し屋やらに、刑務所や路上で殺されてしまうこともある。こうした殺人には刑務所の管理側はもちろん新聞記者も、そして世間そのものもとくに異を唱えなかった。

オイディプスとソフラーブへの関心をアイシェと分かち合うころには、マフムト親方と井戸堀りをしたあの夏から二十年以上が過ぎていた。マフムト親方については一言も触れなかったが、アイシェは私がソフォクレスの悲劇とフェルドースィーの伝説に惹かれるのは、まだ見ぬ息子に想像を膨らませてのことだろうと納得して、むしろ喜んで相手をしてくれた。人間をロスタム・タイプとオイディプス・タイプに分類するのも、もともと彼女とはじめた遊びだ。心根は正しく、優しさに溢れながらも息子に恐れを抱かせる父親はロスタム・タイプだ。彼は息子を捨てて去ってしまった。一方、父親に対して憤懣を貯めこむ反抗的な息子はオイディプス・タイプということになる。では、父親に捨てられたソフラーブ・タイプには、いったいどんな人間があてはまるのだろう?

私とアイシェはまだ見ぬ我が子がエディプス・コンプレックスやソフラーブ・コンプレックスを患《わずら》わぬようにとあれこれ話し合った。友人の家で見かけた子供たちについて後から評価するのは、とくに楽しかった。「あれは高圧的な父と反抗的な子供の組み合わせだね」、「こっちは内気な子供と暢《のん》気《き》な父親の組み合わせね」といった他愛のない感想でしかなかったけれど、こうした類型論が子供のいない現状への悲しみを倍加させ、それゆえにこそ夫婦の仲を深めてくれるように思えた。

そのとき勤めていた会社がイスタンブル市役所と政権与党と親密だったおかげで、私たちは易々と都市再開発の公共事業のために買い上げ対象となる予定地――建築物の高度制限が改められたり、新たに幹線道路が敷かれる土地だ——をあらかじめ信用貸しで買うことができた。罪の意識など露ほども感じなかった。でも、与党のお偉方とうまくやるために、退屈極まりない文化事業やら慈善事業やらに参加して、いかにも勇ましげな演説を聞きながら仕事をもらってくる息子を見たら、はたして父は何と言うだろうか？ 長いこと父の蒸発に憤懣を貯めこんできたはずなのに、近ごろは文句を言う気が起きなくなった。きっと、私のやっていることを父は喜ばないだろうと感じるようになったからだ。

つまるところ私は、頼りがいのある父親から、人は何をすべきで、何をすべきでないのかを教えて欲しかったのだ。なぜ最近になってこんなことを考えるようになったのだろう？ 自分たちだけではすべきことが何かもわからなければ、何が正しく、何が間違えているのかも、あるいは何が罪深く、何が誤っているのかも判断がつかないからだろうか？ さもなくば、いつも父親に「お前たちに罪はないよ、間違えていないよ」とでも保証して欲しかったのだろうか？ 以前からこんなにも父親を必要としていただろうか？ あるいはいま私たちが少し混乱して、世界も心も狭くなったと勝手に思い込んで、それで父親にすがろうとしているだけなのだろうか？

# 30

四十を過ぎたころ、父と同じ軽い不眠症を患《わずら》うようになった。毎晩、真夜中に目が覚めてしまい、それなら仕事をしようと書斎へ行って会社から持ち帰った書類や、建築資材カタログ、あるいは契約書などに目を通す。しかし、軽い仕事程度では気は塞ぐばかりで眠気も訪れず、私は『王書』や『オイディプス王』を手に取り、昔々のおとぎ噺を読むような童心に帰りながらページを開く。すると、金や数字から解放されたからなのか、すぐによく眠れるのだった。何年かぶりにこれらの物語を読み直していると、不眠の原因であるはずの罪の意識が薄らぐように思えた。

祈禱文よろしく同じテクストを幾度も読み返すのは心地よさゆえか、やがてさまざまな物語の共通点に気が付いた。一方は西の世界で、もう一方は東の世界で、それぞれに重んじられる古代ギリシアとイランの物語を幾度読み直しても、主人公たちの口を借りて吐露される苦悩であるとか、そこにたゆたう道徳や人間性に関わる問題であるとかの具体的な輪郭を一向に掴めないという共通点だ。たとえば、オイディプスが実母であるイオカステと褥を共にする場面だ。読者は語られざるその場面を脳裏に思い描くことさえできず、ただ「大きな罪」と教え込まれるままに、物語を読み進めなければならない。

別の例も挙げてみよう。ソフラーブとオイディプスが兄弟のように酷似して見えるのは、二人とも父を知らず、なおかつ熱心に新たな父親を見つけようとするからだ。つまり、ソフラーブもオイディプスも、父親と遠く離れて暮らすのに不満を抱いていたわけだ。そこまで考えて、私は自分もまた新しい父親を見つけたいと願っていたことを、渋々ながら認めた。私の父はロスタムがソフラーブにしたのと同じように息子を捨てて刑務所へ行き、そして第二の人生を選んだ。だから私は彼の代わりをしてくれるような別の父親を求め、彼らの忠告に縋ろうとしてきたのだ。そう受け入れて以降、私は前にもましてマフムト親方のことを考えるようになった。頭の片隅に追いやられてだんだんと小さくなっていったはずの彼は、ふたたび私の夢に登場し、あるときは世界のこちら側からあちら側まで井戸を掘り抜こうとし、またあるときはいつもと違う服装で現れ物語を聞かせてくれるようになった。

特段の期待もせぬまま父を探すうち思いもよらない収穫を得たのは、日の陰る秋のある日、トプカプ宮殿博物館の大庭園に建つアブデュルメジト館で、フィクリイェ館長とお喋りしているときのことだった。デニズ書店の常連客で文学教師のハーシム先生がトプカプ宮殿図書館の館長であるフィクリイェ女史に、私がロスタムとソフラーブの物語に執心していると話すや、彼女は快く「それなら博物館へいらしてくださいな、挿絵付きの古い『王書』の写本をお見せしますよ」と申し出てくれたのだ(イスタンブルにだって親切な人間はちゃんと残っているのである)。

博物館の職員は決して展示しようとしないが、トプカプ宮殿の装飾写本コレクションは世界有数のもので、とくに一五、一六世紀に関してはテヘランのゴレスターン宮殿のネギャール館にも引けを取らない。コレクションの筆頭はセリム一世が一五一四年にワン湖の南に位置するチャルディラーンの野でサファヴィー朝のシャー・イスマーイール一世を破り、そののちタブリーズからイスタンブルへ持ち帰った写本群だ。タブリーズの宝物庫にはそれまでシャー・イスマーイールが破ったウズベク族の白羊朝の王シャイバーニー・ハーンの所有していた『王書』の類まれな装飾写本群も含まれている。続く二百年というものオスマン帝国とサファヴィー朝は幾度も干戈《かんか》を交え、両者の間で十度も取ったり取られたりを繰り返されたのがタブリーズという街だ。そして、戦が終わってオスマン帝国に和睦の使者を遣わすたび、サファヴィー朝の人々は必ず絢爛たる美を誇る『王書』の装飾写本を贈り、それらがトプカプ宮殿に収められたのである。

フィクリイェ館長は四、五百年前に製作された『王書』の中でもとくに美しい装飾写本を開いて、ロスタムがソフラーブの血まみれの亡骸を抱きすくめ、髪や頭を撫でながら嘆いている挿絵を見せてくれた。丹念に眺めるうちに、オンギョレンの劇団テントで感じた深い後悔がよみがえるかのようだった。息子を殺めてしまった父親の後悔、言うなればそれは損なわれてしまったかけがえのない美しい何かを惜しむ思いだ。極上の挿絵に描かれた父親の眼差しからは、数分間でよいから時間を巻き戻せればよいのにという無力感がひしひしと伝わった。

その日、フィクリイェ女史は何冊も装飾写本を持ってきてくれた末に、日が暮れるころ合いにこう言った。

「今日はお越しいただき本当にありがとうございました。この博物館で働いていると、私たちってとても孤独なんです。古い物語に関心を持ってくれる人はあまりいないから。だから、あなたがロスタムとソフラーブの話に興味を持って下さって嬉しかったわ。この物語のことをどちらでお知りになったの？」

「父が息子を殺して、それを悔やむというところに惹かれるんです。何年も前にイスタンブル郊外の移動劇団のテントでこの話によく似た劇を観たんです」

「お父様とうまくいかなかったの？」

なにも答えない私にフィクリイェ女史は続けた。

「私たちトルコ人は『王書』を忘れてしまったでしょ。私たちはいまさら勇者とかロスタムとかが出てくる古い物語を読んで喜ぶような世界で暮らしていないもの。でも、フェルドースィーの物語詩は忘れられてしまったけれど、『王書』の中に収められた物語のすべてが忘却されたというわけでもないんですよ。一篇一篇が、ちょうど服を着替えたみたいな様子でそこかしこに残っているんだから」

「どういうことです？」

「以前、イブラヒム・タトゥルセス主演の古い映画をアシスタントと一緒に観たの。テレビのカナル7でね。その脚本ときたら『王書』に出てくるアルダシール王と女奴隷ギュリナーラの恋物語を書き換えたものだったんですよ。アシスタントのトゥーバと私は古いイェシルチャム映画（イェシルチャムはトルコ映画の代表的な撮影所。現在は閉鎖された）を観ながら、古き良きイスタンブルの美しい景色と、『王書』やそのほかの書物から取られた古い物語を一遍に楽しんだってわけ。ねえ、ジェムさん、イスタンブルは本当に変わってしまったと思わない？　私はいまでも昔の通りや広場の様子を覚えているけれど、『王書』から抜き出された物語もそれと似ていると思うんです。この間、別の現代が舞台の映画を観たんですけれど、私とトゥーバはホスローとシーリーンの恋愛悲劇の断片をいくつも見つけられましたっけ。私に言わせれば、作品そのものが忘れられたとしても、そこに描かれた物語は人々が語り継ぐことで今日まで伝わっているんです。だから、イェシルチャム産のメロドラマを観ながらだって、昔々の物語を思い出すことはできるんです。それに、あなたのように『王書』に魅せられたイランやトルコの脚本家だっているでしょうしね。そういう古い物語は、パキスタンであれインドであれ中央アジアであろうとも、等しく愛されているんだから、当然イェシルチャムと同じようにどこでも映画になっているはずよ」

私はフィクリイェ女史に、自分は脚本家ではなく地質検査技師で、イランへ行ったときにこの物語のことを知ったのだと説明した。

「現在のイラン政府がソフラーブを手にかけたロスタムの絵の行方を必死で探しているのはご存じ？」

なんでも、その挿絵をニューヨークのメトロポリタン美術館から取り戻すべく、イランは腕利きの美術商と大金を動員しているのだという。

「イスラム世界の古書マニアの間では有名な話ね。ジェムさん、あなたもハーシム先生に聞かされたんじゃなくて？　その世界的に有名な写本はもともと、まさにここ、トプカプ宮殿博物館に収められていたって。オスマン帝国のスルタンたちが遷宮してトプカプ宮殿を捨てたときに盗まれて、ヨーロッパへ持ち去られてしまったの。はじめの所有者はロスチャイルド家で、そのあとアメリカへ売却されたらしいわ。不幸な主人公たちと似て、その写本たちも流浪を重ねながら国から国へ、人手から人手へわたっていくのね。民族主義や政治の道具にされながら」

「と仰いますと？」

「『王書』ではトゥーラーンとかルームって呼ばれている敵がいつも馬鹿にされているでしょう。あれは他ならぬ私たちトルコ人のことですよ。ご存じなかった？　そのわりにトルコの宮殿の宝物庫は『王書』でいっぱいなんだから、おかしい話ね」

「『王書』が書かれたのは千年前ですから、トルコ人はようやく東アジアを出たばっかりでイランには到達していないのでは？」

私がそう答えるとフィクリィェ女史は笑みを浮かべた。

「あなたはおおかたの教授連中よりもよく勉強なさっているし、熱心だわ。でも、やっぱりアマチュアなのよ」

そう言って私の限界を喝破したフィクリイェ女史は、また別の写本やその挿絵を見せながら別の話を聞かせてくれた。

アマチュアと言われたのはまったく気にはならなかったが、自分のしてきた調査がしごく感情的な動機に拠っていたことに気づかされたのは確かだ。フィクリイェ女史が見せてくれた挿絵には、息子を抱いて嘆くロスタムと、彼らを見て自らも涙を流す女性が必ず描かれていた。何枚も見せられるうち、子供のころに描いた絵でそうしたように、彼女たちの髪の毛を赤で塗りたくなったものだ。そして私ははたと気が付いた。いまや親方と井戸を掘った日々は二十五年の時を経て記憶の彼方に薄らぎ、残された漠とした不安感はふたたび作家になりたいという情熱に取って代わられた末に、いまでは仕事からは得られない、より深遠な感動をもたらす源泉に変じていたのだ。

友人から教えられたからというそれだけで、私を職場に招き入れ博物館の一室で時間を割いてくれたフィクリイェ女史にはいくら感謝しても足りない。私たちは秋の日が落ちるまで、長いこと話し合った。観光客の姿はなく、いつのまにかトプカプ宮殿博物館は閉館していた。紅葉したクリやスズカケの葉の積もった中庭、それに影の落ちる柱廊を歩きながら、私は自分の歴史への思い入れの強さをひしひしと感じていた。なにせそれは、決して忘れられなかったはずの罪の意識をどうにか耐えられる過去の記憶に変じさせ、ついには土地調査技師が趣味で続けているに過ぎない文学研究にまで貶めてしまったのだから！

政治にはいっさい関心がないはずなのに、史上最高の出来と言われる『王書』の装飾写本を見舞った出来事を話すときだけは、民族主義たちの政治的な駆け引きを嬉々として説明するフィクリイェ女史の姿は、これまで考えてもみなかったオイディプスとソフラーブの物語の別側面を教えてくれるようだった。……つまり、オイディプスとソフラーブが、二人とも政治的な亡命を余儀なくされ、祖国を遠く離れなければならなかったという共通点だ。そういえば私の父も、亡命という話題にひとかたならぬ思い入れと関心を寄せていた。一九八〇年のクーデターのあと、彼と同じ政治組織に属する友人たちは、当局の動きを敏感に察知してドイツへ逃れた。そして、父のように逃亡に失敗した者や、逃亡しなければならないほどの罪は犯していないと油断した者、あるいは根拠もなく捕まるまいと高を括っていた者たちだけが、警察の手に落ちて拷問される羽目になったのだ。

オイディプスやソフラーブは、行方知れずの父親を探すうちに自らの生まれ育った都や土地を離れ、敵国に食客として招かれているわけだから、ある意味では自国の人々を裏切ったという見方も可能かもしれない。いずれの物語でも愛国的な感情が前面に押し出されているわけではないし、家族や王、父親、あるいは王家への忠誠の方が国家へのそれよりも重視されているので、愛国心が強調されているわけでもない。しかし、少なくとも父親を探す途上でオイディプスもソフラーブも、敵国人と協力したのは確かだ。

# 31

私が四十歳、アイシェが三十八歳になったころから、アイシェは――そしてそれに影響された私も――子供を持つ夢は叶わないであろうことを受け入れられるようになった。地元の医者の無理解もあり、アメリカやドイツ資本の病院で多大な労力と時間を費やしたさまざまな試みも実らず、私たちはついに白旗を掲げたのである。

でも、徒労感と失望が私たち夫婦の距離をこれまで以上に近づけてくれたのは収穫だ。私とアイシェは以前にもまして仲良くなったのだ。子供を持つ夢をあきらめた結果、私たちはほかの家庭とは毛色の異なる、より知的な家庭を目指すようになった。アイシェは子供を持つ専業主婦の友人たちに同情されるのにも、また彼女たちが意図せずに見せる無神経な態度に一喜一憂させられるのにもうんざりしていた。そうしてアイシェは友人と疎遠になり、一時期は職探しに励んだ。私も自分の勤め先の大手建設会社が食指を動かさないような、より小規模の建築関連の案件を扱う会社を作ろうと決意し、彼女に協力を願い出た。アイシェはエンジニアの扱いも、現場監督との交渉もあっという間に身に着け、私は裏から経営のかじ取りをするだけでよくなった。社名はソフラーブ。いまや会社こそが私たちの子供になったのだ。

私たちはハネムーンの新婚夫婦よろしく、嬉々として飛行機に乗り込んでは、さまざまな場所を旅行するようになった。私は窓際に座る妻の前に身を乗り出して、飛行機の窓からふたたびオンギョレンを探すようになった。（アイシェは一所懸命に地上を見下ろす夫の姿を微笑ましく眺めてくれていた）。アイシェと旅行をはじめてすぐ、あの高台がいまでは建物や工場に埋め尽くされていることを知り、私は胸を撫でおろした。

その年の夏の初め、私たちはギュミュシュスユ地区の、居室が四部屋もある海を見晴らす高級アパルトマンへ引っ越した。旅行のときは一番いいホテルに泊まり、精力的に観光し、美術館へ通っては絵画を鑑賞し、その合間にロンドンやウィーンの産婦人科医にこれまでのカルテを見てもらった。はじめのうちはわずかばかり期待したものの、すぐに重苦しい挫折感を味わう結果となった。

フィクリイェ女史の勧めに従って、ますはじめにダブリンのチェスター・ビーティ図書館へ、その一年後には大英博物館へ行きイランの写本を集めた図書室へ入って——外交官の友人のおかげで許可が取れた——『王書』の装飾写本を見る幸運にも恵まれた。展示の機会が限られ、ギャラリーではお目にかかることがほとんどない写本だ。無彩色、あるいは彩色された挿絵を見ていると、ふいに井戸掘りをしながら赤い髪の彼女に出会った不可思議な日々が脳裏によみがえり、時ならぬ後悔の念に襲われることもあったけれど、知識豊富で過剰なまでに慇懃なアシスタントたちや、レモン色の光に照らされた埃の匂いのする古い木造の閲覧室で白手袋をはめた手が見せてくれたさまざまな挿絵は、この世のあらゆるものがどれもみな歴史を持ち、人間らしさに溢れ、だからこそ儚いのだということを教えてくれたものだ。

一連の私的な観光旅行のあいだ、私たちがイスラムの絵画であるとか、『王書』の物語性であるとか、あるいは東洋と西洋云々といったテーマであるとかを気にかけることは一度もなかった。古い写本に付された繊細な挿絵群が訴えかけるのは、過去に人々が生きた人生の儚さや、そもそもあらゆる物事は忘却される定めにあり、私たちがいくらかの細々とした出来事を学んだだけで人生やら歴史についてその意味を理解したと驕《おご》ることとの無意味さくらいのものだ。博物館付属の図書館のそこかしこに影の落ちる廊下を通ってヨーロッパの大都市の街路へ出るたび、さきほどまで観ていた古い挿絵のおかげで自分が以前よりも思慮深い人間になったような気がしたものだ。

旅行の間、私は店のショーウィンドウを覗き込むときであれ、映画館にいるときであれ、博物館を見学しているときであれ、とにかく西欧にいるときはいつでも自分の人生を根本から揺さぶり、感化し、深い意味を与えてくれるような思想なり、事物なり、あるいは絵画なりを探すのに――父の世代から学んだトルコ人はみなそういうものだ――夢中だった。たとえば、父王が息子を殺した場面を描いたイリヤ・レーピンの『イワン雷帝と息子イワン』なども、そうした一枚だった。モスクワのトレチャコフ美術館でアイシェと肩を並べながら目を見張ったこの作品の中で、イワン雷帝はロスタムと同じように自ら命を奪った息子の遺体を抱きしめて泣いていた。その絵はまるで、ロスタムがソフラーブの死を嘆く場面を描いたイランの最上の細密画を鑑賞した画家が、ルネサンス以降の遠近法と明暗法を修めてから描いたかのようだった。君主たる父親が、怒りに駆られて殺した血まみれの息子の遺体を抱いているところも、王子がすべてを委ねるかのように父に寄り掛かっているところも、父の表情が恐怖と後悔に彩られているところまで、とにかくそっくりだった。違うのはただ一つ、子殺しを為したのがイワン雷帝、つまりエイゼンシュテインが同名の映画を撮り、スターリンが敬愛したロシア帝国の建国者にして冷酷な圧制者だという点だけだ。画面から迸《ほとばし》らんばかりの凄惨さと悔恨の念が、国家というものを動かす冷徹な力学というただ一つのテーマを明快に描きだし、際立たせているようだった。

その晩、星のないモスクワの暗い空を眺めながら、私は国家というものに戦慄したものだ。『イワン雷帝と息子イワン』には、息子を手にかけてしまった後悔のみならず、息子への異常とも思える愛情や慈悲までもが描き込まれていたからだ。いつだったか父が教えてくれた言葉が、その矛盾のわけを言い当てているように思えた。それは、才能溢れ克己心に富んだ芸術家や詩人たちに対して国家の指導者たちがたびたび繰り返してきた所業を言い表す、こんな恐ろしい言葉だった。

「詩人は首つりにせよ、しかるのち絞首台の下で嘆くがよい」

一時期のオスマン帝国のスルタンたちが帝位につくや否や他の王子を皆殺しにしたのも――そしてあとから一人ひとりの死を嘆いたのも――こうした「国家のためには冷酷さも強いられてしかるべき」という思想と無関係ではないだろう。ふいに父が懐かしく思えた。彼と国家について話し合って見たかった。でもきっと、今の私を見られたら、父に責められるような気がした。

本当のところ、私たち夫婦は「オイディプス王の絵を見る」と言い訳してヨーロッパの美術館巡りに出かけながら、子供のできない辛さを紛らわせていただけなのだ。しかも、結果としてはソフォクレスの悲劇に題を取った歴史画を見ても、さしたる成果は得られなかった。たとえば、ルーヴル美術館所蔵のアングル『スフィンクスの謎を解くオイディプス』にも私たちはさして心惹かれず、せいぜいオイディプスとスフィンクスが対峙している洞窟の出口の向こうのかすんだ丘に築かれたテーバイの街が、実際の風景から写し取られたのか、それとも画家が想像で描いたのかという点が気になったくらいだ。

『スフィンクスの謎を解くオイディプス』の五十年後に製作された別の『オイディプスとスフィンクス』を観たのは、同じくパリはギュスターヴ・モロー美術館でのことだ。この絵の主題もまたスフィンクスの出す「超難問」を解くオイディプスの姿であり、つまるところ彼の罪ではなく勝利を描いていた。ニューヨークのメトロポリタン美術館でも同じ絵の複製を見かけたが、その展示室から歩いてほんの四十歩ばかりのイスラム美術展示室でロスタムとソフラーブの細密画を見つけたときは、さしもの私とアイシェもびっくりしてしまったけれど。そして、人気のない薄暗い展示室にいると、自分たちがもはや誰も気に留めないような古い物語に興味を持っているという事実をまざまざと思い知らされもした。モローの絵はもとの物語を知らなくとも誰でも楽しめるだろう。でも、『王書』は物語を知っているからこそ心動かされるのであって、そこには限られた者しか分かち合えない愉楽が潜んでいた。

それにしても、ヨーロッパは絵画文化においてイスラム世界よりも豊かな伝統を有するはずなのに、オイディプスを主題にするときに物語の根幹に関わる場面が——父を殺す場面や、実母と床を共にする場面だ——まったく描かれないのはどういうわけだろうか。どうやらヨーロッパの画家たちは、そうした場面を言葉で表現し理解することはできても、言葉によって理解した場面を視覚化することができず、したがって絵にも起こせないようだった。だから彼らは、オイディプスがスフィンクスの謎かけを解く瞬間ばかり描いているに違いない。

これに対してイスラム世界にはそもそも絵画が少なく、多くの場合禁じられていたにもかかわらず、ロスタムが息子ソフラーブを手にかける場面だけは何千枚も描かれている。

この伝統をはじめて打ち破ったのは、作家でもあり、画家でもあったイタリアの映画監督ピエル・パオロ・パゾリーニだ。イタリア領事館の後援を受けイスタンブルで催されたパゾリーニ映画週間で、オイディプスをモチーフにした『アポロンの地獄』を観たとき、私は大層驚いたものだ。なぜなら、オイディプスを演じる若い俳優が、彼よりも年嵩ではあるけれど十分に美しいシルヴァーナ・マンガーノ演じる母親と抱き合い、キスを交わし、愛し合っていたからだ。イスタンブルの映画好きやインテリで埋め尽くされたイタリア文化会館の客席は、母と子の濡れ場が流れるや深い沈黙に包まれたものだ。

パゾリーニの映画はモロッコのフェズで撮影されたため、赤茶けた大地や、亡霊のようにかすかに赤みがかった古城などの現地の風景が利用されていたのも印象的だった。

「もう一回見てみたいな、あの赤っぽい映画を。ＤＶＤかビデオは見つかるかな？」

私がそう言うとアイシェが答えた。

「そうね、あんなに素敵なのにシルヴァーナ・マンガーノの髪まで真っ赤に染まって見えたわ」

32

もしあなた方が、私とアイシェをいつもインテリが見るような映画へばかり足を運び、古文書や絵画に耽溺する書物愛好家夫婦とでもお考えなら、それは誤解だ。アイシェは、朝に私と一緒に家を出て、驚くべき急成長を遂げる我がソフラーブ社の経営を見事にこなしてくれた。一方の私は、宵の口になると早めに自分の会社を出てニシャンタシュ地区へ向かう。徐々に人が増えはじめたソフラーブ社のオフィスへ立ち寄るためだ。そこで夫婦そろってエンジニアたちと肩を並べて夜遅くまで働き、帰りしなにどこかのレストランで夕食を摂る。それが私たち夫婦の日常だった。

勤め先を辞してソフラーブ社の仕事に専念することにしたのは、パゾリーニの『アポロンの地獄』を観た一年後、二〇一一年の暮れだった。当時の私は一日中建設現場に出て監督を務めるか、あるいはソフラーブ社で雇い入れた運転手の操るサムスン製の社用車が渋滞にはまれば携帯電話で商談をはじめたものだ。そのとき話している資材調達業者や現場監督、あるいは不動産業者もまた、私と同様に大都市の別の場所で交通渋滞に捕まっているというようなこともしばしばだった。もっとひどいときは、誰も知らない道に入った挙句に、混みあった歩道から車道へ通行人が溢れ出しているような一画に紛れ込んでしまうこともある。やり取りの最中に電話口の向こうで、運転手との言い合いとか、通行人にここはどこかと尋ねたりする声が聞こえてきて、それと知れるのだ。誰もがどこかで何かを建設しては大金で売り払い、かくして都市はひそやかに成長していくのだった。

車の中から歩道を歩く貧乏人や若者、露天商、あるいは駐車屋（マフィアなどが取り仕切る違法の路上駐車区画の管理人）を見かけるたび、自分が豊かになる代わりに老い、そしていまやその状況にさえ慣れきってしまった実感がこみ上げる。すると、つい考えてしまうのだ。妻とこの上なく親密に過ごせていることと、ソフラーブとオイディプスの物語に素人ながらも並々ならない関心を寄せていることとの二つ以外に、はたして私の人生に特筆すべきところはあるのだろうか、と。父を懐かしみながら妻と電話で話し、都会の雑踏の中で自分は幸せだと思い込もうとする以外、なす術などない。子供ができなかった挫折感は失望とともに、私に謙虚さをも教えてくれたのだ。でも、ふとした瞬間に「子供がいたらいまごろはもう二十歳くらいにはなっているだろうか」などと考えてしまうのだった。

ひところは金にあかせて高価な服やアクセサリー、あるいはオスマン帝国時代のアンティークや勅令書、はたまた美しい絨毯やらイタリア製の家具やらを買いあさりもしたが、結局のところ私もアイシェも見栄のために金を使うという行為を楽しみきれず、はじめは自分に嫌気が差し、そのうちに買った品を自慢したいと思っていた友人たちまで厭わしく思えてきた。父が左派だった影響もあるのかもしれない。いずれにせよ私たちはいくらも経たないうちにそうした財物は売り払い、車もありふれたルノーのメガーヌに乗り換えた。

代わりに投資と新しい建設用地確保を兼ねて、地価の上がりそうな地域の古い物件を買い集めるようになった。都市圏の外に位置する空き地を購入するたび、私は自分の帝国に新たな属国を編入していくことで子供のいない悲しみを紛らわせようとする皇帝にでもなったような気がしたものだ。イスタンブルと同じく、ソフラーブ社もまた驚くべき速さで成長していった。

同じころに私たち夫婦が夢中になったのは、新車に取り付けたカーナビゲーションだった。イスタンブルの見知らぬ新しい地区や、遠くにマルマラ海の島々が見える丘へ、カーナビの画面表示に促されるまま車を走らせ、都市の急速な拡大に感動し、あるいは古い街が壊されていくさまに悪態をつきながら、これらの場所を幸福と建築の可能性に満ちた新天地のように眺め直すのはひどく愉快だった。とくにアイシェは、毎日のように官報記載の判決記録や公開競売や『自　由《ヒュッリイェト》』紙の不動産売買のページ、それに様々なウェブサイトを入念に調べていた。そんなある日、彼女が入札にうってつけの公開競売の告知を私の前に置いた。アイシェはこちらが目を通すのも待たずにグーグル・マップでその地所を呼び出した。画面が拡大された瞬間にオンギョレンという地名が見えて、どきりとした。私は経験豊富な殺し屋よろしく冷静を装うと、マウスを動かして画面上のカーソルを、我が人生でもっとも重大な意味を持つ街の名へ合わせた。

オンギョレンという地名は、あの駅前広場の上に書かれていた。周辺のいくつかの通りの名前は記憶にあったが、ほとんどは知らない地名ばかりだ。グーグル・マップには「レストラン通り」のような通称が記されていないのだから、むしろ当然と言えるだろう。駅を見つけ、ついで墓地も見つかったので、あの高台の位置も見当はついたものの、その周囲を走る通りの名前には見覚えがなかった。そうなのだ、あの高台にいまや何本もの道路が通っていたのだ。

「ムラトの話だと、この辺りは新しい道路を通して集合住宅を建てるのにちょうどいいし、眺めも抜群なんですって。日曜の朝にお義母さんのところへ行くついでに寄ってみない？」

私をテヘランへ連れて行ってくれた旧友のムラトも、いまでは不動産関連のあれこれの仕事をやめて建築業に鞍替えしていた。彼は政権与党にいるイスラム保守系の友人たちの引き立てもあって、私たちよりももっと巨大なプロジェクトをこなしていたが、いまでもときどき友人のよしみでどこの土地が値上がりするかを教えてくれるのだ。

「……このオンギョレンっていう街だけど、子供のころに聞いたおとぎ噺のせいなのかな、どことなく不吉に思えるんだ。いまは手を付けない方がいいと思うよ。それに自信を持って言えるけど、この街の一番いい景色なんて、きっと星が瞬く夜空くらいのもんだろうさ」

## 33

その夏、イスタンブルは水不足に見舞われた。春から雨が降らずダムの貯水量に余裕はなく、古い水道管を通る水の供給量は普段の半分にまで絞られた。地区によっては、子供のころのやり方を思い出したらしく、水道管に耳をあてて待機し、いざ水が流れだしたらあらかじめよく洗っておいた浴槽に貯水しようと待ち構える父親や母親もいたそうだ。どの地区にいつ、どれくらい出水するのかをめぐって、政治的な議論や言い争いさえ起きたほどだ。

夏も盛りを過ぎたころ、今度は大雨が降ってイスタンブルのいくつかの地区が冠水し、雷と暴風雨の季節がやって来た。父から夕食へ招待されたのは、その大雨が落ち着いたある日のことだった。アイシェにメールを寄越したのは父の新しい結婚相手だった。「父はこんな程度の文章さえ書けない状態なんだろうか?」と私は首をかしげたものだ。

父はサルイェル地区の内陸部に広がる丘陵地帯に建つ新築のアパルトマンに住んでいた。うちから車で二時間もかかった。遠くにかすかに黒海の見えるこぢんまりとした部屋は、新築のはずなのにどことなく古びて見えた。きっと、子供時代を思い起こさせる四十年も前の品々で室内が溢れかえっていたからだろう。大雨で屋根が流されてしまってね——はじめのうちは軽い冗談のやり取りが続いたが、場が温まるにつれて父の老け込み、くたびれた様子が目立ち、どうにも惨めだった。

子供のころその一挙手一頭足に心酔し、もっと会いたい、もっと可愛がって欲しい、僕を抱き上げて冗談を言って欲しいとまとわりついた父が、いまや往年の輝きを失い、動作は緩慢になって腰は曲がり、それどころか人生に失敗したという事実をついに受け入れたらしき姿は、正視に堪えなかった。ひところは仕立てのいい服を着こなしていた伊達男が、着のみ着のままで健康にも気をつかわないくせに「左派の価値は見かけじゃなくて心意気で決まるのさ」などという冗談を――どこまで本気かは別として――飛ばす惨めさといったらない。

奥さんはウサギのような出っ歯に人懐こい笑顔を浮かべた、胸の大きな女性だった。父と奥さんはひっきりなしにじゃれ合いながら、豊富な性的経験を窺わせる意味深な冗談を口にした。ほどなくしてアイシェも彼らの輪に加わり、愛や結婚、青春時代の経験にはじまり、映画の話やさまざまな思い出話をはじめた。私は彼らの会話にまったく入っていけず、隅で静かにラク酒のグラス片手に耳を傾けながら、いかにも左派の活動家らしい父の蔵書の背表紙を目で追った。父の奥さんがこの夏、ひどい水不足に悩まされたと聞かされたとき、ふとマフムト親方のことが脳裏をよぎった。

「サルイェル地区のこのあたりの丘なら父さんのころのやり方でも立派な井戸が掘れると思うよ。樋を使って壁面をセメントで固めていけばね」

私が少し興奮してそう言うと、父が尋ねた。

「どうしてそんなことを知ってるんだい？」

「予備校のお金を稼ぐために一ヵ月ばかり井戸掘り人の親方のところで働いたことがあるからだよ。一九八六年の夏、父さんが出ていってちょうど一年経ったころにね。そういえば、このことはアイシェにも言っていなかったっけね」

「どうして話さなかったんだ？　肉体労働者として働いたのを恥じてるってわけでもあるまい？」

ほんの一時期とはいえ井戸掘り人と一緒に土方仕事を経験した息子の苦労を知ってもらえれば、それで満足のはずだった。そもそも父は私たち夫婦が裕福になったことも素直に喜んでくれたのだから。だというのにその日の私ときたら、興奮に任せて井戸掘りの話はもとより、オイディプス王やソフラーブとロスタムの物語のことや、その他に興味を持って手に取った本のこと、あるいはアイシェと訪ねたヨーロッパの美術館にいたるまで、なにもかも父に聞いてもらおうとした挙句、しまいには社会学的な論題についても造詣が深いところを認めてもらおうと躍起になるという過ちを犯したのである。

「そのテーマに関してはウィットフォーゲルが一番の専門家だよ」

父がこちらの話を遮って言った。

「前はそこに彼の本を置いていたんだけどね。いまどき誰も読まないからどっかへ行ってしまったな……。ウィットフォーゲルはイスタンブルの年老いた左翼の書架に、自分の著書のフランス語訳があったって知ったら何て言うだろうね？」

父の言葉は、私がいつも心の中でする「父さんが知ったらなんて言うかな？」という問いかけとそっくりだった。私は父が教えてくれた本が気になって、埃をかぶった古い書架に視線をさまよわせた。

それから時間をかけてラク酒のグラスをもう一杯空けるころ、女性陣が二人で盛り上がるのを尻目に父は言葉少なにテーブルの隅に座っていた。

「……父さん」

私は尋ねられずにはいられなかった。

「父さんのころの政治グループについて訊きたいんだ……。毛沢東主義革命的国家主義者っていうのはどんなグループだった？」

「そのグループには、たくさん知り合いがいたよ」

父はそう言ってから、酔っぱらった高校生よろしく付け加えた。

「女の子もたくさんね」

「あら、どんな女の子たちだったのかしら？」

奥さんの口調には、むしろ夫の昔のおいたを誇るような響きがあった。

こうして、はからずも長年にわたって慎重にひた隠し、気づかないふりを決め込んできた話題に踏み込んだとき、私はふいに思いついた。父があの〈教訓と伝説〉座の面々と知り合いで、ひょっとしたら赤い髪の彼女の舞台を観たことがあるのではないか、と。彼女が私の初めてのひとだったと知ったら、父はいったいどう思うだろう？

ところが、肝心の父は酔いも醒めた様子で、その眼差しには家族に私生活や政治活動を隠していたころと同じ慎重で、どこか距離を感じさせる光が宿っていた。二人きりになると父が尋ねた。

「お母さんはどうしてる？」

「ゲブゼに家を買ってあげたよ。二週間に一度くらい、日曜日にアイシェと一緒に顔を出してる。イスタンブル市内には引っ越したくないって言うから」

「お前の母さんが幸せそうでなによりだよ！」

父はすぐに話を締めくくってしまった。いささか飲みすぎたようで、帰りはアイシェに運転してもらった。彼女は息子の悪戯を優しく、しかししっかりと咎める母親のように言った。

「それで、どうして井戸掘り見習いのことを秘密にしていたの？」

ちょうどイスタンブル北西に広がるベオグラードの森を走っているときだった。ダムの間を抜けるとき、真夜中だというのに蟬の声が聞こえた。タイムの香る涼しい風に吹かれるまま、私はいつしか寝入ってしまった。

結局、私は父からウィットフォーゲルの『東洋的専制主義』を借りたが、帰宅後にすぐに開いたのは書物ではなく、グーグル・マップだった。こっそりオンギョレンの街を拡大してみると、駅前広場の菓子店や銀行、それにイスタンブル方面へ向かう国道沿いのガソリンスタンドの看板が画面に現れた。一つひとつ曲がり角を曲がりながら、赤い髪の彼女のあとについて歩いた道の風景を思い起こそうとした。

オンギョレンで聞いた年齢が本当なら、彼女はいま六十歳のはずだ。父の新しい連れ合いも同じような年ごろだったから、あの黒海が見えるアパルトマンで父と赤い髪の彼女が暮らしていたとしても不思議はなかったわけだ。

私はこれまで長いこと、彼女の行方を調べようとしなかった。当然、この三十年の間に彼女に通じるような手掛かりには出くわしたことさえない。しかし、ときおりテレビ・コマーシャルに彼女と同年代の、しかも民間劇団出身の女優が、洗剤やクレジットカードを使う幸せそうな母親役とか、ここ最近では祖母の役を演じているのを見かけると、彼女がどこでなにをしているのかと思いを馳せずにはいられなかったし、メフメト二世やスレイマン一世、あるいはその寵姫ヒュッレムの登場するテレビドラマなどを観ていると、新たにスルタンの寵愛を得た娘に対して後宮内で陰謀を巡らせる女や、皇帝の目に留まろうとあれこれの策を授ける背の高い、ふくよかな唇の女性が一瞬、赤い髪の彼女に見えてしまい、自分の初めての女性さえ見分けられない自分の不甲斐なさを呪いながら、ラク酒でほろ酔いの眼を細めて画面を注視してしまうことも一度ならずあった。あるいは、外国のテレビドラマのヒロインたちの吹き替えの一つが、ふいに彼女の声にしか聞こえなくなってしまうこともあった。

そんなとき私は、三十年前の舞台で耳にしたあの怒りに満ちたモノローグや、そのあと駅前広場を歩きながら耳を傾けた声を懸命に思い出そうとしたものだ。

ある晩遅く、事業の予期せぬ拡大のもたらす緊張感と疲労でふと目が覚めると、ソフラーブ社の不動産売買関連の仕事を統括する経験豊富なエンジニアからメールが届いていた。そこに書かれたオンギョレンで売りに出されているという土地に、私は目を見張った。あのマフムト親方と井戸を掘った高台のすぐそばに建つ古い倉庫と工場が売りに出されていたのだ。競売告知はもはや何の用もなさない三十年前の建物にはほとんど触れず、建設用地としての将来的な可能性のみを謳っていた。私は眠っているアイシェには相談せずに、ソフラーブ社の担当者に興味があると返信した。

34

アイシェと一緒にカール・アウグスト・ウィットフォーゲルの『東洋的専制主義』を読みはじめたものの、なぜ父がこの本を勧めたのかわからなかった。どこにも父と息子のことなど書かれていないのだ。父が、この一九五七年に出版された本を読了せず、アジア社会について左翼の読むべき重要な本だからと、斜め読みしただけなのは明らかだった。でも、それならなぜ私がソフラーブとロスタムの話をしたとき、父はウィットフォーゲルを思い出したのだろうか？

冷戦が深刻な様相を呈していた一九五七年に出版された本には、水不足や洪水について多くのページが割かれていた。ウィットフォーゲルは『東洋的専制主義』の中でアジア、とくに中国のように広大な領土を持つ地域では、農業生産に必要な水を運河やダム、水道橋、あるいは陸上輸送によって供給するための巨大な官僚機構が必須であったと力説していた。そうした組織の運営は権力、すなわちときに苛政を布く王や支配者によってのみ可能であると、彼は書いていた。この種の支配者たちは自らへの反抗は無論のこと、意に沿わぬ注進の類さえ厭う。したがってその周囲を、官僚機構や後宮内で頭角を現した者たちではなく、自らに忠誠を誓う奴隷によって固め、やがてあらゆるシステムを奴隷によって運営するようになっていくというのが、ウィットフォーゲルの結論だった。

「お妃たちや官吏たちにそんな態度を取るから、しまいには自分の子供まで殺すことになるのよ。別に不思議はないわ。私たちの周りにもこの手の人間はいるもの。でも、どうして宮殿の絵師たちはあんなに熱心にロスタムの息子殺しの場面を描いたのかしら？」

「王様が嘆いているからだよ。あの細密画が表しているのは後悔や苦しみなんだよ……。本当はスルタンの無慈悲な権力を強調するのが目的なんだろうけれど。なにせ絵師たちに金を払うのは王様であって、哀れで愚かなソフラーブじゃないからね」

「ソフラーブが考えなしだっていうのなら、オイディプスは賢いとでも？」

しばらくすると私もアイシェもウィットフォーゲルに飽きてしまったが、父殺しと息子殺しを考えるとき文化圏の相違を考慮に入れるようになったのは父の薦めてくれたこの本のおかげだった。

その冬、オンギョレンの土地を購入することに決めた。イスタンブルの人口増の波が徐々にその辺りまで広がっていたからだ。ボスフォラス海峡の黒海寄りに架けられた第三ボスフォラス大橋まで環状線やその他の道路が延長されたこの時期に、イスタンブル人の生活圏は黒海岸まで広がるだろうと最初に言い出したのはムラトだった。

オンギョレンの土地を買うに際して私は、昔話や不吉な予感、あるいは思い出云々といった言い訳は忘れることにし、ただソフラーブ社の発展のためだと自分に言い聞かせた。

夫婦一丸となって仕事に打ち込んでいた当時、ソフラーブ社の将来を考えるたび、それが私たちが諦めた子供の代わりにはならないことを痛感させられたものだ。もし息子に恵まれていたのなら、きっとその子は私と同じように決して父とは同じ道を歩むまいと誓ったことだろう。ああ、そうだ、もし子供が生まれたとしたら、きっと息子だったことだろう！　もしかしたら、私は作家にだってなれたのかもしれない。そうしたら、オイディプスとソフラーブの物語などさしたる問題ではなくなっていたかもしれない。

ある日の夕方早く、父の奥さんからアイシェに電話があった。父が大変だというのだ。私たちはすぐに車に飛び乗ったが、父の家に着いたのはオフィスを出てから実に三時間十五分後のことだった。窓に明かりが見えないので驚き、一瞬怒りがこみ上げたが、奥さんは在宅していてすぐに扉を開けてくれた。彼女は泣いていて、はじめは父と喧嘩したのだと思った。しかし、部屋に上がった瞬間、察しがついた。父が死んだのだ。すぐに誰かが明かりをつけ、私は決して見たくなかったそれを目の当たりにした。つまり父が、最後にここへ来たときに座って楽しい話を聞かせてくれた長椅子の上に横たわっていたのだ。

死んだのはいつだ？　渋滞にはまっているときだとしたら、それは私の運転のせいかもしれない。いや、きっと奥さんが電話をかけてきたときには事切れていたのだろう。私は父の方へ決して目を向けずに、探偵のように幾度も父がいつ亡くなったのかを尋ねたが、奥さんの答えは要領を得なかった。

その晩は父の家に泊まることになったので、私は冷蔵庫からクリュプ社のラク酒を出して飲むことにした。医者に来てもらったところ、予想したとおり心不全だった。診断書を読むときも、寝室の清潔なベッドへ三人がかりで父を運ぶときも、私はいまにも泣き出しそうだったが、どういうわけか涙がこぼれることはなかった。いや、もしかしたら泣いていたのかもしれない。ただ奥さんがあまりにも大泣きしているので、きっと自分の嗚咽が聞こえなかっただけなのだ。

アイシェが長椅子で、奥さんが家のもう一つのベッドで寝息を立てはじめた深夜、私は父を運んだベッドへ行って隣に横になった。髪も頬も、腕も皺だらけのシャツも、その匂いまで、哀れな父は私が子供のころのままだった。

私は父の首元の肌を凝視した。七歳のとき、両親とヘイベリ島の海水浴場へ泳ぎに行った。母にお腹を抱えられて水へ入った私は、手を離されると三歩先で待つ父に向かって必死でばしゃばしゃと泳ぎ出した。息子が早く泳ぎを覚えられるようにとでも思ったのだろう、あと少しで届こうかというところで父は一歩後ろに下がった。私はなんとかたどり着こうと「お父さん、行かないで！」と叫んだ。父は怯えて喚き散らす私に微笑むと、猫でも抱き上げるような具合に水から抱き上げ、水の中にいてもなお独特の香り――石鹸とビスケットの匂いだ――を放つ胸と首の間に私の頭を落ち着かせた。そうしていつものように眉尻を下げて言ったのだ。

「息子や、そんなに怖がることなんてなにもないんだよ。ほら、お父さんはここにいるじゃないか、な？」

私はぜえぜえ息をしながら父の胸に抱かれる安心感に身を任せて「うん」と答えたのだった。

## 35

父はフェリキョイ墓地に埋葬された。墓の前には三種類の参列者が集った。最前列で涙を流す奥さんや私たち夫婦、それに親戚たち。その後ろに佇む建築業者やエンジニア、そのほかの勤め人たち。彼らは父ではなく私のために来てくれた人々だ。そしてその後ろで二、三人ずつ寄り集まり、煙草を吸いながら祈禱がはじまるのを待つ父の活動家仲間たち。

葬式の様子を詳しく記したいところではあるが、物語とさほど関連がないので深入りするのはやめておこう。ただし、フェリキョイ墓地に集った参列者が解散する段になって、大柄で人懐こい顔つきの男性が私を力強く抱擁したことだけは特記しておく必要がある。

「あなたは私をご存じないでしょうが、私の方はもう何年も前からあなたを存じ上げているんですよ、ジェムさん」

彼が誰かわからず「すみませんが……」と私が口にすると、男性は名刺を差し出した。

その名刺をちゃんと確認したのは、ようやく平穏な日常が戻ってきた二週間後のことだ。昔から私を知っていて、現在はオンギョレンで「書籍、名刺、招待状、広告印刷」を生業としているというスィル・スィヤフオール氏なる人物はいったい何者かと首をひねるうちに、私の脳裏には十六歳の夏にオンギョレンで出会った人々の顔がちらつきはじめた。とくに一緒に見習いをしたアリの顔が頻繁に思い出されたのは、赤い髪の彼女とマフムト親方の次に彼のその後が気にかかっていたからだ。

スッル氏のことを思い出せぬまま、名刺に書かれたアドレスにメールを送った。これを機会にオンギョレンの街のことや、土地についてあれこれ訊いてみるのもいいと考えたのだ。それに、数十年を経て事件現場に建築業者として戻るというのは、あの夏に何事もなかったことにするための最善の集大成にも思えた。

十日後、ニシャンタシュ地区のサライ・プディング店でのスッル氏との懇談は、その短さに反して驚くべき内容となった。私たちは月並みな会話はいっさい交わさなかった。いま思えば私の方がなにか失礼を働いてしまったのかもしれない。出会った瞬間から彼ならどんな質問にでも答えてくれる予感があったが、同時に私は怯えきってもいて、すべてを知りたいなどとは到底、思わなかった。

スッル氏は葬式のときの記憶よりもさらに大柄で太っていた。オンギョレンでのひと月で出会った顔ぶれを思い出しても、その中に彼の顔はない。もっとも、この点に関してはさして悩まされることもなかった。開口一番でスッル氏は、むかし父と一緒にいる私を遠めに見かけただけで、面識を得たのは葬式の日が最初だと教えてくれたからだ。

スッル氏と父は知り合いだったそうで、尊敬する友人の葬式に参列できて嬉しかったと言ってくれた。一目見て私が息子だとわかったという。

「あなたはお父さんと瓜二つですね。彼と同じくらいハンサムで、優しそうだ。彼は愛国者で、自己犠牲をいとわない男でしたよ。国のために人生を捧げたのだって、もちろん善意からだ。その見返りに拷問される羽目にはなりましたが、それでも変節はしなかったんですから。監獄へ送られたって、他の連中みたいに心変わりすることはなかった。だからこそ、お父さんが仲間に告発されたのが残念でなりませんでした」

「スッルさん、父はいったいどんな告発を受けたんですか？」

「ジェムさん、政治グループ間の流言飛語や、嘆かわしい愚行の数々をお話して貴重なお時間を頂くのは私の本意ではありません。今日は、あなたにお願いがあって伺ったんです。あなたのソフラーブ社は私の持つささやかな土地に興味をお持ちだそうですね。ところが、あなたの会社と取引のある不動産業者や建設業者がひどい交渉をするんです。あなたは不正を決して許さなかったあのお父様のお子さんだ。このことを是非にもお耳に入れておこうと思って伺った次第です」

曰く、ほかならないスッル氏の土地を自分のものだと主張する輩が現れ、そのせいで不動産業者に周辺の土地よりも安く買い叩かれてしまったのだという。しかし、そもそもの土地の持ち主は彼ただ一人だというのが、スッル氏の主張だった。

「スッルさん、土地の住所と登記番号のわかる書類はお持ちですか？」

「登記簿のコピーを持ってきました。どうか、共同所有者を名乗る連中の言うことに耳を貸さないでください」

彼が広げた登記簿を受け取って土地の場所を思い出そうとしていると、ふいに弛緩した空気が流れたせいなのか、私はついついこう言ってしまった。

「実はねスッルさん、私はずっと昔オンギョレンに行ったことがあるんです。だから、ちょっとは土地勘があるんですよ」

「存じていますとも、ジェムさん。一九八六年の夏でしたね、私たちの劇団のテントへいらっしゃったのは。あの月は、トゥルガイさんご夫妻が裏庭に面した部屋に、そのご両親が駅前広場側に面した上の部屋に泊まっていましたっけ」

スッル氏こそが、私がはじめて愛を交わしたあの家を彼女に貸した看板職人だったのだ！　後日、あのアパルトマンの扉を開けて劇団員たちは去ったと告げたのは、彼の妻だったわけだ。なぜ、いまのいままで彼の存在に思い至らなかったのだろう？

「あなたはマフムト親方と高台の方で井戸を掘っていましたね」

スッル氏はそう言って登記簿を指さした。

「我がささやかな地所は、あなた方の井戸のすぐ先なんですよ。マフムト親方のおかげで水が見つかると、すぐに工場経営者たちが土地の奪《あや》い合いをはじめましてね。……私は看板製作の店をやっていただけですから、おこぼれには与《あやか》れませんでしたが。それでも妻と一緒になにくれとなくお金を集めて、水が見つかって一、二年経ってこの土地を買ったんです。この土地は私たちの全財産なんです」

こうして私は何十年ものあいだ頭の片隅では——いや、本当ははじめから——理解していた事実を確認したのである。つまりマフムト親方には何事もなく、それどころか井戸掘りを続けて水を発見したという事実を。私はその事実を頭になじませようとプディング店の店内に視線をさまよわせた。なにかを大急ぎでかきこむ学生たち、買い物に行くべく席を立つ女性たち、ネクタイを締めた男たち——私は彼らを眺めながら過去に思いを馳せた末に、一つの疑問に行き当たった。

どうして私は三十年もの間、マフムト親方を事故で死なせてしまったなどと信じ込んでいたのだろう？

答えは一目瞭然、オイディプスを読み、その物語にのめり込んだせいだ。少なくとも私は、物語が原因だと思いたかった。なにせ、古い物語の持つ力を教えてくれたのはマフムト親方なのだ。私はあれ以来ずっと、オイディプスよろしく過去の罪をあてもなく探し続けていたというわけだ。

「スッルさん、どうしてマフムト親方をご存じなんです？」

「マフムト親方が水を見つけると、ハイリさんはそりゃもう目一杯のご祝儀を弾んで、彼に新しい仕事を依頼したんです。井戸掘りのときにバケツが当たって肩を悪くしたものですから、ハイリ氏はことのほか気を遣っていましたよ」

ハイリ氏はマフムト親方にさらに二つの井戸を掘ってもらい、それをトンネルで繋げて貯水槽を作ったのだそうだ。続いて他の作業棟や洗浄やら染色やらのための作業場、それに貯水槽などを建てる際にも、掘削とコンクリートの打設を親方に依頼した。そうした経緯や、肩が不自由になったこともあってマフムト親方は、井戸掘りが終わったあとそのままオンギョレンの街へ住み着いたのだという。

「マフムト親方はいつ亡くなったんです？」

「もう五年以上前になりますね」

親方は高台へ続くあの坂の墓地に葬られ、式にはオンギョレンに住む見習いたちはもちろん、ほかの井戸掘り人や工場主がみな参列したそうだ。私は情感たっぷりに眉尻をさげてこう言った。

「私もマフムト親方を父のように慕っていました」

スッル氏の眼差しからは、私がマフムト親方に悪事を働いたことも、彼が私に失望し腹を立てていたことも知っているのが窺えたが、助力を請う立場としてはことを荒立てたくないようでもあった。

スッル氏はどれくらい知っているのだろうか？　私が三十年前、親方を殺してしまったと勘違いして、彼を井戸の底に残して逃げ出したことを知っているのだろうか。

それにしても、マフムト親方はどうやって井戸から出たのだろう？　親方のことや赤い髪の彼女のことを尋ねたかったが、私は必死でこらえた。

「マフムト親方はあなたのことを、見習いの中で一番、学があったと言っていましたよ」

スッル氏の口調はどこか不自然だった。もしかしたらマフムト親方は「一番おっかないのは学のある連中だがね」とでも付け加えたのかもしれない。実際、彼の言うとおりだ。親方が肩を駄目にしたのは私の所為なのだから。

さすがのスッル氏も、私が初めて女性と愛を交わしたのが、他ならぬ彼の家だったことまでは知らないようだった。長年の疑問について尋ねられぬまま話を引き延ばすうち、いくらかわかったこともあった。たとえば、スッル氏夫妻は駅前広場に面した住居を引き払い、大きな窓を備えたあの古いアパルトマンは取り壊されたことや、跡地にショッピングセンターが建てられ、いまでは若者のたまり場になっていることなどだ。

「うちの土地のことでオンギョレンへご足労頂けるなら、まずはじめにそのショッピングセンターへご案内しますよ。そのあとで、我が家で夕食を召し上がってください」

最近のスッル氏は政治活動から足を洗い、昔の仲間たちとも疎遠になったそうだ。ときどき『革命主義的祖国』紙を買いはするものの、先鋭化がはなはだしく読む気は起きないのだという。

「アメリカの帝国主義について書くよりも、建設業界にはびこる不正や詐欺について書いた方がましですよ」

彼の最後の言葉は私に対する脅しだったのだろうか？

「スッルさん、うちの部下に指示しておきますよ、我が社は不正を許さないとね。でも、私もあなたにお願いがあります。……ほら、父に対する告発がどんなものだったのかを教えてくださいよ」

この手の政治的な告発を受けたのは、なにも父だけではない。当時のトルコはとにかく遅れていたから、たとえ善意に溢れていようとも、武力闘争を容認する革命的マルクス主義者たち――とくにアナトリアの農村からやって来た人々は、驚くほど「封建的」だったのだ。彼らは組織内での男女関係はもとより、公然と異性を口説くメンバーや、そもそも恋物語でさえ嫌悪していて、組織のリーダーたちも嫉妬や内紛のもとになると考えて色恋沙汰を決して容認しなかった。当然、父の華やかなロマンスは革命主義者のグループでは歓迎されなかったわけだ。

「相手の子はとても美人でしてね、革命主義的国家という私たちのグループの指導者の一人も懸想していたんです」

そのうちに話が独り歩きをはじめ、結局父は別のグループへ移らざるを得なかったという。その後、リーダーはその娘と結婚したもののすぐに憲兵に射殺され、いまさらグループを離れられなくなってしまった娘はリーダーの弟と再婚した。噂になった女性と結ばれなかった父に同情する気は起きなかった。なにせ正気に返った父が政治活動なぞとは無縁の女性と結ばれたからこそ、私が生まれたのだから。

「すべて過去のことでしょう。スッルさん、いまさら嘆くような話でもない。ただの古い恋物語だ」

父もこの世の人でなくなったいま、その昔話を聞かされてもさしたる悲しみは湧かなかった。

「でもジェムさん、あなたもご存じの方々なんですよ」

「方々、と仰いますと？」

「夫に先立たれた娘が再婚した相手というのはトゥルガイさんですよ。ほら、私の家に滞在していて劇にも出ていた女性が、お父様の昔の恋人だったんですよ」

「なんですって？」

「赤い髪のギュルジハンさんです。当時はまだ茶髪でしたが、お父様の若いころ恋人だったんですよ」

「本当に？　彼らはいまどうしてるんです？」

「どこかへ行ってしまいました……。あのあと二夏ほどはオンギョレンへやって来てくれましたが、それきり音信不通です。私も活動はやめてしまったし。彼らのお子さんは会計士になって、私たちの仕事も見ていますがね。オンギョレンにはね、いまでも彼らを忘れずに待っている人がいくらか残ってるんですよ」

私はそれ以上、スッル氏に赤い髪の彼女について尋ねるのは諦めた。それというのも彼が、一連の出来事が起きたのは父と母が出会う七、八年前だったなどと口にしたからだ。私のことを慮ってくれたのだろうが、私が八、九歳の時に父が二年もの間行方を眩ませたことを忘れようはずもない。当時、母の軽蔑や怒りをひしひしと感じたのもよく覚えている。父の失踪に政治的な背景があることは私も母も承知していたけれど、それ以外にも秘密があったのも確かだ。母の怒りが政府ではなく父の活動家仲間に向けられていることや、彼らが交わす囁き声から子供心にもそう察しがついたものだ。

スッル氏と一緒にプディング店を出た私は茫然としていたのだけれど、それを看板職人に気取られまいとするあまりにすっかりくたびれ果ててしまい、父もなく子もない亡霊さながらにふらふらと街路をさ迷い歩く羽目になった。

36

その日の夕方、アイシェに土地のことを調べるついでに昔のオンギョレンを知っている人と会ってきたと伝えたとき、私は後悔や後ろめたさにもまして、何かが終わってしまったという感慨を覚えていた。もし生きていたら父はなんと言うだろうか？　七、八年の間をおいて父と息子が同じ女性と関係を持ったのだと知ったら？　しかし、これについてはあまり考えすぎないようにした。いまはなによりも、アイシェのそばにいたかった。でも、彼女に内心の動揺を気取られてはならない。いつのまにか私は、赤い髪の彼女に怯えるようになっていた。

好奇心に心はうずいたものの、さらなる事実を知るのはそれ以上に恐ろしかった。善人たらんとこれまで全力を尽くしてきたはずなのに、どこから湧いて出たとも知れない罪の意識に心が黒く塗りつぶされていくかのようだ。身に覚えのないことにまで良心の呵責を覚えるというのは、それこそ悪夢の中で感じる類の恐怖だ。そして、私はそんな恐怖にとりつかれてしまったのだ。

ソフラーブ社は建築会社として急速に成長し、やがて夫婦二人だけではとても面倒を見切れなくなっていた。そこで不動産売買部門を作ってアイシェのいとこに任せることにした。ムラトを真似て

「いやあ、ベイコズ地区の山の手には随分とたくさん土地を買ったんだがね、肝心の見に行く時間が

ないのさ！」、「シーレ地区の内陸部がどんなところかは知らないけれど、ありがたいことにソフラーブ社はあそこにも土地を持っているのよ」などと友人たちに話すたび、私たちは得も言われぬ優越感を覚えたものだ。ソフラーブ社こそが私とアイシェの子供だったからだ。それも他に類を見ない速度で育ち、十把一絡げの子供たちから抜きん出て、賢明な判断力を備えて細心の注意まで忘れない、よく出来た息子だ。

でも、ふとした瞬間に生きる意味を自問すると、途端に虚しさを覚えてしまう。私たちに子供がおらず、いま持っているすべてを継がせるべき相手がいないからだろうか？　そうした寂しさに苛まれるたび、私はアイシェとの友情に逃げ込んだ。アイシェは、強く賢い女性としての自分にこそ夫の愛情が向けられていることをよく弁《わきま》えていたので、私が彼女を欺かず、心のうちをあまさず明かしていると信じ込んでいた。ソフラーブ社のオフィスにいて互いに一時間も顔を合わせないと、私たちはどちらともなく電話をかけ「どこにいるの？」と尋ねるほどに親密だった。ときには、私たちの近しさがもたらす自信や、ある種の自惚れが仇となって、ソフラーブ社が大損害を被ったこともある。それは二〇一三年のことだった。

その年のはじめごろ建築法改正の恩恵を受けて急拡大を遂げ、高層アパルトマンが立ち並ぶ大規模集合住宅を手掛けるようになった大手建築会社は、部屋を売るために新聞やテレビで盛んにコマーシャルを流すようになった。我がソフラーブ社でも広告業者と交渉を重ねた末に、彼らのアイデアに乗ることになった。

大手建設会社のコマーシャルというのは、実際の社員が出演して彼らの建てたアパルトマンについてあれこれ説明する、どれも似たり寄ったりの内容だ。そうすることで自社がいかに古く、大型の建築事業を手がけてきた経験豊富な大手企業であるかを印象付けるのだ。「ご覧ください、こんな白髪の、きっちりとネクタイを締めた社員が対応いたしますよ、地震の最初のひと揺れで崩れてしまうような建物を建ててあなたを騙そうとする腐敗しきった格安業者とは一線を画す立派な紳士でしょう?」と言わんばかりのコマーシャルだ。

そうした年配の建築業者の隣に、学のありそうな現代的な佇まいを見せるアイシェと私が一緒にフレームに収まるというのが広告業者のアイデアだった。そうすればソフラーブ社は地方からイスタンブルに進出してきた同業他社と差別化され、より先進的に見えるだろうというのだ。はじめは渋ったはずなのに結局、出演することに決めたのは、私もアイシェも「現代的」な「ソフラーブ」という響きに抗えなかったからだ。

もっとも、撮影がはじまるとすぐに自分たちが過ちを犯したことに気が付いた。コマーシャルの中の私とアイシェが、きらびやかでいかにも作り物めいたヨーロッパかぶれの金持ちを演じさせられたからだ。ソフラーブ社の宣伝は新聞や街の広告看板に出され、コマーシャルもテレビで放映されるや否や好評を博したが、予期したとおり友人たちからは虚仮《こけ》にされた。ソフラーブ社がイスタンブルの三カ所——カヴァジュク、カルタル、そしてオンギョレン——に建設中の高層アパルトマンが、高値にもかかわらず完成前から飛ぶように売れていたこのころから、コマーシャルに出演する社長夫妻の服装やわざとらしい物腰への中傷をちらほら耳にするようになった。気の合う友人からさえ「こんなに顔を出すのはよくないのじゃないかい? オスマン帝国はもちろん、ロシアでも、イランでも、中国でも、金持ちってのは本来、悪辣な国家を恐れて自分の富をひけらかすような真似はしないもんだよ」と忠告された。

私たちはしばらく家にこもり、テレビもつけず、コマーシャルが忘れ去られるのを待つことにした。私たちがソフラーブ社を作ったのではなく、自分たちがソフラーブ社に作られた作品になってしまったような気がしたものだ。

冗談交じりのものも含めて、ソフラーブ社と私たち夫婦を揶揄するような手紙が届くようになったのも同じころだった。週に十通もないそうした手紙を開封するのは私の仕事だった。たいていは一読してそのまま捨ててしまうのだが、そうせずにポケットにしまい込んだ手紙が一通だけあった。

ジェム様

あなたを父親のようにお慕い申し上げつつ、謹んでお手紙を差し上げます。

御社ソフラーブはオンギョレンで悪事を働いています。

あなたの息子として忠告申し上げる次第です。

下記のアドレスにご返信を頂ければ、すべてをお話しいたします。

どうかあなたの息子を怖がらないでください。

エンヴェル

名前の下にメールアドレスが書き添えてあった。スッル・スィヤフオール氏と同じようにクレームに多少の虚仮威しを駆使して我が社から利益をせしめようとするオンギョレンの誰かからの手紙だろうと思ったが、「父親のように慕う」というところが気に入ったし、ソフラーブ社の「悪事」とやらも気になったので、私は弁護士のネジャティ氏に相談することにした。

「三十年前、まだオンギョレンが兵営しかない田舎町だったころにあなたが井戸掘り人の見習いとして滞在していたのは有名な話ですよ」

ネジャティ氏はそう教えてくれた。

「ところがあのコマーシャルが流れたあと、ただの噂は伝説もかくやというくらい有名になってしまったんです。なにせテレビの中で奥様と一緒に現代的なポーズを決めている建築会社の社長が、一時期は自分たちの街で暮らし、それどころか井戸掘り人夫をしていたんですからね。この話はオンギョレンの人々のお気に召したようです。ところが、土地を売る段になって不当に安い価格を提示されたものですから、最初の値段交渉をはじめるころには、あなたへの親しみが憎悪へ逆転してしまったんですな。コマーシャルに出てくる社長は、本当にああいうど派手な暮らしをしているんだ、もちろん信仰心なんかないに違いない——そんな具合の誤解が重なって、住民の心象はますます悪くなっていったようです。ですがね、あなたへの憎しみを決定的にしたのは、どうやらあの街で敬愛されているマフムト親方とかいう人にあなたがなにか悪事を働いたらしいという話が広まったからのようなんです。このマフムト某というのはオンギョレンの街で水を見つけた男としてほとんど聖者にも近い扱いを受けている人物だそうです！　ジェムさん、オンギョレンへ行って誤解を解くべきですよ。三十年前の夏、あなたとその親方がどんなふうに水を見つけたのかをオンギョレンの住人に話してやればいいんです。そうしたら連中もあなたが自分たちと同じような人間だと得心して、ソフラーブ社に頑なに抵抗するのもやめるでしょうから」

# 37

オンギョレンへ行く決心はなかなかつかなかった。オイディプスとソフラーブの物語に何年もどっぷり浸かった末に、私の心は怯えでかんじがらめになっていたのだ。

五週間後、とうとう弁護士のネジャティ氏がオフィスで二人だけで話したいと言って寄越した。

「ジェムさん、あなたの息子だと言い張る住人がいます」

「誰ですか？」

「エンヴェルという若者です。あなたに手紙を書いた男です」

「本名だったんですか？」

「ええ。二十六歳だそうです。彼の母親とあなたが一九八六年にオンギョレンで関係を持ったと主張しています」

イスタンブルに鉛色の雲が低く垂れこめたその日、私とネジャティ氏はニシャンタシュ地区のヴァリコナウ大通りの山の手に立つショッピングセンターの入った高層ビルの最上階三階を占めるソフラーブ社のオフィスで話していた。

「ということは当時、あなたは十六歳だったわけですな」

黙りこんでしまった私にネジャティ氏は続けた。

「まあ三十年も昔の話です。この手の話はいざ訴状が提出されたところで、裁判官は原告の母親や子供の話に耳を貸さないのが普通です。ご存じの通り子供の認知をめぐって告訴のできる期限は、最近の法律改正で短くなりましたからね。子供の出生から一年以内。あるいは、その子が十八歳を迎えてから一年以内です……。このエンヴェルが十八だったのは八年も前です」

「でも、その子の主張が正しい場合は？」

「私たちが調査したかぎりでは、彼の出生時に母親は別の劇団員の男性と入籍していました。トルコの法律では、第三者がなにを申し立てようと既婚女性が子供を産んだ場合、自動的にその夫が父親として戸籍登録されます。家族という枠組みを守り、父親の権威と象徴的重要性を害さぬようにね。一昔前なら、その反対は絶対に通らなかったんです。だって、女性の側が『私は夫がありながら他の男性と関係を持ちました、子供の父親は夫ではありません、この人です』なんて言ったら、夫か夫の家族にすぐさま刺し殺されてしまったでしょうから。昔のままの法律だったら姦淫罪で投獄されるところですよ」

「ということは法律が変わったんですか？」

「法律の前に医療の方が変わったんですよ、ジェムさん。善意溢れる生真面目な裁判官が父親と息子を法廷に呼び出して並んで立たせ似ているかどうか二人の顔をまじまじ見比べたり、『君はこの子の母親と知り合いか？　証拠写真はあるかい？　証人は？』なんて質問する時代じゃないんです。二人から血液を採取してDNA検査をすれば誰が父親で、誰が息子かたちどころに明らかになるんですからね。一昔前ならそんなやり方は社会の基礎にダイナマイトを放り込むようなもんだって、受け入れられなかったでしょうが」

「ある子供の父親が別人だってわかったところで、社会が動揺するとでもいうのかい？」

「ジェムさん、認知裁判をいくつもこなしてきた敏腕弁護士の友人の話を聞くと、私はいつも悲しくなるんですよ。貧しい娘を弄《もてあそ》んで孕ませた挙句に捨てる男や、法律に精通して子供が生まれるや『そのうち結婚しよう』なんてのらりくらりと一年間も逃げ続ける男、あるいはオスマン帝国時代の高官よろしく、自分の子を宿した娘に自分の部下をあてがって結婚させる男どもの話ですよ……。大家族になるとおじの若い妻を身ごもらせてしまう甥っこもいますし、村から出てきて間借りしているアパルトマンで隣人の奥さんや兄嫁、ひどいのになると実の妹と関係を持つ男だっているんです。みな、ひた隠しにしているだけです。家族が壊れぬよう、恥が世間に露呈せぬよう、なにより血が流されぬようにね。でもね、人間というのはこういうことに限って忘れないもんです。ジェムさん、あなたは一九八六年の夏、十六歳のときこのエンヴェルの母親ギュルジハンさんと関係を持ちましたか？」

「一度だけ、そういう関係を持ちました。でも、たった一回で子供ができたとは思えません」

「認知をもぎ取るべく相手方は辣腕の弁護士を見つけたそうです。その若くて生真面目な弁護士君は、本人が何年も赤の他人を父親だと思い込まされていたこともあって、子供側の主張が正しいと確信した場合にしか弁護を引き受けないそうですよ」

「誰が正しいかなんてわかるわけないのに。……ギュルジハンさんはご存命ですか？」

「はい」

「僕が十六のときは赤い髪をしていました」

「いまでもそうですし、まだまだお綺麗ですよ。夫のトゥルガイ氏は彼女と離婚してから亡くなっていますね。結婚生活は惨憺たるものだったようですが、いまではすっかりお元気で、演劇への情熱を燃やしてらっしゃるんだとか。今回、エンヴェルの父親があなただと言い出したのも、そもそもは夫への復讐などではなく、貧しい生活を続ける息子になにがしか残してやりたいと思ってのことのようですから。DNAテストのことも、子供の出生もしくは成年から一年以内の申し立ての権利のこともう弁護士から聞いて知っているはずです……」

「その子はなにをしているんです？」

「あなたの息子だと主張するエンヴェル氏は、名前も聞いたことがないような大学で会計士の資格を取ってオンギョレンで小さな会計事務所を開いています。民族主義系の青年グループに入ってクルド人とか左翼とかに憎悪を募らせ、そして人生と父親に絶望している。まあ、よくいる若者ですな」

「その父親というのはトゥルガイ氏のことですか？」

「そうです」

「ネジャティさん、もしあなたが私の立場ならどうします？」

「ジェムさん、三十年前になにがあったのかをご存じなのはあなただけなんですよ。私にはわかりません。ですが、女性と関係を持ったご記憶がおありなのですから、まずはDNAテストを受けるのが一番だと思います。裁判がはじまったら間髪を入れずに我々の方からテストを希望しましょう。そのうえで非公開の裁判にさせるんです。マスコミにソフラーブ社の社長のゴシップを書き立てられたら堪りませんからね。それと奥様のアイシェさんにもいまは伏せておいてください。悲しまれるでしょうからね。ああ、こうなる前にあなたが一目でもエンヴェル氏に会ってくれていれば、もしかしたら法廷外で示談の芽もあったんですが。向こうの弁護士ときたら、原告のエンヴェルはあなたと会うのを拒否しているの一点張りで話を聞こうともしない！」

　そう聞かされた瞬間、失意を覚えた自分に驚いた。どうやら私は、実の息子とやらのことが気になっているようなのだ。

エンヴェルの身体つきや顔かたち、立ち居振る舞いは、私に似ているのだろうか？　息子と実際に比べられたら、いったいどんな心地がするものなのだろうか？　見当もつかない。本当に過激な民族主義者になってしまったのだろうか？　なぜオンギョレンに住んでいるんだろう？　赤い髪の彼女はこのことを、どう思っているんだ？

## 38

その二カ月後、チャパ地区にあるイスタンブル大学医学部病院で血液採取を行った。ネジャティ氏は病院が裁判所宛に書いた報告書が裁判官の手に届く前に結果を知り、すぐに電話をくれた。あらゆる点から見てエンヴェルが私の息子であることに疑いはなく、一週間後にはその旨が戸籍に記録されることになったということだった。法廷、採血、判決、戸籍登録――事態が推移するたび私は心ひそかに息子と出会う場面を想像せずにはいられなかった。いざその瞬間が訪れたとき私たち父子は互いにどんな反応をするのだろうか、と。

弁護士のネジャティ氏によれば、息子が父親に会いたがらないのは良い兆候らしい。彼のような年ごろの若者というのは大なり小なり父親に鬱憤を溜めこんでいるもので、戸籍登録が済むとすぐさま父親から賠償金をふんだくろうと訴訟に出るような輩もいるのだという。しかし、いまのところエンヴェル母子がそうした決心を固めた様子はないので、幸先は悪くないというのが彼の考えだった。

「おそらく、あなたを追い詰めて金をせびる気はないんでしょうな」

その言葉で安心した私にネジャティ氏は釘を刺した。

「認知をめぐる訴訟というのは、つまるところがすべて金銭をめぐる訴訟に行き着くことを忘れないでくださいね」

たしかに歴史を紐解いてみても「私の父親はこの金持ちで社会的地位のある男ではなく、あちらの貧乏人です」などと訴え出る者は皆無だ。ソフラーブ社の投資についても面倒を見てくれているネジャティ氏は、これを機にオンギョレンで会社紹介のための説明会を開くべきだと主張した。しかし、そうなるとアイシェに事の次第を話さねばならない。

「冗談抜きで聞いて欲しいんだ、僕の目をしっかり見て」

ある日、そう切り出すとアイシェは怯えたように「なんなの？」と言った。いざ話しはじめてみると、マフムト親方を井戸の底に取り残したこととは違い、息子がいるかもしれないという事実は、何年も隠し通しておけるような類の話ではなかったのだと、いまさらながらに思い知らされた。

「僕に息子がいるらしいんだ」

夕飯を終えラク酒をグラス二杯空けてから私は話しはじめた。包み隠さず、何もかもをだ。おかげで私は心が軽くなったけれど、アイシェはひどく不安そうだった。それでも長い沈黙の末に彼女はこう言った。

「あなたにはその子に対する責任があるわ。私はその話を聞かされて悲しくなったけれどね。その子と会いたいと思う？」

答えに詰まった私をアイシェは質問攻めにした。その赤い髪の女に会って、その子供と仲良くなりたいと思っているの？　何年も『オイディプス王』や、ソフラーブとロスタムの話にこだわってきたのはそのせいなの？

私たちにはもう子供ができないこと、トルコの法律では遺言状はさしたる効力を持たないこと、つまり私が死ねばソフラーブ社の三分の二が自動的にこの新しい息子のものになってしまうこと、そしてもしアイシェが私より先に死んでしまえば——年の差はほとんどないので決して低い可能性ではない——私の死後にはソフラーブ社のすべてがまだ顔も見たことのない息子に相続されること。浴びるように飲んで二人して泥酔したその晩、私たちはこれまで目を背けてきたさまざまなことを話し合った。

「あなたの子供が殺される夢を見たわ」

翌朝、アイシェは一言そう漏らした。

また別の日の朝、遺産、法律、弁護士、事業の基金化等々のさまざまな可能性について話し合ったあとで、アイシェはより直截な物言いでこう打ち明けた。

「自分でも恥ずかしいと思うけど言うわ。ときどき彼を殺したくなる。その蛆虫《うじ》の名前がソフラーブだったら完璧なのにね」

「そんな汚い言葉を使っちゃいけないよ。その子の落ち度じゃないんだから。それにソフラーブと違って殺される前に父親も明らかになったじゃないか」

アイシェはエンヴェルの肩を持った私に失望した様子で、それきり黙り込んでしまった。アイシェに内緒でエンヴェルに会ってはどうかとも思ったが、結局は妻を安心させるためにこう言った。

「そもそも向こうは僕に会いたがっていないようだよ。きっとおかしな奴に違いないさ」

「でも、彼がどんな顔をしているか気になるでしょ。彼に会いたいんじゃないの？」

「いいや」

私はアイシェに嘘をついた。嘘をつかざるを得なかったのだ。自分が息子に抑えがたい興味を覚え、それどころか親しみさえ感じていることを自覚していたのだから。

さらに三カ月後、アテネにいるムラトから電話がかかってきた。彼は何年も前に私をテヘランへ連れて行ったことや、そのとき決して私を失望させなかったことを滔々と語った末に、アテネのグランデ・ブルターニュ・ホテルで待っているから会いに来てくれと言った。二日後、アテネで落ち合ったときムラトは、あと少しでギリシア政府を口説き落とせると興奮しながら語りはじめた。第二次世界大戦後の内戦期にはイギリス軍の司令部が置かれたという風通しのよいロビーで、ムラトはアテネの不動産価格の急落や、大半はドイツ人の外国のビジネスマンたちがこぞって安い物件を買いたがっていることを説明したうえで、売りに出されている市中心部の不動産のカラー写真を見せはじめた。

続く二日間、私はムラトと現地の不動産業者と一緒にアテネの物件を見て回った。そんなある日の午後、ムラトは、私をタクシーに乗せて友人がいるというテーバイの街へ連れて行った。街の郊外には打ち捨てられた線路や、ツタ、蜘蛛の巣に覆われた車両、人気のない工場や整備場が軒を連ねていた。オイディプス王が暮らした街は、アングルやモローが描いたそのままに小高い丘の上に佇んでいた。テーバイで珈琲を飲んでいるときムラトに「すぐに金が入り用なんだ。俺の持っているオンギョレンの物件を買ってくれないか」と持ち掛けられた。

イスタンブルに戻って、私などよりもよほど細かなところまで気の回る弁護士たちに諮《はか》ると、有望な話だ、提示された金額も高くはないという返事が返ってきた。

「ただし、ソフラーブ社に大きな利益を約束する一大事業にとりかかるのであれば、オンギョレンで説明会を催す必要があります。社長自らがオンギョレンへ行って思い出を語り、ソフラーブ社の善意を知らしめ、さらにはマフムト親方への敬意を改めて示すんです」

私はネジャティ氏に、必要であれば私立探偵を雇っても良いから、ギュルジハン氏やエンヴェル氏が説明会にどんな反応を示すのかを調べるよう依頼した。アイシェには内密で説明会を行うためにはそれが必要だったからだ。

二週間後、ネジャティ氏が調査結果を教えてくれた。赤い髪の彼女と息子は、もともととても仲の良い親子であったものの、認知をめぐる裁判がはじまったあとはぎくしゃくしているらしい。ギュルジハン氏はネジャティ氏からの面会の申し込みを断ったそうだ。あとから「誰にも話さないのなら」という条件を出されたので、ネジャティ氏もあきらめざるを得なかったとのことだった。赤い髪の彼女はイスタンブル郊外のバクルキョイ地区で、トゥルガイの残したアパルトマンに住み、テレビドラマの吹替声優をしながら暮らしているのだという。

ネジャティ氏によれば、エンヴェルはいまのところは説明会に過剰に反応することも、それで自分が私の息子だと露見することも望んでおらず、会合にも出席しないつもりらしい。私の息子は羽振りのよい会計士ではないものの、地元の商工会議所の信頼を得てその出納帳を任され、納税の手伝いをしているそうだ。未婚なのは母親との結びつきが強すぎるせいだと言う者もいれば、高慢で性悪だからだと評する者もいる。母親の演劇愛の影響か、演劇関連の若者のグループに出入りしながら『三日月』や『泉』のような宗教系保守の文芸誌に詩を載せてもいる。私はアイシェに隠れてネジャティ氏が送ってくれたエンヴェルの詩に目を通したが、もし父が生きていたら宗教活動家の愛読する文芸誌に詩を載せる孫をどう思っただろうと自問せずにはいられなかった。

こうして私はようやく、ソフラーブ社の広報部にオンギョレンでの説明会の準備をはじめるよう指示した。アイシェには、私は参加しないとはっきり伝えた。オンギョレンへ実際に赴くような勇気はなかったし、説明会にさえ反対しているアイシェにこれ以上、心配をかけたくなかった。

説明会の予定日にはアンカラ出張を入れた。土曜日の昼近くになって、会社へ行って出張の予定をキャンセルしたのは、ひとえにオンギョレンへ向かうソフラーブ社の社員たちの興奮にあてられてしまったからに過ぎない。午後に社員と一緒にオンギョレンへ向かうことを、アイシェには黙っているようネジャティ氏には念押ししておいた。そのうえで、私は会社の友人たちに車ではなく列車でオンギョレンへ向かおうと申し出た。この三十年間ずっとそうしたいと夢見てきたからだ。オフィスを出る直前にクルクカレ社製の拳銃と携帯免許を——政府の推奨に従ってソフラーブ社でも鉱夫や建築業者には持たせているのだ——懐に入れた。十五日前にセメント袋の上に立てた瓶に向けて試射は済ませてある。もちろん、なにかが起こったときのための準備に他ならない。

## 39

イスタンブルの城壁、マルマラ海、築百年を閲《けみ》した崩れかけの家屋群や真新しいコンクリート製のホテル、公園、レストラン、船、車――それらの間を抜けてオンギョレンへ向かう列車に揺られながら、私は腹の中でなにかが段々と重みを増していくのを感じていた。

「エンヴェル氏は説明会には参加しない予定なんですからね。そもそもオンギョレンにもいないそうですし」

ネジャティ氏がその日の午後にもう一度そう釘を刺してきた。それでもなお、私は父親に会うべく息子がどうにかして駆けつけてくれるのではないかと夢想せずにはいられなかった。マフムト親方にまつわる過去の罪を暴き出される恐怖は、いつのまにか三十年の時を経て実現するかもしれない息子との邂逅への期待に取って代わられていたのだ。オンギョレンが近づき列車が速度を落とした。私たちのあの高台は見えなかったが、そこで誰かとの待ち合わせがあるような妙な予感がした。

駅舎から出てすぐ、往時のオンギョレンが失われてしまったことがわかった。彼女はどの階に住んでいるのだろうと、その窓を仰いだあのアパルトマンは取り壊され、広場はハンバーガーを食べ、ビールやアイラン（塩味のヨーグルト飲料）を飲む若者たちが行き来する、活気に満ちたショッピングセンターに様変わりしていた。駅前広場に面する建物の地上階も、銀行やケバブ店、サンドイッチスタンドで埋め尽くされていた。記憶をたよりにマフムト親方と一緒に囲んだテーブルが置かれていたはずの歩道を見つけ、ルメリ珈琲店のあった場所へ行ってみたが、何一つ残ってはいなかった。建物と一緒に昔からの住民もいなくなってしまったのか、土曜日の午後を楽しもうとするやかましくて生気溢れる通行人と、彼らが住む真新しいアパルトマンしか見当たらない。

レストラン通りへ入ったが、週末だというのに兵隊どころか、彼らを監視する憲兵さえいない。金物店も建具店も、マフムト親方が毎晩のように紫煙をくゆらせた雑貨店も、跡形もなくなっていた。庭に囲まれた二、三階建ての家々が解体されて五、六階建てのアパルトマンが並ぶようになったせいで、そもそも自分が正しい道を歩いているのかどうかさえ覚束ない。

いくらも経たないうちに自分がオンギョレンへの帰還に過大な期待を寄せていたことを思い知らされた。昔の街は消え、ただ背の高い建物がひしめく月並みのイスタンブルの一地区がそこにはあった。

しかし、何人かの昔なじみには会うことができた。一緒に井戸掘り見習いをしたアリとは笑顔で固い握手を交わし、旧交を温めることができたし、スッル・スィヤフオール氏のお宅へ招かれて——このときはネジャティ氏とソフラーブ社のマネージャーたちも一緒だった——そろって太った夫妻とチャイを飲みもした。あるいは、マフムト親方の近しい友人だと紹介された菓子店の店主とは、周囲の人々に圧し出されるようにして対面し、しかし固い握手を交わすことになった。マフムト親方が葬られた墓地に沿って坂を上っていくころになると、土地売買やアパルトマン建設に関わっている住民以外はそもそも私のことなど忘れており、過度に怯える必要はなさそうに思えた。

三十年前、周りには空き地しかなかった坂の途中の「私たちの高台」は、倉庫や工場、ガソリンスタンド、それに地上階にレストランやケバブ屋、あるいはスーパーマーケットが軒を連ねるコンクリートの森に様変わりしていた。三十年前、畑を突っ切って近道したぐねぐねの道は高層アパルトマンのせいで見えず、井戸の場所を見つけるのは難しそうだった。

やがて、ソフラーブ社の勤勉な不動産売買部門の担当者たちが、あらかじめ説明会の会場として予約しておいた披露宴会場へ案内してくれた。私は兵営や遠くに青く見える山々の位置関係を手掛かりにあの高台を見つけようと、式場の大きな窓を覗き込んだ。私たちの井戸は兵営の方角、五百メートルほど先にあったはずだ。ふいになにもかも投げ出して高台へ駆けていきたい衝動にかられた。

新しい国際空港や、同じく真新しい第三ボスフォラス海峡大橋に接続する環状線へ合流する四車線道路は、駅前広場方面ではなく、私たちの井戸がある地域を通っている。だからこそ、我が社があの高台に買った土地の地価も上昇したのだ。説明会の参加者の大半は新しい富裕層たちだった。自家用車を所有し、オンギョレン以外の出身で、急速に拡大するこの大都市郊外に部屋を探している人々だ。しかし、ソフラーブ社のマネージャーたちが見せたスケールモデルや上層階からの絶景はもちろん、プールや児童公園の大きさに、彼らがどれほど関心を寄せてくれたのか、私は心もとなかった。心の中で徐々にふくらんでいく不安のせいで、それどころではなかったのだ。ソフラーブ社の担当者は、ベイコズやカルタル、そのほかイスタンブル郊外に築かれた新しい分譲アパルトマンを購入した二組の夫婦にも前もって登壇してくれるよう依頼を出していた。もちろん、わが社の住宅にいかに満足しているかを話してもらうためだ。彼らが聴衆に向かって「ソフラーブ式ライフスタイル」なるものについての説明をはじめると、客席の後列を占めていた客や、会議やら真新しい住宅やら、はたまた土地売買などには端《はな》から関心がなくただお祭り気分でやって来た客はにわかに盛り上がり、冗談交じりの質問を二、三飛ばした。捉えようによっては、社長の私を虚仮にして、ソフラーブ社の営業努力に水を差すような内容にも聞こえたので、もしかしたら後列に陣取った人々は誰かの差し金で集められたのかもしれない。

誰が予告をしたわけでもないのに、オンギョレンの住民たちは他ならない私の登壇を待ちわびているようだった。私は自分の話はごく手短に済ませることにした。

「三十年も前、私はマフムト親方に連れられて井戸を掘るためにイスタンブル県のこの美しい田舎町を訪れたのです」

まず私は、水を見つけて一帯の土地の価値を高め、産業振興と人口増加への最初の一石をも投じたマフムト親方を恭しく回想してみせた。

「ここにスケールモデルをお持ちした新しい建物もまた、三十年前に踏み出された発展への第一歩の、その延長線上に建っているというわけです」

聴衆の数は百人から百二十人程度。後列で大声で話しては笑い声をあげる若者たちはただ遊びに来たという風情だ。たとえなにがしかの悪意があるにせよ、それを隠そうともしないのであればさして危険ではないだろう。真に悪意を抱く人間であれば聴衆の中で静かに息をひそめているはずだ――私はそう考えながら披露宴会場の後方に目を凝らした。

私が登壇する前と同様、参加者たちは「質問のある方はいらっしゃいますか？」と問いかける前から次々と声を上げた。支払い条件に関する質問には今回の説明会の責任者が対応した。「もし今日ここでお支払いしたら、いつごろ入居できますか？」というある夫婦からの質問に担当者が答えたあと、ふいにやや年のいった女性が決然と手を挙げたとき、私の心臓は止まりそうになった。

いや、本当はもっと前からわかっていたことだ。ただそれを受け入れたくなかっただけなのだ。髪の色を見れば明らかではないか。その婦人は、赤い髪の彼女だった。彼女と目が合った。聴衆のざわめきの中に佇む彼女は、一切の敵意を見せることなくむしろ親しげな微笑みを浮かべ、しかし決然と手を挙げていた。

「ソフラーブ社の成功を歓迎いたします、ジェムさん。あなたがたの施設のどこかに演劇サロンも作っていただきたいんです」

すかさず彼女の周りにいた何人かから拍手が上がった。ただし、彼女と私の特別な繋がりは知らない様子で、私たちの言葉の裏の意味を探ろうとするような素振りは見られない。その後、質疑応答はこちらが持ってきたスケールモデルへ移っていき、私と彼女がようやく対面したのは説明会後のことだった。

間近に目にする彼女は三十年経ってもまったく老けておらず、美しく秘密めかした表情も顔つきも、なによりふっくらとした唇も昔のままだった。生活の垢に染まったり、行き場のない憤懣を託《かこ》ちている風でもなく、あくまで落ち着いていて陽気だった。少なくとも、私にはそう見えた。

「こんなふうに登場して、すっかり驚かせてしまったかしら、ジェムさん。この街で私たち、若者のための劇団をやっているの。息子の友人たちと一緒にね。いずれ、彼らをあなたに紹介したいものね。告知文には書かれていなかったけれど、あなたなら必ず来るって思っていたんです」

「エンヴェル君は来てないんですか？」

「来ていません」

「劇団」と彼女が呼んだ若者たちは会場のひと隅に固まっていた。ネジャティ氏はみなに気づかれないよう私と彼女を会場の別の隅へ連れて行きチャイを頼むと、二人きりにしてくれた。

「長いことエンヴェルの父親があなたなのか、それともトゥルガイなのかって悩んでいたのは確かよ。でも、口で言うほど気にしていたってわけでもないの。疑念は絶えず付きまとっていたけれどね。だからってただ裁判所へ駆け込んだところで何もわからないだろうし、そんなことをしていたずらに人を悲しませたり、あなたや私の顔に泥を塗るのは本意ではなかったの。その点はわかって」

赤い髪の彼女の一言ひとことを嚙みしめるように聞きながら、私は会場に自分たちに特別な関心を寄せている参加者がいないかを探った。小ぶりな手をさっと動かすさまや、三十年前に駅前広場を一緒に歩いたときに穿いていたロングスカートとよく似た空のように真っ青な服、その顔やよく手入れされた爪、その語り口、彼女が目の前にいることそのもの——すべてが私には驚くべきことに思えた。

「もちろんエンヴェルの父親が誰か疑っているのを、トゥルガイやあの子に気取らせるような真似はしませんでした。もともと私はトゥルガイの兄と結婚していたんです。だから彼は息子につらく当たったの。離婚してあの人が死んだあとでも、エンヴェルに本当の父親はジェムさんだ、あの輝かしい成功を収めた人だと教えるのは一筋縄ではいかなかったし、裁判をはじめるよう説得するのも大変だったわ。いざ裁判がはじまったら今度は母子で喧嘩ばかり。息子は成功した人生を歩んでいるとは言えないまでも、誇り高くて繊細で、なにより創意に溢れているの。あの子、詩を書くのよ」

「ネジャティさんがそう教えてくれました。いくつかは活字になっていますね。雑誌を探して読みましたよ。いい詩だ。でも彼の思想とか、あの手の雑誌にはそもそも疎いもので。なにより残念なのは我らが若き詩人君の顔写真が載っていないことですね」

「ああ、言われてみればそうね。あなたに息子の写真を送って差し上げないと。あの子の思想云々は大したことじゃないわ。今日、頑固に宗教活動家の雑誌に詩を寄稿したかと思えば、あくる日には国防軍やトルコ国旗についての詩を書いているような子ですもの……。高慢で自分勝手なくせに、ひとに影響されやすいの。あの子にはね、道を示してやる強い父親が必要なのよ」

参加者の中から数人がこちらへ近づいてきた。

「エンヴェルがその父親と直接会って、愛せるって思うことが絶対条件だけれどね。本当は今日も一緒に来るよう言ったんですけど、来なかったの。今日来ている若い子たちも、私の影響で演劇に興味を持った口でね、そうだ、日曜日になったらイスタンブルのどこかで待ち合わせて彼らの劇を観に行きましょうよ。出演者の何人かはエンヴェルの友人なのよ」

さらに人々が近づいてくると、彼女はアパルトマンについて知りたがる慎重な顧客らしい態度を繕い、丁寧な物腰でチャイを飲みはじめた。私の方は席を立って参加者の間をしばし歩き回った末にネジャティ氏へ近づいて、彼女と劇団の若者たちを夕方に開催予定の食事会に招待するよう言った。

「万事、うまくいったようですね」

ネジャティ氏は肩の荷が下りたとばかりに潑溂とした面持ちで言った。

「これでオンギョレンにはソフラーブ社の行く手を阻むものはなくなりましたな」

「わからないよ。だって、ここはもうオンギョレンではなくイスタンブルなんだから」

# 40

説明会に続いてそのまま披露宴式場でお酒も飲める夕食会を催すというのは、広告代理店の発案だ。食事はレストラン通りでいまも営業していたレストラン・クルトゥルシュに準備してもらった。年老いたサムスン県出身オーナーとは、三十年前に赤い髪の彼女のテーブルで同席したことがあった。食事会の間、私は彼女や劇団の若者たちとは距離を置き、食事が終わったらすぐにもイスタンブルへ帰ることにした。残す望みはただ一つ、マフムト親方の井戸をこの目に収めることくらいのものだ。ネジャティ氏にそう伝えると、彼は「簡単なことですよ」と答えた。ところが彼がオンギョレンの古くからの住民――たとえば一緒に見習いをしたアリ――の席ではなく、あろうことか赤い髪の彼女のテーブルへすたすた歩いていくので、私はすっかり出端をくじかれてしまった。

「このセルハトは演劇を愛する若い友人たちの中では一番、冴えていて、世慣れているんです」

彼女は一人の若者をそう紹介した。

「いつかオンギョレンでソフォクレスの悲劇を上演するのが彼の目標なの」

「どうして井戸の場所をご存じなんです？」

私が尋ねるとセルハト氏が口を開いた。

「あの井戸は水が出たあと大層、有名になりましたから。マフムト親方は、僕たち子供に井戸掘りの話やおとぎ噺を聞かせてくれたんですよ」

「そのおとぎ噺です、いまでも覚えていますか？」

「大半は」

「こちらへ掛けて下さい、セルハトさん。ちょっと何かつまんで、それから案内してくれればいいですから」

「……構いませんけど」

三十年前の晩と同じように、私たちの前にはクリュプ社製のラク酒のボトルと白チーズ、そのほかの肴が並び、テーブルの反対側には彼女が座っていた。この三十年でいつのまにか父に倣ってラク酒を嗜むようになった。私は隣の若者のグラスにラク酒を注ぎ、自分のグラスはさっさと空けて、赤い髪の彼女とセルハトという若者以外を視界から追い出すことにした。

同じくラク酒好きというセルハト氏としばしの歓談を楽しみながら、子供のころに聞かされたというおとぎ噺のうち一番記憶に残っている話は何か訊いてみた。

「よく覚えているのは、知らないうちに息子を殺してしまった勇者ロスタムの物語ですね」

それが思慮深そうなセルハト氏の答えだった。

そういえばマフムト親方はロスタムの物語をどこで知ったのだろう？　いや、答えは明らかだ。彼は私より前に移動劇団のテントへ行き、そこで目にしたに違いない。でも、あんなおままごとじみた寸劇からだけでは、物語の全容はつかめないはずだ。赤い髪の彼女があとで詳しく親方に聞かせでもしない限り。赤い髪の彼女と親方の関係に、本当は私だってはじめから気が付いていたのだ。

「どうしてロスタムの物語が記憶に残ったんです？　怖ろしい話だから？」

「僕の父親はマフムト親方じゃありませんよ。それなのに、どうして怖がる必要がありますか？」

いかにも隙のない答えだった。

「……三十年前の夏、私は彼を父親のように慕っていたもので、ついそう思ったんです。実の父は私や母を捨ててどこかへ行ってしまったのでね。だから井戸掘りをしているときは彼が父親同然だったわけです。あなたとお父上の関係はいかがですか？」

「疎遠ですね」

セルハト氏は視線をそらさなかった。

もしかして彼は、赤い髪の彼女と一緒にさっさと劇団員たちのテーブルへ戻りたいのだろうか？私はこの物静かな若者を当惑させるようなことを口にしたろうか？　他のテーブルの参加者たちはみなほろ酔いで、同郷人の酒席やサッカーの試合の帰りに居酒屋へ繰り出した若者たちに通じるあの止むことを知らない喧騒が披露宴会場を満たしていた。

「マフムト親方とはいつお知り合いに？」

「彼は家に子供たちを集めて物語を聞かせてくれたんです。だから僕も自然と彼のうちへ行くようになりました。……不自由になった肩をはじめて見たときはさすがに怖かったですけれどね」

「井戸を見学したあと、マフムト親方のお宅へも案内してもらえますか？」

「構いませんが……。何度か引っ越してるから取り壊された家もありますよ。どの家をご覧になりますか？」

「……私はね、マフムト親方から聞いた物語をずっと怖がりながら生きてきたんですよ。しまいには、なにもかもがお話の通りになるような気がしてね」

ふいにそんな言葉が口をついて出た。

「お話の通りって、どういうことです？」

「つまり、物語に語られていたことがそのまま私の身に降りかかったってことです。それにマフムト親方の井戸も怖くて仕方がなかった。ついには怖くてたまらず、彼を残して逃げ出してしまったくらいにね。その話も彼から聞きましたか？」

セルハト氏は私の目をじっと覗き込んだ。

「まあ、知ってますよ」

「どなたから聞いたんです？」

「ギュルジハンさんの息子のエンヴェルですよ。この街で会計士をしています。マフムト親方はそれこそ父親みたいにエンヴェルに接していましたよ。あの二人は、とにかくとても仲が良かった」

若者はそう言って仏頂面を浮かべた。彼の表情からは悪意どころか、こちらを騙そうとする狡知の類さえ、一切窺えない。おそらく彼は、詳しい事情までは聞かされていないのだろう。私はラク酒と煙草の香る夜の深さを感じながら口を閉ざした。

「そのエンヴェル君は、今夜は来てるのかい？」

唐突にセルハト氏に尋ねてみたのは、しばらく経ってからだ。

「なんですって？」

若者はそれが筋の通らない、いかにも不用意な質問だとばかりに一瞬、驚いたように私を見返した。会場にもテーブルにも、自分の息子であったらと思うような有為な若者は見当たらなかったが、そう尋ねずにはいられなかったのだ。

「エンヴェルは来ませんよ。彼が来るって言ったんですか？」

私が答えずにいると若者は途端に不安そうな表情を浮かべた。

「あいつはここには来ませんよ」

「どうしてです?」

今度はセルハト氏の方が私の質問に答えなかった。

# 41

息子がどうしてこの会場へ来なかったのかじっくり考えた末に、つまるところ父親が気に食わないからだろうと思い当たると、無性に腹が立った。それと同時に、息子に怒りを覚えるような権利があるのかいまいち自信が持てなかった。一目でも息子に会いたいという思いと、このまま何事もなくオンギョレンを離れたいという思いがせめぎ合っているのだ。

「セルハトさん、あまり遅くならないうちにそろそろ井戸へ案内してもらえますか？」

「ええ」

「あまり人目を引きたくないので、あなたは先に出て坂の下で待っていてください。五分ほどしたら私も行きますから」

セルハト氏はラク酒の残り一口を呷ると、さっさと出て行った。赤い髪の彼女はテーブルの向こう側からこちらを見つめていた。私もラク酒の残りを飲み干し、白チーズをひとかけ口に放り込むと披露宴会場の外へ出た。セルハト氏は、言われた通りに坂のとば口で待っていた。

若い案内人と私は影や暗闇、そして記憶の狭間を音もなく歩きはじめた。坂道のどこにあの高台があるのかも、井戸の確かな場所も、いまの私には分からない。三十年の間に至るところがコンクリート製の建物や壁、あるいは倉庫で埋め尽くされてしまった。私はラク酒で霞のかかった頭で、自らの罪を探し続けた。こんなに悪酔いしたのは、息子が私に会おうとしないせいに違いない。

味気のない壁に沿って進み、ネオンライトでピンク色に染まる木々がまばらに生える中庭や倉庫を通り過ぎた。そうして、閉店した床屋のショーウィンドウに映った自分と若者の姿を見たとき、二人の身長がまったく同じであるのに気が付いた。

「……エンヴェルさんとはいつ知り合ったんです？」

私は演劇好きと聞かされたセルハト氏に尋ねた。

「ずっと昔です。僕は昔からオンギョレンに住んでいますから」

「彼はどんな若者です？」

「どうしてそんなことを知りたいんです？」

「彼の父のトゥルガイさんとは知り合いだったんです。三十年前、彼らもこの街にいましたから」

セルハト氏の答えはあくまで賢明だった。

「あくまで私見ですが、エンヴェルの悩みは父親ではなくて、父親がいないことが原因だと思いますよ。怒りっぽくて、ちょっと人とは違う奴なんです」

「私の父親もいなくなりましたが、私は憤懣を溜めこんで引きこもったりしませんでしたよ。父親がいないからって、自分が他の人と違うなんて思ったこともありませんし」

「いや、あなたは他の人とは違いますよ。なんといっても大金持ちじゃないですか。きっとエンヴェルが悩んでるのも、あなたみたいにお金がないからじゃないですか」

酔いの勢いにまかせて偉ぶった口をきいてはみたものの、あろうことか即座に切り返された私はしばし二の句を告げなかった。このセルハトという抜け目のない青年は、エンヴェルの悩みはすべて貧困のせいだと思っているのだろうか？　あるいは、エンヴェルはあんたのような金稼ぎのためだけに生きている人間を毛嫌いし、だからこそ今日の説明会に来なかったのだとでも言いたいのだろうか？

二番目の可能性についてなおも考えるうち、いつのまにか坂道を上りきっていた。井戸までもうすぐだ。道端や空き地には、三十年前と変わらない茨や野草が生えている。皺々の首を持ち上げていた亀はどうしたろうか。彼らを眺めながらこれまでの年月を振り返れたらどんなにいいだろう。あの亀がこんな具合に話しかけてくるのだ。「はてさて、この三十年どう過ごしていたんだい？　まあ、お前さんにとってはくだらない人生そのものに等しい時間も、わしにとっては気づかないほどの刹那に過ぎないがね」

赤い髪の彼女は、私たちの息子に父──つまり彼の祖父が政治信条に殉じて甘んじて投獄されたロマンティックな理想主義者だったと教えてくれたろうか？　もし息子に、私や父が性悪で浅薄な人間だと蔑まれているのだとしたら、とても堪えられそうにない。こんないたたまれない気持ちになったのは、そもそもこの狡猾なセルハトという若者のせいだ。かっとなりそうになったその刹那、曲がり道が現れた。私は思わず声を上げてしまった。

「ここは。ここは、私たちのあの井戸の手前のカーブだ」

「そうなんですか？　なんて偶然だろう。ひところマフムト親方が暮らしていた家もすぐそこですよ」

「どのあたりです？」

セルハトは暗闇に沈む倉庫や工場、それに住宅地を指さした。その指の先には、木陰でうたた寝したあのクルミの木が佇んでいた。この三十年で随分と大きくなったが、工場の塀の向こうに変わらずに立っているのだ。ちょうど私の視線の先で、昔から残っていると思しき古い家に明かりが灯った。

「マフムト親方はこの場所に長いこと住んでいました。祝祭日になるとエンヴェルとギュルジハンさんの親子が遊びに来ていましたね。僕がエンヴェルと知り合ったのも、その家の庭です」

若者の口から再三にわたってエンヴェルの名が出たことに違和感を覚えたが、私は現実を受け入れるのに必死でそのときはあまり気に留めなかった。なにせ、以前はなにもない荒れ地であった場所が、コンクリートと壁の街に様変わりし、かくも多くの人間と獣が――ちょうど茶色の毛並みの野良犬が脅すような調子でやって来てくんくんと匂いを嗅ぎはじめた――暮らしているのが信じられなかったのだ。三十年前の記憶をよみがえらせてくれるようなもの、たとえば石ころ一つなり、どこかの家の窓なりは見えやしないだろうか？　あるいは覚えのある匂いは香らないだろうか？

「マフムト親方はこの家で、父親を井戸の底に捨てた聖典《クルアーン》に出てくる王子様のお話をしてくれました」

「聖典にも『王書』にもそんな話はありませんよ」

「どうしてご存じなんです？　信心深い自分はちゃんと聖典を読んでいるんだとでも仰りたいんですか？」

私はなにも答えなかった。セルハトの態度はいまや挑みかかるようで、どうやら息子のエンヴェルに強い思い入れがあるようだった。知らず鼓動が早まった。井戸へ足を運ぶのはやはり危険ではないだろうか。

「私もマフムト親方を慕っていました。この街に滞在したあの夏、あの人は父親のように親身になってくれましたから」

そう答えるとセルハトがこう申し出た。

「お望みならエンヴェルの家にお連れしましょうか」

「ここから近いんですか？」

セルハトが脇道に入ったので、私はその背中を追った。戸口の明かりが消えたアパルトマン、適当に駐車されたトラックやミニバス、小さな救急病院と薬局、車庫や倉庫の前でしかめ面をして煙草をふかす警備員たち――私はあの狭い高台にそれらすべてがぎっしりと詰め込まれるように存在していることに驚きを禁じ得なかった。

「ここがエンヴェルの家です。二階の左側の窓ですよ」

心臓が不思議な軽やかさで数回、高鳴った。息子が欲しい、親しく言葉を交わしたい――これ以上、長年の夢を我慢できそうにない。私は酔いに任せて言った。

「明かりが点いていますね、エンヴェルさんの部屋に。ちょっとインターフォンを鳴らしてみようかな？」

「明かりがついているからって彼が在宅とは限りません。エンヴェルは孤独な奴なんです。晩に表へ出るときだって明かりはつけっぱなしだって言ってました。泥棒や悪い奴に空き巣に家に入られないようにって。それに、帰宅したとき明かりがついていれば孤独を思い知らされずに済みますから」

「君は本当に友人のことをよく弁《わきま》えてるんだね。実は君がエンヴェルだって言われても驚かないよ」

「エンヴェルがなにをするつもりかなんて、誰にも分かりませんよ」

これは息子を褒めているのだろうか？　だとしたら誇らしく思うべきなのだろうか？　私は家の外扉に近寄りながら言った。

「いずれにせよ彼は孤独じゃないでしょう。深い愛情を注いでくれる母親や、君のように親身になってくれる友人がいるんだから……」

「……いいえ、彼は誰とも親しくありませんよ」

「それは父親なしに育ったから？」

「……そうかもしれませんね。インターフォンを押す前にもう一度考え直した方がいいですよ」

私はあくまで慎重なセルハトの言葉を無視した。呼び鈴の横にはアパルトマンの住人たちの名前が別々の筆跡や字体で記されている。私は急いでそれらの名前に目を走らせ、一つの名前に吸いよせられた。

## 六号室　エンヴェル・イェニエル　（会計士　フリーランス）

私はインターフォンを三度、鳴らした。

「夜ならエンヴェルは突然の来客でも扉を開けるんですが。在宅なら開けてくれるでしょう」

しかし、扉は開かなかった。もしかして、家にいて私が会いに来るのを承知しながら頑なに扉を閉ざしているのではないか。そう思い当たると、いわくありげな話し方ばかりするセルハトが急に厭わしく感じられた。

「なぜそんなにエンヴェルに会いたいんです？」

セルハトは好奇心たっぷりにそう尋ねた。きっとあれこれの噂話も耳にしているに違いない。

「井戸へお願いします。井戸を見たら、もたもたせずに戻りますから」

日を改め、人目を忍んで息子に会いに来る自分の姿が脳裏をかすめるのと同時に、ふいにセルハトがこう漏らした。

「父親がいないというのは、この世界には中心も限界もあることを教えてくれる人がいないってことです。だから、あなたが自分なら何でもできるって信じていても不思議じゃない……。でも、そういう人はしばらくすると自分が何をすべきか見失ってしまって、この世界の意味とか、世界の中心とか、とにかく自分にノーを突き付けてくれる人を探してしまうのかもしれませんね……」

私は答えられなかった。あの井戸がもうすぐそこにあって、長年にわたる探索行の終わりが迫っているのを感じたからだ。

# 42

「さあ、あなたの井戸はこの中です」

セルハトはそう言ってこちらをじっと見た。目の前には工場の錆ついた金属塀がそそり立っていた。

「ハイリさんが亡くなったあと、その息子さんが染色工場ともども繊維工場そのものをバングラデシュへ移転したんです。それ以来、ここは稼働していません。この五年ほどは倉庫として使っているようですが、経営陣はあなたのような建築業者とさっさと契約をまとめて高層アパルトマンを作って欲しいと思っていることでしょうね」

「私は未来のアパルトマン建設のためではなく、過去の思い出のためにここまで足を運んだんですよ」

セルハトは警備員の詰め所へすたすたと歩み寄っていく。裸のコンクリート塀にはアズィム・テクスタイル株式会社と書かれたプレキシガラスの看板が掲げられている。三十年前の記憶を手繰り寄せられるようなものを見逃すまいと、私は周囲を見回した。しかし、この場所がハイリ氏の工場だという証拠になりそうなのは、無限に連なるかに見えるコンクリート塀と、あとは十六歳のときと同じく頭のすぐ上に広がる蒼穹の気配だけだった。

犬の怒ったような吠声が聞こえ、セルハトが戻ってきた。

「警備員とは知り合いなんですが、いまはいないみたいです。番犬は鎖につながれたままですから、すぐに戻って来るでしょう」

「でももうこんな時間ですよ」

「たしか、あっちに壁が低くなってる箇所があります。ちょっと見てきます」

セルハトはそう言ってゆっくりと暗闇の中へ消えていった。

彼の消えていったのと反対側の壁はさほど暗くなかった。敷地内の屋根や電柱がネオンライトに照らし出されているせいだろう。頑固な犬の鳴き声は途切れないが、私は明かりを見て人心地つき、井戸を一目見たらすぐに戻ろうと決心した。しかし、セルハトからは一向に声がかからなかった。いい加減に焦れてきたころあいにポケットの携帯電話が鳴った。アイシェだった。

「オンギョレンにいるらしいわね。社員から聞いたの」

「うん」

「説明してちょうだい、ジェム。私、失望したわ。こんなの間違ってる」

「心配することないよ。全部うまくいったから」

「心配事しかないじゃないの。いまどこにいるの？」

「案内の若者とマフムト親方の井戸を見に来てるんだ」

「誰？」

「オンギョレン出身の若者だよ。抜け目ない感じではあるけど、手助けしてくれてるんだ」

「誰からの紹介？」

「赤い髪の彼女だよ」

私はそう答えた瞬間、ラク酒の酔いが一気に醒めたような気がした。アイシェの囁くような声がした。

「いまもそばにいるの？」

「誰が？　彼女のこと？」

「違うわ、その女があなたに紹介した若者よ。そばにいるの？」

「いまはいないよ、工場の壁の切れ目を探してる。工場の中に入り込むためにね」

「ジェム、いますぐ帰ってきて！」

「どうして？」

「その子から離れなさい。あとを追ってこられないよう気を付けて」

「なにをそんなに怯えているんだい？」

しかし、電話口の向こうの恐怖が伝染したようで、途端に私も怖くなってしまった。

「物語のことを忘れたの、一緒に読んだじゃないの？　あなたは息子に会うためにオンギョレンに行ったんでしょ。だから私を連れて行きたくなかった。そして、誰がその案内の若者を紹介したと思ってるの？　赤い髪の女でしょ！　彼が誰かわからないの？」

「誰って？　セルハトのことを言ってるのかい？」

「多分、彼があなたの息子のエンヴェルだって言ってるのよ！　すぐに逃げて、ジェム！」

「落ち着きなよ。ここの人たちはみんな気楽なもんさ。マフムト親方からもたいしたことは聞いてないみたいだし」

「お願いだから、ちゃんと聞いて。いまそこで誰かが政治的信条がどうのこうの言って、あなたを刺したらどうなると思う？　酔っ払いのふりをして誰かがあなたを殴ったらどうなるかわかる？」

私は苦笑しながら答えた。

「僕は死んでしまうね」

「そう、あなたが死んだらソフラーブ社のすべては赤い髪の女とその息子のものになるのよ。そのためなら人間なんてためらいなく人殺しするものよ」

「遺産のために僕が殺されるっていうのかい？　僕がここへ来るのは、今日まで誰も知らなかったんだよ。僕自身でさえね」

「彼はそばにいる？」

「いないって言ったろ！」

「ねえ、お願いだから。とにかく彼に見つからないどこかに隠れて」

私は妻の言うとおりに、道の反対側の角の店の軒先の影に身を沈めた。

「聞いてちょうだい。ずっとオイディプスと父親や、ロスタムとソフラーブの物語を読んできたじゃない？　その私たちの考えが正しいなら……。そして、その若者があなたの実の息子だとしたら、あなたは必ず殺されてしまうわ！　西欧化した男は父親に抗うって言ってたじゃない……」

「向こうがその気ならこっちはロスタムよろしく、権威を振りかざすアジア的な父親になればいいだけさ。無礼な息子にやられるくらいなら、こっちが先に殺してやるよ」

笑ってそう返したのだけれど、アイシェは酔っぱらいの戯言《たわごと》をまじめに受け止めたらしくこう答えた。

「あなたは絶対にそんなことしないわ。とにかくそこを動かないで。いまから車に飛び乗って迎えに行くから」

暗く陰気なオンギョレンの夜に包まれていると、古い物語や神話も、絵画や古代の文明の光も、いかにも遠く感じられて、アイシェの恐怖を理解できなかった。それでも私は長いこと物陰で身じろぎ一つせず息をひそめていた。いくら待ってもセルハトに呼ばれないので段々と怖くなってきたのだ。あのセルハトが私の息子だというのか？　静寂はなかなか破られず徐々に苛立ちはじめたころ、ようやく壁の向こう側から声がした。

「ジェムさん、ジェムさん」

恐怖のせいか咄嗟に答えを返さずにいると、若者はなおも私を呼び続けた末に工場の壁のずっと向こう側に姿を現し、ゆっくりとこちらへ戻ってきた。確かに背丈は私と同じくらいだし、歩くときの雰囲気や手の振り方には父を思い起こさせるところがある。それが私の恐怖をかき立てた。

彼は私を置いていった場所まで戻ってくるとさらに二回、「ジェムさん！」と声を張り上げた。

この場所からでは顔まではよく見えない。もう一度だけ、近くからしっかりと彼の顔を見てみたい。数十年の時を経て、我が子と思しき若者と再会したのだ。息子を怖がって隠れるというのは、どこか夢の中の出来事のようでまったく奇異に思えた。私はポケットの中の拳銃の力を信じることにして、暗闇から抜け出すと彼に近づいて行った。

「どこにいたんです？　中に入りたいなら付いてきてください」

彼はそう言って踵を返すと壁に沿って歩きはじめた。真っ暗な通りを眺めるうち、あの若者が私を絞め殺すために人気のない暗がりへ連れて行くつもりなのではないかという疑念が鎌首をもたげた。ああ、もっとちゃんと彼の顔を間近で見ておけばよかった！　そう後悔しながら、彼の足音を辿って私もまた、暗闇の中へ踏み出した。

壁がひときわ低くなった箇所へ差し掛かると、セルハトは猫のように飛び上がって瞬く間に姿を消してしまった。私も暗闇に差し出された温《ぬる》く汗で湿った手を握りしめ――これが息子の手なのだろうか？——壁を乗り越えた。確かにそこは私たちの高台に違いなかった。誰もいない工場の番犬が、鎖を引っ張りながらいまや狂ったように吠えている。

鎖が切れたら拳銃で撃ち殺せばいい——そう腹をくくると、私は犬を無視して工場の建屋の間を歩きはじめた。あのハイリ氏と真新しいサッカーシューズを履いた息子は、井戸から水が出たあとで、当初の予定を大幅に上回る規模の繊維工場を完成させたようだった。繊維産業の生産拠点が中国やバングラデシュ、あるいはそのほかの極東の国々へ移転したのはここ十年ほどの話だから、彼らはそれ以前に工場以外のあれこれの建物も付け加えていったのだろう。しかし、大理石の敷石のある本部棟をはじめ、施設はみな放棄され不要になった古い原材料や空箱、埃をかぶり錆の浮いたあれこれの品を詰め込む倉庫代わりに使われており、中には廃墟と化した建物もあった。

私たちの井戸は、現場へやってくるたびにハイリ氏がいつか作って見せると豪語していたあの食堂の中に佇んでいた。食堂棟の窓ガラスは割れていて、倉庫としてさえ使われていないようだった。工場の壁外のネオンライトのかすかな明かりを頼りに案内人の後ろ姿を追い、蜘蛛の巣や錆びた鉄、パイプ、そのほかが亡霊のように佇む様々な設備の間を抜け、私たちはついにコンクリートでできた井戸の蓋の前に立った。

「鍵は壊れてるはずなんですけどね」

案内役はそう言うと、腰を曲げて井戸の蓋にかけられた南京錠をいじくりはじめた。

「こんな場所をよく知っていたね」

「エンヴェルがよく連れてきてくれましたから」

「どうして？」

「さあ」

青年はなおも錠前を開けようとしながら訊き返してきた。

「あなたは、どうしてここへ来たかったんです？」

「マフムト親方と過ごした日々を忘れられなかったからだよ」

「保証しますよ、親方も忘れたことはないってね」

親方の肩のことを言っているのだろうか？

若い案内役が錠を壊そうと立ち上がった拍子に、その顔がひときわ明るく照らし出された。彼が自分の息子かどうか見分けようと見つめた瞬間、喉が渇くような、あるいは新緑が萌えるような愛情が湧きあがったような気がした。

しかし、すぐに失望が胸を満たした。彼の顔の輪郭とか、表情とかは、確かに胸像よろしく私に似ているかもしれない。しかしその人柄、古人であれば人気《じんき》と呼ぶようなそれは、私が愛せる類のものではなかった。アイシェは間違っていたのだ。この男が私の息子であるはずがない。

そして、賢明な我が案内役もまた、どういうわけか私の嫌悪を察したようで、ふいに押し黙ると仇を見るような目つきでこちらをにらみ返した。

「今度は私がやってみよう」

私はそう言ってしゃがみ込むと、薄明かりの下で南京錠をこじ開けにかかった。

# 43

錠前を破るのに協力するためにしゃがみ込んだおかげだろうか、罪の意識がわずかに軽くなった気がした。なぜこんなところへ来てしまったのだろう？　そう自問するうちに前触れなく錠前が開いた。

私は立ち上がって外れた南京錠を若者に差し出した。そして、自宅内に残るビザンティン帝国期の井戸を誇らしげに見せる村人に対し、あくまで冷静に受け答えするドイツ人観光客よろしく「蓋も開けてみよう」と言った。夢が破れたことへの失望のせいか、案内人のそれが伝染したせいなのか、我ながら驚くほど高慢な口調だった。

セルハトがずいぶん頑張ったものの錆びた鉄製の蓋はびくともしなかった。しばし彼の奮闘を眺めたのち、焦れた私も手を貸すことにした。二人で一息に引っ張ると、井戸の蓋はまるでビザンティン帝国時代から残る千年前の迷宮へ続く扉さながらにズズズと音を立てて開いた。

ネオンライトのか弱い光を透かして蜘蛛の巣が見え、臆病なトカゲが照らし出された。濃密な黴《かび》の臭いに鼻孔が焼かれながらも、ふいに記憶の奥底から『地底旅行』という言葉が浮かび上がった。

井戸はあまりにも深く、何も見えなかったが、しばらくして暗闇に目が慣れると溜水なのか、それとも泥なのか、外光を反射する井戸の底が見えるようになった。井戸の底は、恐ろしくなるほどあまりにも遠かった。

　セルハトと私は無言のまま、ただ恭しく井戸の底を覗き込んだ。井戸の驚くべき深さが、恐怖のみならず、ツルハシとシャベルだけで掘った人物への畏敬の念をも掻き立てずにはおかなかったからだ。三十年前、井戸の底から私を叱り飛ばしていたマフムト親方の姿が眼前によみがえるかのようだ。

「頭がくらくらしてきた」

　案内役の若者が呟いた。

「落っこちそうな気になります。誰だって尻込みするほどの深さだ」

　私はその言葉に親近感を覚えて、秘密を明かすように囁き返した。

「どうしてだか、神様のことが思い浮かぶね。マフムト親方は五分だっておとなしく礼拝しているような性質じゃなかったのに。でも三十年前、井戸を掘り進めるほどに地下ではなくて、空や星に、そう、神様や天使のおわす場所へ上っていくような気がしたものだよ」

　セルハトの答えはいかにもあざとかった。

「神はどこにでもいますよ。上にも下にも、北にも南にも。あらゆる場所にね」

「ああ、その通りだね」

「それならどうして彼を信じていないんです？」

「彼って？」

「至高なる神ですよ。万物の創造者たる神」

「君はどうして私が神を信じていないと決めてかかるんだい？」

「どう見たって信じてないからですよ……」

　私たちは無言で見つめ合った。青年の怒りこそが、彼が私の本当の息子である証のように思えた。

気難しそうな気性は好ましかったが、その怒りを井戸のたもとで、ほかならぬ自分に向けられるのは空恐ろしいものがある。

「だってトルコの金持ちはみなヨーロッパかぶれで、『他人が私と神の関係に立ち入らないでくれ』なんて能書きを垂れて世俗主義を擁護するものでしょう。本当は神との関係なんてこれっぽっちもないくせに。思いつく限りの悪行を全部、これが近代的なやり方だって誤魔化して安心できるから、世俗主義が好きなだけなんだ」

「どうして君は近代的であることを否定するんだい？」

セルハトの口調はあくまで冷静だった。

「僕は人だろうが物だろうが、なに一つ否定しちゃいませんよ！　自分の憎む相手と対峙するときは、確かな自分でありたいってだけです。右派だの左派だの、イスラム保守だの近代化論者だのって対立とは関係なしにね。人付き合いを避けて詩を書くのもそのためです。そうそう、外扉のインターフォンが鳴っても詩を書いているときは開けませんね」

言葉の意味を理解しないまま、酔いのもたらす気楽さに任せて尋ねた。この場でどこかの本から借りてきたような議論をはじめれば、彼は本気で腹を立ててしまうと思ったのだ。

「じゃあ君は、近代的であるのは悪だと考えているのかい？」

「近代的人間なんていうのは、いわば都市という名の森に飲み込まれた人々のことです。ある種の父なし子とも言えるかもしれませんね。そういう連中はみな、父親を探し求めたところで徒労に終わるんですよ。彼が近代的な意味での個を確立した人間であればあるほどに、都市にどんなにたくさん人がいようと父を見つけることはできない。よしんば見つけたとしても、今度は確立したはずの個を失うことになるからだ。……フランス近代思想の父ジャン＝ジャック・ルソーはそれをよく承知していた。だからこそ、父親になるのをやめて四人の子供を捨てたんだ。近代的な人間になることを願ってね。ルソーは子供たちに関心さえ持たず、探そうとしたことさえなかったそうですよ。あなたも僕に近代的な人間になって欲しいから捨てたんですか？　だとしたら、あなたのやったことは間違ってないのかもしれませんね」

「何が言いたいんだね？」

「なんで返事をくれなかったんです？」

「返事って？」

「わかってるくせに」

「申し訳ない、ラク酒のせいでぼんやりしてしまって。でも、君の方は覚えているみたいだね。披露宴会場に戻る道すがらにでも教えてくれないかい」

「僕があなたの息子としてサインして送った手紙ですよ。どうして返事をくれなかったんです？」

「どんなサインをしたって仰ったんです？」

「『仰った』なんて突然、敬語に戻っても誤魔化されませんよ。僕が誰かとっくにお気づきでしょうに」

「セルハトさん、本当にわからないんですよ」

「僕はセルハトなんて名前じゃない。僕があなたの息子のエンヴェルなんだよ」

いつのまにか工場の入り口の犬の声が止み、辺りを深い静寂が押し包んでいた。長いしじまの中で、父に捨てられた何十年も前、彼の顔を忘れてしまったのに気が付いたときの感覚がよみがえった。あれは停電か、さもなければ一瞬で盲目になってしまったような感覚だった。

私がエンヴェルを見つめると、エンヴェルもまた私を見つめ返した。エンヴェルはそうして私の考えを推し量ろうとしているようだったが、やがてその顔にゆっくりと失望が広がっていった。その様子を見て、私はようやく悟ったのである。もう国産映画さながらに「息子よ！」などと言って抱擁を交わす機会は永遠に訪れないだろうと。

ようやく口を開いたのは私が先だった。

「つまり、あれこれの企みをめぐらせていたのは、私ではなく君の方だったってわけか。私の息子は、エンヴェルは、どうしてまたセルハト某の振りをしようなんて思いついたんだい？」

「父親を愛せるかどうか確かめたかったからかな……。あなたは息子に会えて満足しましたか？　僕にとってはとても大切なことなんだ」

「君にとっての父親はどういう存在なんだい？」

「母親の腹に宿ったその瞬間から死ぬまで、息子を守り、支配する強さと慈しみを兼ね備えた存在。子供にとっては世界の入り口であり、中心となるのが父親なんだ。もしどこかに自分の父親が確かにいるって確信さえ持てたなら、たとえ会ったことがなくたって心安らいで、その存在を感じて、いつか帰ってきて自分を守ってくれると信じられるような存在。僕にはそんな父親はいなかったけど」

「私にもそんな父親はいなかったよ、悲しいことにね」

私はあくまでも冷静に答えた。

「よしんばいたとしても、彼は息子が自分に服従するよう期待するだろう。その強さと慈しみとやらを駆使して子供の個性を責め苛みながらね！」

エンヴェルが目を見張った。父親が自分と同じことを考えていたのがわかって驚いたのだろう。彼がようやく敬意と好奇心を示して話を聞く気になったようで私は嬉しかった。

「もし父親に服従していたら、私はいまごろ幸せになれたろうか？　良い息子にはなれたろう。でも成熟した自己を築けたとは思えない――」

「その成熟した自己を獲得したいって願いこそが、この国にいるヨーロッパかぶれの金持ちをますます成熟した自己ってやつから遠ざけているんだ。だから自分自身がどんな人間かさえわからなくなる」

さらに声を張り上げて思索を続けようとした私を、エンヴェルの言葉が遮った。

「ヨーロッパかぶれのトルコの金持ちは神を信じない。なぜなら自分がすでに一廉《ひとかど》の人物になったって思い込んでるからだ。彼らにとっては神よりも自分の方が重要だ。彼らのほとんどは自分がまさに自分であると確信したいがために、神を信じない。もちろんそうとは口にしないだろうがね。でも、信仰は万民と等しくなるための行いだ。宗教というのは謙虚な者のためだけに開かれた天国へ通じる道であり、慰めなのだから」

「その点には同意するね」

「つまりあなたは、自分は神を信じているって言うんですね。神への信仰というのはヨーロッパかぶれの金持ちのトルコ人には荷が重すぎますよ」

「そうかもしれない」

「聖典《クルアーン》を読んでる、神を信じているって言うなら、どうしてマフムト親方をこの底なし井戸に置き去りにしたんです？　信仰は良心を伴うはずなのに」

「それについてはずいぶん考えたよ。つまるところ、当時の私は子供だったってことだ」

「よく言う。女を孕ませておいてなにが子供だ」

間髪を入れずに放たれた答えに私は鼻白み、呟くように返すので精いっぱいだった。

「君は本当になんでもよく知ってるんだね」

「ええ、マフムト親方は僕になんでも話してくれましたから」

いまやエンヴェルは敵意を隠そうともせずに言い放った。

「結局、親方のことを馬鹿にして、自分が彼よりも大した人間だって思っていなきゃ、井戸の底に置き去りにできるわけない。ちゃんとした学校に通って、大学進学を夢見ていたあなたの人生は、貧しい井戸掘り人のよりよほど大層な代物だとでも思っていなきゃね」

「自分の人生が大切なのは誰でも同じだ」

「そうでない人間だっているんだ！」

私は井戸のそばから離れながら「そうかもしれない」と答えた。

ふたたび沈黙が下りると、待ち構えていたかのように番犬が吠えはじめた。やがて私の息子が口を開いた。

「怖いんでしょう？」

「なにが？」

「井戸に落ちるのがですよ」

「さあどうだろう。それより夕食会のお客さんたちも心配しはじめるころだ。もう戻らないと……。第一、そういう失礼な口の利き方は、私が息子に期待していたものじゃない」

「じゃあどうお話しすればよろしいですか、お父さん？」

エンヴェルがからかうような口調で言った。

「父親に素直に従うような息子だったらそもそもヨーロッパかぶれの大人にはならないだろうし、ヨーロッパかぶれの大人になったとしたら今度は父親に素直に従うわけがない。どうすればいいか教えてくれよ」

「私の息子なら成熟した人格を備えて、なおかつ自発的に父親に従って欲しいもんだ。君のいう成熟した人格とやらを形成するのは自由だけじゃない。それは歴史と記憶によっても成り立っているんだ。私にとってのこの井戸が、まさに歴史であり思い出であったように。さてエンヴェル君、ここへ連れてきてくれてありがとう。でももうお喋りは十分だ」

「なんでそんなに戻りたがるんです？　怖いからでしょう？」

「私がなにを怖がるって言うんだ！」

「間違えて井戸に落っこちるのは確かに怖くないんでしょうね。でも、僕に引っ掴まれて井戸の底に投げ落とされるのが怖いんでしょう？」

エンヴェルは私をじっと見つめていた。

「なぜ父親にそんなことをしようと思うんだい？」

しばしのにらみ合いののちそう尋ねると、エンヴェルは指を折って数え上げた。

「マフムト親方の復讐のため。僕を捨てたから。夫ある身の母さんを騙したから。何年も、そう何十年も経ってようやく届いた息子からの手紙に返事一つ寄越さなかったから……。あるいは、あなたが期待したようなまっとうな人間になるため。それと、もちろん遺産を手に入れるためかな……」

数え上げられた動機のリストの長さに、私は怖気づいてしまった。

「……私を殺したら、君は裁判の末に刑務所の独房でくたばることになるぞ」

どうにか息子を思いとどまらせようとして、私は慎重に思いやり深い口調で警告した。

「そうしたら刑務所で面会に来る母親を待つのだけが楽しみの人生だ。実の父親を殺したり、国家に反逆したりするのが名誉だと思われているのはヨーロッパでの話だ。この国ではそうじゃない。もう母親以外に誰も君を愛してくれなくなるだろう。それに、父親を殺して手に入れた遺産なんて、国家に没収されるにきまってる」

「人殺しをするときってのは、そんな先のことまで考えないもんですよ」

それが息子の答えだった。

「それに結果ばかり気にしていたら自由にはなれないんだ。自由ってのは、歴史や道徳を忘れるってことなんですからね。あなたはニーチェも読んだことないんですか？」

私はもう答える気さえ起きなかった。

「いまここであなたの腕を摑んで井戸に投げ落としたところで、父は不慮の事故で落ちましたと言えば誰も反証できないでしょうよ」

「たしかにその通りだ」

「あなたに腹が立つたび、どういうわけか無性にその目を潰してやりたくなるんだ」

私の息子はどこか夢見るようにそう言った。

「あなたと見つめ合っていると父親の悪所を全部、目の当たりにしている気分になってくる」

「父親の眼差しほど素晴らしいものはないはずだがね」

「本当の父親ってのは公正な父親のことだ！　でも、あなたは本当の父親とさえいえない。ああ、井戸に投げ込む前にその目を潰してやりたいくらいだ」

「どうしてそんなことを？」

「僕は詩人だ。言葉と戯れるのが仕事なんですよ。でも本当に心で思っていることは言葉で言い表せるもんじゃない。心象でしか表現できないことがある。僕はそれをよく知っている。言葉だけでは考えることさえ難しいなにがしかの真意があったとしたら、それは映像としてしか眼前に呼び起こすことができないものなんだ。いまあなたの目を潰したなら、いやそうすることでしか、僕はあなたの望む成熟した人間にはなれないだろう。どうしてかわかりますか？　そうすればようやく僕は僕という人間になって、僕自身だけの言葉を綴り、僕だけの物語を語ることができるようになるからだ」

高慢な態度を隠そうともせずに挑戦的に私と対峙しようとするエンヴェルのさまに、私の心はいつのまにか挫けてしまった。本当は彼を抱きしめ、実の父としてその頬にキスをしてやるべきだったのだろう。でも、私は失望と後悔に打ちのめされるあまり、誤った答えを口走ってしまった。

「私だって君が自分の息子とは思えないね。怒りっぽすぎる上に、人の顔色を窺ってばかりだ」

「僕が誰の言いなりになったって言うんだ、言ってみろよ！」

エンヴェルが怒って一歩踏み出した。私が後ずさりすると、彼はさらににじり寄ろうとした。

私はここでまた一つ選択を誤った。つまり、上着のポケットからクルクカレ社製の拳銃を抜き、冗談とも本気ともつかない中途半端な態度のまま弾倉を引き抜いて彼に見せつけたのだ。

「息子や、そこで止まれ。私にこれを使わせるな、ほら撃つぞ！」

「使い方だって知らないくせに」

エンヴェルは私に飛びかかり、拳銃を奪おうとしながらそう言った。

井戸のたもとの薄闇の中、私たち親子は黴《かび》臭い地面に転がってもみ合った。最初はエンヴェルが上になり、それから私が彼を組み敷いた。それからまた彼が上になり、拳銃を奪おうと私の手を掴み上げ、井戸のコンクリート製の擁壁にたたきつけはじめた……。

# 第3部

# 赤い髪の女

それは三十五年から三十年前にかけて、つまり一九八〇年代前半に私たちが舞台に上った数ある小さな田舎町の一つでの出来事だった。ある晩、私たち劇団員と政治活動をしている地元の住民とで酒席を囲みながら夕飯を摂っていると、長方形のテーブルの反対側に私と同じような赤い髪の女性が座った。途端にテーブルの面々は、一つの食卓に赤い髪の女が二人居合わせるとはとんでもない偶然だと盛り上がりはじめた。可能性としては何パーセントだ、こいつはゲンがいい、きっとなにかの前触れだ――皆が互いにあれこれと尋ねあうのを尻目に、やがてその赤い髪の女が言った。

「私の髪が赤いのは生まれつきなの」

それは詫びるような、それでいてどこか誇らしげな口調だった。さらに彼女はこう続けた。

「ほら生まれつきの赤毛の証拠に、顔にも腕にもそばかすがあるし、肌も真っ白で瞳も緑色でしょ」

すると皆が一斉に「君はどう答える?」とばかりに私を振り返った。

「あなたの髪が生まれつきなら、私の赤髪は私自身の決断の賜物ってとこね」

普段の私はこんな風にすぐさま答えを返したりはしない。ただ、それは私がこれまで長いこと温めてきた答えだったというだけの話だ。

「あなたにとっては神から与えられた、生まれついての運命。私にとっては意識的に行った自らの選択というわけ」

同じテーブルでお酒を飲んでいる皆に生意気と思われてはたまらないので、私はそれ以上はなにも言わなかった。からかうような、馬鹿丸出しの笑い声がテーブルのそこかしこから上がったからだ。でも、もし私がすぐに答えていなかったら「そうよ、私の赤髪は染めたものよ」と言うも同然で、それはこちらが敗北を認めることになる。そうなったら最後、皆に誤解され、つまりはこの女は赤い髪に憧れる十把一絡げの模倣者に過ぎないのだと勘違いされたままになってしまったことだろう。

後から髪を赤く染めた私たちのような女にとって、髪の色とは自ら選び取った人格そのものと言ってもよい。私は髪を赤く染めて以来、この髪と折り合いをつけるべくもがき続けてきた。

二十代の半ばころの私は、古いおとぎ噺や物語からなんらかの教訓をひねり出すような女優ではなかった。現代的な演技者であり、怒りに溢れ、しかし幸せに暮らす左派活動家だった。当時私は、三年ほど人目を忍んで交際を重ねた恋人に捨てられたばかりだった。彼は十歳年上の既婚者で、ハンサムで、そして生粋の革命家だった。彼と一緒に熱に浮かされたように読書をするのは何よりもロマンティックで、幸せだった！　腹は立ったが、捨てられて当然だと納得もしていた。秘密の交際が明るみに出たせいで、組織内の誰もかれもが私たちの恋愛に口出しするようになったからだ。「他の連中が嫉妬しても仕方がない」、「君たちの関係は全員にとって良い結果をもたらさないぞ」。あれこれ言われるうち、一九八〇年にふたたびクーデターが起きた。地下に潜った仲間もいれば、ボートでギリシアへ、そしてドイツへ逃れて政治亡命者になった者もいた。そして、刑務所へ送られて拷問を受けた者も。私より十歳年上の恋人アクンも同じ年に家へ、つまり彼の妻と子供が待つ薬局へ帰っていった。トゥルハンは私に気があって、アクンには辛く当たるので以前は腹を立てたものだが、アクンに捨てられてからの彼は私の苦悩を理解してくれて、あくまで優しかった。だから彼と結婚した。私たちの属していた「革命主義的国家」にとっても良かれという思いもあった。

もちろん妻が他の男と付き合っていたことにトゥルハンも屈託がないわけはなく、組織の若者たちを統率しきれないのをそのせいにしていた節もある。しかし、だからといって彼が妻の「軽はずみ」を責めるようなことはなかった。アクンと違ってすぐに恋に落ち、そして瞬く間に相手を忘れてしまうような性質ではなかったからだろう、トゥルハンはやがて何事もなかったように振る舞うことに葛藤し、ついにはメンバーたちの言葉にありもしない裏を探ったり、陰口を叩かれているのだと思い込むようになっていった。結婚してしばらく経つと革命主義的国家に属する友人たちの活動姿勢を不真面目だと責め、ついには武装闘争を組織するといってマラトヤの街へ行ってしまった。マラトヤでトゥルハンが焚き付けた同胞たちが、のちに彼の敗北を知らせてくれた経緯や、私の夫が憲兵によってどこかの谷へ追い詰められて撃ち殺されたときの様子については、ここでくだくだと語る必要はないだろう。

間を置かずに二度も大きな喪失を経験したせいで、私の足は政治から遠のいた。あのときに、引退前には県政にまで携わった父と母のいる実家へ帰っていればよかったのかもしれない。いまではそう思うけれど、当時は決心がつかなかった。もし家へ帰ったら最後、私は自らの敗北を認めるだけでなく、演劇も諦めなければならなかっただろう。仲間に入れてくれる劇団を見つけるのさえ難しかったけれど、周囲の思惑とはまったく正反対に、私は政治のための演劇ではなく、演劇のための演劇をしてみたいと考えるようになっていた。

そうして、もともといた劇団でぐずぐずしているうちに、夫の弟トゥルガイと結婚することになった。まるきりオスマン帝国時代にイラン遠征へ行ったきり帰らぬ人となった騎兵の妻たちと同じだ。

唯一の違いは、夫の弟との結婚を決めたのが私自身だということだ。旅回りの劇団を作るというのは、そもそもトゥルガイと結婚したあと私が思いついたことだった。おかげで彼との結婚生活も最初のうちは思ってもみないほど幸せに過ぎていった。二人の大切な男性を失った後では、トゥルガイの若さや子供っぽさ、強情さは、ある種の信頼のおける単純さにさえ思えた。冬はイスタンブルやアンカラのような大都市にある左派系の政治団体が持つ集会場で、舞台とはとても呼べないようなただの会議室で演技をし、夏には友人たちの招きに応じて地方の街々や観光都市へ移動し、兵営とか建てられたばかりの工場とかのそばに劇団テントを張って公演をする。さきほど話した赤い髪の女性と同席したのは、そんな旅暮らしをはじめて三年目、髪を赤く染めてから一年ほど経ったころだった。別に背が高いから赤髪も似合うだろうと考えたわけではない。

「まったく別の色に染めたいの」

イスタンブル郊外のバクルキョイ地区で、十歳ほど年上の美容師にそう頼んだときは、まだ何色に染めるかさえ決めていなかった。

「あなたは茶髪だから、金髪が似合うと思うわ」

「赤に染めてちょうだい。うん、それがいいわ」

気が付くとそう答えていた。

彼が選んだのは消防車と橙の中間の赤色だった。人目を引かずにはおかない色だが、トゥルガイという夫がいるので周囲から反対の声は上がらなかった。もしかしたら、練習中の演目のための仕込みだとでも思われたのかもしれない。赤い髪に染めた理由を、私が経験してきた悲しい恋物語と絡めて説明しようとする人もいたけれど、たいていの仲間は「なんにしても君に似合っているよ」とだけ言うに留め、好意的に見守ってくれた。

周囲の反応に触れてはじめて、自分がどういうことをしたのかに気が付いた。本物か模倣か。それはトルコ人にとってとにかく重大な問題なのだ。酒席に居合わせたもう一人の赤髪の女性の居丈高な対抗心を目の当たりにしたあと、私は美容院で偽物のカラーリング剤を使うのはやめて、市場で自分の目で選んで買ってきたヘナを使うようになった。生まれついての赤髪と出くわして被《こうむ》った変化といえばそれくらいのものだ。

髪を染めて以来、テントへ足を運んでくれる高校生や大学生、それに孤独に苛まれるさまざまな若者たちを前よりも気にかけられるようになった。彼らの共感を買い、なにより夢を壊さぬよう心を開いて接しようと努めるようになったのだ。彼らのひたむきな情熱は、私の髪のごくわずかなトーンの違いからでさえ、まがい物か本物かを見分け、虚言を見破ってしまう。それは大人の男にはできないことだ。もしヘナを使って自分で髪を染めていなかったなら、きっとジェムも私に目を奪われなかっただろう。

彼がひたむきに見つめてくれたからこそ、私は彼が誰か気が付けたのだ。まだアクンの息子だと確信が持てないときでさえ、彼は父親にそっくりで、眺めているだけで心躍った。彼はすぐに私に夢中になり、毎晩のように私たちのアパルトマンの窓を見上げるようになった。奥手そうなところも好ましかった。なにせ、恥を知らない男たちは脅すように迫ってくるものだし、実際にその手の男は周りにいくらでもいたからだ。厚顔無恥というのは人から人へ伝染する。そういう連中は相手にも自分と同じように恥知らずでいることを求める。だから私は、ときどきトルコにいることが息苦しくてたまらなくなる。でも、ジェムはあくまで礼儀正しく、恥じらいを忘れなかった。劇を観に来た晩、一緒に駅前広場を散歩してはじめて、彼が誰の息子か知った。

驚きはしたものの、頭のどこかではもっと前から知っていたような気もした。ありきたりの日常の中で出会うふとした偶然の一つひとつが、実のところ歴とした意味を持っていることを教えてくれたのは演劇だった。だから、父も子も作家になりたいと望んでいたのは偶然ではないし、三十年を経て息子と父親を引き合わせたのが他ならない私であったのも、偶然ではないはずだ。そして、私の息子が父親のジェムと同じように父のいない辛さを味わったのも偶然ではないし、何十年も舞台の上で嘆き悲しむ女を演じるうちに私自身が悲しみに暮れて生きるようになったのもまた、きっと必然なのだ。

一九八〇年の軍事クーデターを境に、私たちの劇団のやり方はさま変わりした。まず不要の災難を避けるために演目の左派色を薄めた。そして一般客を呼び込むべくモノローグにはルーミーの『精神的マスナウィー』の一節や、他の古い神秘主義者たちの訓話や物語を取り込み、『ホスローとシーリーン』や『ケレムとアスル』のような古い悲恋物語の、とくに感動的なシーンやセリフも取り入れた。しかし、何といっても会心の出来だと胸を張れるのは、イェシルチャムでメロドラマを書いていた脚本家の友人が「いついかなるときも好まれ、歓迎される」と勧めてくれたロスタムとソフラーブの物語のために書き下ろした、嘆きに暮れるタフミーネのモノローグだ。

テレビ・コマーシャルの物真似やパロディを演じ、ダンスをしながらおへそを見せつける私のミニスカートから伸びるこの長い脚に魅入られてしまった客や、お下品な野次を飛ばす客、あるいはそれとは反対に私に恋をし、あるいは劣情にとらわれた男たち、それこそ「股開け、股開け」とはやし立てる下品きわまりない連中でさえ、ソフラーブの母タフミーネに扮した私が、夫が息子を殺すさまを見て思わず漏らしたうめき声を耳にすれば途端に黙り込み、劇団テントは恐ろしいほどの静寂に飲み込まれてしまうのだ。

はじめは弱々しく、やがて全身全霊の込められた私の泣き声が響き渡る。そうして、自分がいかに観客たちを支配しているのかを実感するたび、演劇に生涯を捧げてきた幸せを噛みしめられるのだ。

舞台上で私が身にまとう長いスリットの入った赤い長衣や、時代がかったアクセサリー、剣帯、そして昔から手首にはめている腕輪――それらを身に着けて母親の嘆きを演じていると、客席の男たちが心震わせ、瞼を濡らし、ついには良心の呵責に苛まれる様子が手に取るように伝わる。剣戟がはじまっていくらも経たないうちに、怒りっぽい田舎の若者たちは強健で横柄なロスタムではなく、自分でも気づかないうちにソフラーブの方に自己投影をしはじめる。つまり彼らは、自分の死をこそ嘆いて涙しているのだ。ただし、彼らが自分のために涙を流すまでには、舞台上でこれでもかと泣いて見せる赤い髪の女の先導が必要なのだけれど。

彼らの深い嘆きと一緒に、自分の唇や首筋、乳房や脚、そしてもちろん赤い髪に注がれる崇拝者たちの視線や、哲学的な苦悩や性欲がまるでおとぎ噺のようにないまぜになった感情に飲み込まれていくさまが感じ取れる。身体を捻って優雅に一歩を踏み出すたび、あるいは視線を向けるたび、私の声が観客の知性と感情、そしてその若々しい肌の隅々にまで訴えかけるのが、手に取るようにわかるのだ。しかし、そんな歓喜の瞬間はそうそう訪れるものではない。たとえば大声で泣きはじめてしまった若者が他のお客の気を削いでしまうこともあるし、誰かが拍手をはじめてしまったり、私のセリフが聞き取れなかったお客の間で喧嘩がはじまってしまうこともある。テント内の観客が騒いで収拾がつかなくなったことも一度や二度ではない。おいおい泣きわめく客、めそめそ泣く客、拍手する客、罵声を浴びせてくる客、立ち上がって何事か喚き散らす客、静かに座ったまま観劇を続ける客。彼らが入り乱れてぐちゃぐちゃになってしまうのだ。たいていの場合、私はこの手の熱狂を歓迎したし、ときには待ち望みさえもしたが、同時に人間の苛烈さを前にしてすっかり恐ろしくもなってしまうのだった。

やがて私は、嘆き悲しむタフミーネの役がぴたりとはまる演目を探すようになった。イブラヒム様が神に自らの忠誠心を証し立てるべくまさに息子の首に短刀を突き立てようとする瞬間を、遠くから静かに涙を流して見守る女も演じたし、神が息子の代わりの生贄として遣わした羊のぬいぐるみを運ぶ天使も演じてみた。しかし、イブラヒムの物語には実のところ、女の居場所はない。そこで次にオイディプス王の母イオカステのためのモノローグを書いてみた。息子が誤って父親を殺してしまうこの物語は不評ではあったものの、劇団員たちはアイデア自体は興味深いものとして受け入れてくれた。でも、そこで満足しておくべきだったのかもしれない。知らぬとはいえ息子と床を共にした赤い髪の母親のモノローグさえ演じなければ、その後の劇団はどうなっていただろうかと考えてしまう。あのモノローグこそが不幸を呼び寄せたのだと、いまならはっきりと言えるのだ。私は警告してくれたトゥルガイはもとより、リハーサルを見て「姉さん、こりゃあいったい何だい？」と言ったチャイ運びの男の言葉にも、「僕は好かないなあ！」という舞台監督のユスフの評にも、耳を貸さなかったのだ。

一九八六年、ギュデュルの街での公演で、私は赤い髪のままオイディプスの母イオカステに扮して「知らぬとはいえ私は実の息子と寝たのだ」というモノローグと共にさめざめと泣いて見せた。すると直後からさまざまな脅迫を受け、あくる日には劇団テントの半分方が燃やされてしまった。私たちは這《ほ》う這《ほ》うの体で逃げ出さざるを得なかった。その一カ月後、サムスンの街では海岸沿いのスラム街の近くにテントを張ったが、オイディプスの母親のモノローグを演じた次の日の朝には、子供たちから石礫《いしつぶて》を雨あられと浴びせかけられる羽目になった。エルズルムでは怒った民族主義者の若者たちに「ギリシア野郎どもの演劇だ」と詰《なじ》られ、脅迫された。私は心労からホテルの外へ一歩も出られなくなり、テントは勇気ある勤勉な警察官に守ってもらわねばならなかった。それでも私たちが諦めなかったのは、相手が田舎の観客だから性に開放的な芸術を受け入れる準備ができていなかっただけだと考えたからだ。ところが、客に珈琲とラク酒が供されるアンカラにある進歩的愛国者協会のサロンで上った舞台でさえ、三回も演じないうちに「人民の羞恥と劣情をかき立てた」廉《かど》で公演中止命令を出されてしまった。男たちが互いにののしり合うときに使うお決まりの罵詈雑言が必ず「てめえの母親を……」ではじまるこの国にあっては、中止命令を出した検事の言い分も認めざるを得なかった。

二十代半ばのころ、アクンとよく男たちの悪口についても話したことがある。

「男はみんな、君が聞いたこともないような口汚い言葉を中学や高校、それに兵役で覚えてくるんだよ」

アクンは感嘆とも羞恥ともつかない態度で回想しながら、微笑みまじりにその言葉を口にしたものだ。もっとも、すぐに「面白いだろ！」などと言って切り上げては「女性は不当にけなされているんだ」と話題を一般化した末にこんな風に話を締めくくるのだった。

「労働者階級が天国へ至ったなら、こういう下劣な言葉はみんななくなるはずさ。でもそれまでは、我慢を強いられていると知りながらも、革命のため男たちに手を貸して欲しい」

勘違いしないで欲しいが、私はトルコの左派組織内における男女の不平等を腐すつもりはない。そうであったら、劇の最後に私が演じたモノローグがただ怒りのみならず、詩的な優雅さをたたえたものになることなどなかったろう。願わくは私の息子が書く本も、舞台上の私を目にした観客たちと同じように読者の心を揺さぶる作品であって欲しい。なにせ、私の身の上話や、祖父や父の話を一冊の本にするというのは、もともと私がエンヴェルに勧めたアイデアなのだから。

エンヴェルが小学校に上がるころ、息子が生来の善性や人間らしさを失わず、男たちの醜さにも染まらぬように願うあまり、学校へはやらずに家で私が教育をしようと考えたことがある。もっとも、トゥルガイはまじめに取り合ってくれず、結局エンヴェルはバクルキョイ地区の小学校へ入学した。

同じ時期、私たちは旅回りの劇団をたたみ、急速に広まりつつあった海外ドラマの吹替の仕事に鞍替えした。オンギョレンでだけ何年も公演を続けたのは、ひとえにスッル・スィヤフォールがいたからだ。左派活動や社会主義への情熱が醒めてもなお、古い友人とは会いたいものだ。何年も経ってからマフムト親方に再会できたのも、彼のおかげだった。

エンヴェルは井戸掘り人のマフムト親方のしてくれるお話が大好きだったから、裏庭に素晴らしい井戸を備えた彼の家に二人してよく訪ねていったものだ。彼は最初の井戸を掘り抜いて以降の建築ラッシュのおかげでひと財産を築いた上に、快適な地元の土地を手に入れ、オンギョレンの住民たちの勧めで、夫がドイツへ行ったきりついに帰らなかった美しい寡婦と再婚していて、妻の連れ子を我が子と心得てとてもいい父親ぶりを発揮していた。サリフという名の連れ子とエンヴェルはすぐに大の仲良しになった。私はサリフも演劇を好きになるよう頑張ったものの、これはうまくいかなかった。でも、私の劇団の若い団員の大半はエンヴェルの友人や、オンギョレンの子供や若者たちから募った面々だ。エンヴェルのおかげもあって、私はオンギョレンへよく足を運ぶようになった。演劇熱というのは伝染するものなのか、劇団員の多くはマフムト親方の家に出入りしていた子供たちだった。マフムト親方はスイカズラの香る自分の家の庭にも井戸を掘っていて、そこで遊ぶ子供たちが落ちないよう鉄の蓋をして南京錠をかけていた。それでもなお、私は二階建ての彼の家の上階のバルコニーから「井戸には近づいちゃだめよ」と声をかけずにいられなかった。昔話や古い物語に語られる事柄というのは、いずれ私たちの身の上に降りかかるかもしれないからだ。読書を重ね、物語を信じれば信じるほどに、そういうことが起こるものなのだ。

マフムト親方の異変に最初に気が付いたのは、他ならない私だ。その前の晩、まだ高校生だった愛しいジェムはクリュップ社製のラク酒を一杯呷り、私と親密な時間を過ごした末に――そのときは二人とも一瞬たりとも妊娠の心配などしていなかったが――お腹にはエンヴェルが宿った。ジェムはあの晩、彼の言い方を借りれば「これまであったすべて」を話してくれた。つまり、親方から必要以上につらく当たられていることや、早く母親の待つ家へ帰りたいこと、あるいは井戸から水が出るとは到底思われないこと、まだオンギョレンにいるのは井戸のためではなく私のためであることを教えてくれたのだ。

その翌朝、小さな旅行鞄を握りしめ怯えた様子で駅前広場を走る姿を見かけて、私はぴんと来た。劇団テントへ来て私の演技に見惚れた男たちは、私にひとときの恋をするだけでは気が済まず、ときに身勝手な嫉妬に身を焼くことさえあるというのに、彼はそのまま去ろうとしていたのだ。

つまり、もうよほどのことがない限りジェムとは会えないということだ。私は悲しかった。彼は自分の父親のことはほとんど話さなかったが、もしかしたらすでに三十年前のあの日に父と子の関係についても予感めいたなにかを感じていたのかもしれない！　ジェムの飛び乗った次の列車で私たちも街を出る予定だった。でも、まるで容疑者のようにびくびくしながらオンギョレンを出て行ったジェムの態度が気にかかった。駅は空籠を片手に青空市場を目指して街へ押し寄せた村人やその他の乗客でごった返していた。トゥルガイが見習いのアリを介してマフムト親方と知り合ったのはさらに前の晩のことで、親方は劇団テントであくまで礼儀正しく物静かに劇を観ていた。そのときアリが井戸掘りの手伝いをやめ、雇い主の資金も尽きたことを聞いていた私は、気になってトゥルガイに街の外の高台へ行ってもらった。彼を待つあいだに列車が時間通り来て行ってしまったので、私たちもまた、まるで昔の物語さながらに皆で連れ立ってトゥルガイの後を追い、そして井戸を覗き込んだ。それから皆で力を合わせてアリを井戸へ下ろし、意識朦朧としたマフムト親方を地上へ引き上げてもらったのだ。

親方を病院へ連れて行ったのは私たちだが、彼が折れた鎖骨がくっつかないうちから井戸掘りを再開したと聞いたのは、ずっと後のことだ。手伝いや資金援助をしたのが誰かも含め、それ以上の詳細は知らない。私たちの劇団は親方を助け出してすぐにオンギョレンを離れた。いまでは、酔いに任せて高校生の男の子と一夜を共にしたことも、実は彼の父親に恋をしていたことも、その恋情そのものがとうの昔に灰になってしまったということも、すべて忘れたいと思っている。私は三十五歳になるのを待たずして、男たちの誇りや弱さ、その血に流れる身勝手な個人主義について通暁したわけだが、息子が父親を殺すのも、父親が息子を殺すのも、どちらも理解できない。どちらがどちらを殺したところで、男は英雄になり、私には涙が残されるだけなのだから。もしかしたら私は、これまでのことはもうすべて忘れて、いずこなりとも姿を眩ませるべきだったのかもしれない。

トゥルガイはもとより私も、エンヴェルの父がジェムではないかと疑ったことはほとんどなかった。日数を数えてみて幾度か頭をよぎったことくらいはあるが、気に留めるほどではなかった。父親があの高校生ではないかと本気で考えるようになったのは、エンヴェルが大きくなって目鼻立ち、とくに鼻の形がトゥルガイにまったく似ていないのがはっきりしてからだ。トゥルガイはそんなエンヴェルを見て、どう思ったのだろう？

しかし、それ以前からエンヴェルとトゥルガイは折り合いが悪かった。息子を見るたび、妻が本当は兄トゥルハンの恋人であったことや、その前には既婚男性と関係を持ちながら兄を欺いていたことを思い出してしまうからだろう。直接そう言われたことはないが、私にはトゥルガイの考えがなんとはなしに理解できた。これも面と向かって言われたわけではないが、実のところトゥルガイは、同じ理由から私の赤い髪にさえ苛立っていたのだ！

フランス語や英語から翻訳された文章や本を読んだ限りでは、西欧における赤い髪というのは怒りっぽくて喧嘩腰、なにより性格が良くない女の象徴とされている。でも、そうしたページを読ませてみてもトゥルガイは歯牙にもかけなかった。あるいは、ヨーロッパの新聞からそのまま取って来たと思しき「男性に聞く女性のタイプ」なる記事がトルコの女性誌に載っていて、赤い髪の美女の写真の下には「秘密めいていて怒りっぽい」と書かれていた。自分によく似た雰囲気で、とくに唇がそっくりのその女性の写真を綺麗に切り抜いて壁に貼っておいても、やはりトゥルガイは私に関心を示さなかった。トゥルガイは世界同時革命を志す左派を気取ってはいるものの、ひどくトルコ的だった。彼の考えでは赤い髪をした女というのは、その理由はどうであれいつも男と一緒にいるような類のふしだらな女になってしまうのだ。そして、私のように自ら進んで髪を赤く染めるというのは、そうした赤髪の特性も承知の上であえてそうしているという意味だ。女優だからこそ、そうしたふしだらな罪もいくらか大目に見られているに過ぎないというのが、トゥルガイの考えだった。

こうした経緯もあってか、吹替の仕事をはじめたころから私とトゥルガイの仲は徐々に冷めていった。当時私たちはバクルキョイ地区にあるトゥルガイの父が残したアパルトマンに住んでいたが、エンヴェルが父親と会う機会は多くなかった。トゥルガイはテレビ・コマーシャルのナレーションやそのほか様々な仕事を掛け持ちするようになっていて、帰宅はいつも遅く、まったく帰らない日もあったからだ。だから私は、夕飯どきに帰って来るかどうかもわからない父親を待ちながら子育てをするのがどういうことなのか、よく知っている。

その代わりに私とエンヴェルの距離はどんどん近づいていった。あの子の少し風変わりなところや繊細な魂、あるいは感受性がすくすくと育っていくさまを、私はすぐそばで見守っていた。怖がりで口数が少ないあの子の神経質な心の奥には、虚無感と怒り、孤独、そして失望が潜んでいる。ビロードのように滑らかな腕や脚、首の肌に触れ、その肩や耳、それにおちんちんが成長していくのを喜ぶのと同じくらいに、日を追って豊かさを増していくその知性や理性、そして愚かさが誇らしくて仕方なかった。

彼が望んだときはそれこそ親友のように一日中、話し相手を務め、冗談を言い合い、家の中でかくれんぼをしたり謎々を掛け合ったり、ときには商店街まで散歩に出かける。感傷にとらわれて孤独感に苛まれているようなときは、一緒に世界の広大さに怯えて、それぞれが自分の部屋に閉じこもってしまう。そんなとき私は、他人を理解することや、息子と心通わせることの難しさを思い知ったものだ。エンヴェルは、私の人生でもっとも大切な存在だ。通り、家々、写真、公園、海、船――私は彼の手を握ってこの世界のありとあらゆるものを見せてやろうとした。バクルキョイで、のちにはオンギョレンで、息子が皆と一緒に表で遊び、友達と押し合いへし合いしながら自分の身を守る術を学んで欲しいと願う一方で、お互いにふざけて「てめえのおふくろを……」なんて言い合うろくでなしとは付き合わず、移動劇団のテントで下劣極まりない悪態を吐く男たちのようにはならないで欲しいとも願った。

もっとも、エンヴェルが同年代の子供たちと出かけることはほとんどなかった。エンヴェルのテストの点数が振るわず、クラスで一位になれないことも、私の悩みだった。どうしてこんな取るに足らないことに一喜一憂しているのだろうと自問することもあった。たとえいい仕事に就いて大金を稼げずとも、奥深い人間性と善を希求する心の指針、そしてなにより幸せであれば、それでいいではないかと。そう、私の息子は幸せな主人公になるべきなのだ！　息子の将来についての母親の夢は尽きせぬのが世の常というわけだ。

「些細なことにいちいち思い悩むような人になりませんように」

私はいつも祈るようにそう願い、エンヴェルがまだ小さいころ、桃色の唇を開いて目を充血させて延々と泣き止まないときなどには幾度も言い聞かせた。

「生きていることを嘆くような人になってはだめよ、私のエンヴェル」

美しい瞳を慎重に覗き込めば、貴重な宝石のようなそれが、息子が他とは違う人間だと教えてくれる。絵本や昔話、それに詩を読むのも、テレビの子供演劇やアニメーションを観るのも二人一緒だった。だから、彼が父親や祖父に強い気持ちを抱いていることも知っていた。

「あなたはいつか劇作家になるわ」

そう言い出したのは私だった。しかし、エンヴェルは作家になりたいと望む反面、演劇にはあまり興味を示さなかった。

祖父とも、そして父親とも違う、ひどく激しやすくて強情な性格が表に現れはじめたのは中学生になるかならないかのころだった。幼いころはもっと気楽な子供だったから、その怒りが私の教育の賜物なのかと思うとある種の敬意を覚えずにはいられなかった。赤ちゃんのときのエンヴェルは、たとえばお湯で沐浴させていると、柔らかくて綺麗なお腹をお湯でゆすぎ、木の枝みたいに細い腕やメロンみたいに真ん丸の後頭部、白インゲン豆くらいの大きさしかないおちんちんやイチゴみたいな乳首をそっと石鹼で洗ってやると、それはもう幸せそうに笑ったものだ。ときには、そのまま私もお風呂を済ませてしまうこともあった。私は、バクルキョイのアパルトマンの、なかなか温まらないバスタブで息子と一緒にお風呂に入っていた。十歳になるころから、瞼を閉じて頭や髪の毛、あるいは足を石鹼で洗う方法を教えはじめた。

息子はそれが気に食わなかったようだ。年を重ねるにつれ膨らみ、苛烈さを増していく怒りの発作が宿ったのも、もしかしたら瞼を閉じるよう言ったのがきっかけだったのかもしれない。エンヴェルが高校生になると、トゥルガイは家にまったく寄りつかなくなった。エンヴェルが平凡な大学にしか受からなかったとき、息子への愛は変わらなかったものの、がっかりしたのは確かだ。同じころからエンヴェルは嬉々として私に口喧嘩を挑んだり、わざわざ反対の意見を言ったりするようになった。漫画に夢中になって、テレビのチャンネルを変えようものなら「母さんはなんにもわかっちゃいない！」と嚙みつくようになった。受刑者のように髪を短くしたかと思えば、イスラム主義者みたいに顎鬚を生やし、そうかと思えば修道僧よろしく剃刀を三日もあてず、私がいちいち心配するのを見て、嬉しそうに喧嘩を挑んでくる。ときどきひどい言い合いになると、エンヴェルはドアを殴るように開け放ち家を出て行ってしまうのだった。

大学に入ると、エンヴェルは頻繁にオンギョレンへ行くようになった。幼馴染たちに会うためだ。そこでマフムト親方のところへ出入りしていた、半分は失業者、もう半分は理想主義者の友人たちと付き合うようになった。一時期は家からほど近いヴェリエフェンディ競馬場へ通って賭け事にも手を出したが、母親に金をたかったりはせず、やがてやめてしまった。地中海地方のブルドゥル県で兵役に就いているときは毎週末の買い物休暇に電話をかけてきて、電話口で寂しいと泣いていた。兵役を終えてイスタンブルへ帰って来たとき、髪が短く刈り込まれ、日に焼けてサクランボの柄のように細くなってしまったその首を見て、悲しさと愛おしさのあまりに泣いてしまった。兵役から帰ったあとも、思いもよらない瞬間に喧嘩になって口も利かずに数日を過ごすことがなくなったわけではない。でも、たとえ喧嘩をしていてもエンヴェルの帰りが遅かったり、帰宅しなかったりすると、私は心配で眠れなくなってしまうし、どこかの負けん気の強い娘とか、怒りっぽい性質の大人の女に夢中になっているのではないかと想像すると怖くてたまらなくなってしまう。そしてどんな喧嘩でも言い争いでも、あるいは沈黙であれ、裏のある言葉の応酬であれ、ふとしたきっかけで私たちは力いっぱいに抱擁を交わし互いの頰にキスをして仲直りするのが常だった。そうするともう息子がどこかへ行ってしまうのが耐えがたくなってしまい、彼なしでは生きられないと思い知らされてしまうのだ。

父親——つまり、そうと思われていた相手という意味だが——との距離はますます遠ざかり、いざトゥルガイと離婚が成立したときも、彼が死んだときでさえ、エンヴェルはまったく動揺しなかった。息子はしょっちゅう癇癪を起こし、理由のない怒りを募らせ、日ごとに寡黙になり、いつもなにかを責めるような人間になっていった。息子のそんな態度に、父親なしで育ったせいだとか、感じやすい性格なのだろうとかの理由をつける人もいたが、私はそうは思わない。つまるところお金がないのがすべての原因なのだ。ジェムと彼の会社の建物の広告を見かけるようになったころ、その広告が載っているのと同じ新聞で西欧では医学の発達によって血縁上の父親を見つけることができるようになり、その手法がトルコ国内の法廷でも採用されるようになったという記事に出くわして、私は喜ぶよりも先に混乱してしまった。

若いころであれば、認知訴訟を起こそうなどとは夢にも思わなかったに違いない。国家権力と法律を盾にして子供の存在を認知しない父親の首を強制的に縦に振らせる、父親を脅して金をせびり、招待されてもいない説明会に足を運ぶ——エンヴェルはそんなことをしようと言い出した母親をひどく恥じたが、やがて自分のためにそうしているのだと分かってくれて、怒りを和らげた。

自分の気持ちに折り合いをつけるのも難しかったが、なにより難しかったのは息子の説得だ。何カ月もかけて訴状を提出するよう口説き、懇願し、幾度となく言い争いや、ひどいときは怒鳴り合いになった。母親が夫ある身の上に憚《はばか》らず他の男と一夜を共にし、あまつさえその男の子供を身ごもった——そんな事実を受け入れるのが容易であろうはずもない。それは私にもよくわかる。

「嘘だろ？」

幾度、羞恥心と怒りに任せてそう怒鳴られただろうか。そのたびに私はこう返事をしたものだ。

「こんなこと、確信もないのに息子に打ち明けるわけないでしょう？」

それから私たちは目をそらし、ただ茫然と前を見ながら羞恥のあまりに黙り込むのだ。当時は四六時中、喧嘩ばかりしていた。あなたのために良かれと思って言ってるのよ！——それが一番、息子の心を揺さぶる言葉だった。

あるとき苛立ったエンヴェルが、壁に貼られた赤い髪の女性の絵をびりびりと破って捨ててしまったことがある。インターネットでその絵の女性が私と同じような悪女だと知ったのだという。雑誌から切り抜いたその絵の作者はダンテ・ゲイブリエル・ロセッティで、彼は優しい眼差しと美しい唇を持つ絵のモデルに恋して、のちに妻としたのだそうだ。エンヴェルは私がセロテープで貼ったその絵を引きはがしてしまった。

エンヴェルが認知訴訟について自分から話すのはラク酒を飲んでいるときだけだった。彼は盃を重ねるほどになんでも話すようになる反面、すぐに手加減や忍耐を忘れてしまい、母親に向かって田舎町の男どもが口にするような汚らしい言葉を吐き、ついには家を飛び出して行ってしまった。大学を卒業してオンギョレンへ移った最初の数年も同じようなもので、バクルキョイ地区の家に帰ってきたエンヴェルは喧嘩になるたびに「あんたみたいな売女には死ぬまで会いたくない」と憎まれ口をたたき——もっとひどい言葉のときもあった——オンギョレンへとんぼ返りしてしまうのが常だった。もっとも、二晩も経たないうちに孤独に耐え切れなくなり、バクルキョイの私のところへ夕飯を食べに戻ってくる。

「お帰りなさい、イズミル風キョフテができてるわよ」

私たちは二日前の喧嘩などなかったかのように、すぐに当たり障りのない話からはじめて、徐々に危険な話題に踏み込んでいく。私たちはいつも並んで腰かけてテレビを観る。子供のころから高校に上がるまで、晩に帰ってこない父親を待ちながらいつもそうしていたように。オンギョレンへ帰って独りで寝るのが嫌なくせにそうとは言い出せないエンヴェルは、テレビの映画が終わると「このあとはなにをやってるんだろうね？」などと言ってチャンネルを変えて、さきほどまでと同じように熱心に番組に観ていた。

夜中、テレビの前の長椅子で身体を曲げて眠る息子を静かに眺めていると、さっさといい娘を見つけて結婚させてやれなかったのが悔やまれた。しかし、エンヴェルが気に入るような娘を私が気に入ることは決してないし、その逆もあり得ないだろう。私が気に入った娘を紹介したところで、息子は意地を張ってはねつけるだろう。それがわかっているからこそ、私はなんとかこの後悔と付き合っていられるのだ。そして、息子にふさわしい結婚相手を見つけられないのは、縁とお金がないのが原因だ。

髪を赤く染めた日から今日にいたるまで、私は自分の決断を悔いたことは一度もない。ただ一つ悔しいのは、息子に実の父親を知ってもらい、願わくは彼と仲良くなって欲しいと願ってしまったことだ。エンヴェルは母親の努力にときには関心を寄せ、しかし蔑み、夢見がちな妄想だとか、あるいは金のための企みだとこき下ろした。彼の実の父が死亡したいま、新聞各紙はまさにエンヴェルの悪態そのままに彼を批判しているが、とても偶然とは思えない。でも、エンヴェルは故意にジェムを殺めたのではない。だから、私の息子は父親殺しではない。それなのに新聞各紙がこの厭わしい言葉を馬鹿の一つ覚えのように繰り返すせいで、ついに息子は父親殺しという恥辱を背負う羽目になってしまった。

あの井戸のたもとで、エンヴェルは激情になど駆られていない。ただ、拳銃を突き付ける父親から身を守ろうとしたに過ぎない。あの子があの場にいたのは実の父親に会い、彼を知りたいと願ったればこそ。だからこそ私は、その願いを息子に吹き込んでしまったことを悔いているのだ。でも、子供のころロスタムとソフラーブやオイディプスと母親、あるいは聖イブラヒムと息子の物語を語り聞かせたことは後悔していない。移動劇団の黄色いテントへやって来る若者や学生、あるいは憤懣《ふんまん》を抱える男たち……。彼らは誰から聞かされたわけでもないのに古い物語のことを知っていた。まるで一度、忘れていた記憶がよみがえったかのように、それを知っていたのだ。

被告は古い物語に耽溺するあまりに、ついには人生そのものが伝説やおとぎ噺を模倣しているという妄想にとりつかれたのだ──裁判での検事の主張は、息子の殺人の動機の説明になっていない。エンヴェルは父親を死に追いやることなく井戸のそばを離れたかったはずだ。第一、父親と格闘し拳銃を取り上げようとしているというのに、そんな古い物語のことを考える暇などあるはずもない。私の息子は父親殺しを望んだことなどない。あの子が正直に話してくれた出来事を繋げていけば、そう判断するのは決して難しくないはずだ。新聞各紙はそうと知りながら、わざと読者にちゃんと説明していないだけなのだ。

ソフラーブ社の巨大さ、ジェムの富裕さ、あるいは三十年の時を経た医学の発展によって見出された息子、そして父の死……。こうやって話を並べれば、あとは読者たちが勘違いしたまま勝手に話を繋げてしまうだろうことを、記者たちはよく承知している。彼らはジェムの最後の瞬間に私が現場に居合わせ、涙にくれたことについても相当に紙面を割いている。私たち親子に好意的と思しき、メロドラマ好きの記者たちは、息子が父親を殺す瞬間を目撃した「もと舞台役者の吹替女優」の悲嘆を長々と書き立て、これに対してソフラーブ社の広告を掲載する各紙の性悪なブン屋どもは、この出来事は事故ではなく私たち母子が何年もかけて周到に準備した計画殺人だと主張した挙句に、「母親の涙に騙されてはいけない、この母子が計画を実行に移したのは子供のいないジェム氏の遺産を一刻も早く手に入れようという愚かな衝動に身を任せたためなのだから」と書き立てた。私の赤い髪はそうした恥知らずな主張や、母親の堕落した性向の証拠とされた。クルクカレ社製の拳銃をわざわざ携えて、オンギョレンの井戸までやって来たのは息子ではなく父親の方だというのに……。

拳銃がジェムの名前で登録されている以上、息子の方に害意はなく、なおかつ私たち母子が殺人など計画していなかったことを、裁判官が確信するのはまず間違いがない。だというのに、記者たちがそうした詳細に触れないせいで、私たちは遺産のために父を殺した赤い髪の邪悪な母親とその息子として、イスタンブルの歴史に汚名を残すことになってしまった。まったくもって腹立たしい話だ。息子に面会しようとスィリヴリ拘置所へ行くたび、報道を鵜呑みにした失礼な受刑者たちに野次を飛ばされたり、睨みつけられたりしたが、気立ての良さそうな看守にさえしかめ面をされていることに気が付いたとき、私は二度と癒えぬほど傷ついてしまった。彼らの陰口や悪意ある眼差しに耐えるのは、舞台上で「股を開け!」という恥知らずどもの野次に耐えるのよりもなお辛かった。エンヴェルに、父親を誤って殺してしまうまでの物語を書くよう懇願したのも、まさにそのためと言ってよい。この本を読めば、裁判官も正当防衛を認めてくれるだろうと考えて説得したのだ。そして書くからには、物語は父親ジェムが井戸掘りに向かうところからはじまらなければならない。そのためには、私がその詳細を調べ上げてエンヴェルに教えてやらねばならない。あなたがいま手にしているこの本は、スィリヴリ重犯罪法廷の裁判官に宛てて書かれた自己弁護のための答弁書でもある。従ってこの本は——ここから後のページだけではなく本全体が——殺人事件の審問と同様に、こまごまとした法的証拠にも注意を払いながら読まれるべき物語なのだ。ソフォクレスの『オイディプス』がちょうどそうであるように。

さて、父親に近づくため息子にセルハトという若者を騙らせたのは私だ。新聞記事にはこれこそが問題の母子の悪意と欺瞞の証拠として論《あげつら》われ、認知裁判に関する恥知らずな流言が添えられもしたが、この小説に描かれたことは、その細部に至るまですべてが事実であると改めて断っておく。では物語を続けよう。

息子とジェムがなかなか帰ってこないので、心配になった私と他の幾人かで井戸へ向かうことになった。

警備員が案内してくれたのは、食堂として使われていたという建屋の一つだった。敷地へ入るとき躾《しつけ》のなっていない馬鹿犬が、窒息するのではないかと思われるほどに激しく吠えていた。

息子は蓋の開いた井戸から少し離れたところに一人ぼっちで座り込んでいた。なにが起こったのかはすぐに察しがついた。私の息子は己の意思とは関係なく、父親を殺してしまったのだ。私はエンヴェルに駆け寄り力いっぱいに抱きしめた。母が誰よりもよく彼を理解し、望む通りの慈しみと愛情で守ってやることを伝えるために。心の疼痛《とうつう》に気が付かせてくれたのは、いつのまにかこぼれた涙だった。そして私は、心の奥底からこみ上げる抗いがたい嗚咽に押し流されるまま、号泣しはじめた。舞台上のソフラーブの母タフミーネのように。

いや、舞台上で感じていたのよりなおひどい嘆きと混乱が心には渦巻いていた。でも、泣きわめきながらも頭の片隅ではこうして泣いていれば事態が好転するのではないかという思いがないではなかった。どんな恥知らずの兵隊であれ、無教養な酔っ払いであれ、あるいは厭らしい嫌がらせをするろくでなしであっても、女の涙を見れば、落ち着きを取り戻すことを、私はよく知っているのだ。所詮、世間の道理などという代物は、母親の涙の上に築かれたものに過ぎない。泣くほどに心晴れてゆくのを感じながら、私はこの涙が枯れる前に考えをまとめようと決めて、さらに全身全霊をこめて泣き続けた。

「ジェムさんは井戸に落ちました」

エンヴェルがジェム社長の行方を探す夕食会にいたほろ酔いの野次馬たちを前にそう言うと――「父さんは」とは言わなかった――ソフラーブ社の社員たちがすぐに警察を呼んだ。ジェムの妻アイシェ夫人の到着はパトカーよりも早かった。社員たちが彼女を井戸まで案内した。アイシェは他の社員と同じく夫がはるか地面の下の井戸の底にいるとは信じたくない様子だった。私は彼女を抱きしめてやりたかった。死んだ父を、父を殺めてしまった息子を、そして私と彼女の人生を思って、一緒に涙したかったから。しかし、彼女には近寄らせてもらえなかった。

新聞各紙は井戸の深さや底に溜まっていた泥水、それにずっと昔にツルハシとシャベルだけでこんなに深い井戸を掘り抜いた不可思議な物語を、おどろおどろしい雰囲気で綴っていた。ある記事に、ジェム氏の死は因果応報と書かれていた。記事を信じたわけではないが、少しだけ溜飲が下がった。

エンヴェルが逮捕されて以降、私はアイシェ夫人との面会を切望してきた。私たち母子への憎しみを少しでも和らげて欲しいと思ってのことだ。今回の出来事は私たち女の落ち度ではない、ただ古い物語や歴史に書かれた通りのことが起きただけなのだと教えてやりたかったのだ。しかし、当然ながらアイシェ夫人は古い本に書かれた伝説などではなく、日々の新聞報道の方に関心を寄せていたし、エンヴェルが遺産目当てで夫を殺したことや、それを母親が背後で操っていたなどと報道する新聞に、他ならないソフラーブ社の社員たちが情報提供していることもあって、私たち二人の仲はぎくしゃくとしたままだった。

警察は井戸の近くから一発の銃弾を採取したものの、周辺に拳銃は見当たらなかった。ボスフォラス海峡の急流の最深部まで潜っていけるはずのダイバーたちが、ロープを伝って泥水の溜まる井戸の底まで下り、たったの二日で誰か見分けのつかないほど腐敗してしまったジェムの遺体を引き上げた。私の息子の父親は無慈悲な検死解剖によって内臓を一つひとつ取り出され、切り刻まれた。肺に井戸の泥水が入っていないので、ジェムは落下前にエンヴェルに殺されたのだと結論付けられた。

父親の直接の死因も司法解剖によって明らかになった。あくる日、検視結果の一ページ目を掲載した新聞は「息子が実の父の目を撃ちぬく！」と煽ったが、その前に二人が井戸の際で取っ組み合いになったことも、息子が――法廷での言い方を借りれば――「ただ我が身を守ろうと」父親から拳銃を取り上げようと試み、そして暴発したことも、なに一つ取り上げられなかった。

裁判官はふたたび井戸の底にダイバーを送り、今度こそクルクカレ社製の拳銃を見つけ出してくれた。そして、その拳銃がジェムの名で登録された品で、左目を撃ちぬいた弾丸が確かにその弾倉から発射されたことが確認されると、少なくとも法廷での私たち母子の扱いは変わった。裁判官はエンヴェルに殺人の意図はなく正当防衛という判断を下すだろうと、誰しもが考えるようになったのだ。井戸まで武器を携えてきたのは怒りに燃える息子の方ではなく、その息子を恐れた父親の方だったのだから当然だろう。

拳銃が見つかると、ソフラーブ社とアイシェ夫人の態度にも変化が現れた。息子が父親を計画的に殺害したわけではなく、あくまで正当防衛であったことが認められる公算が高まったことももちろんだが、それ以上にエンヴェルがジェムの遺産相続人であり、ソフラーブ社の筆頭株主になる可能性が出てきたことで、彼女の態度も軟化したというわけだ。

ソフラーブ社のオフィスで初めて会ったとき、アイシェ夫人はあくまで冷静かつ事務的な態度を崩さなかった。はたして彼女は新聞各紙が私について書いた出鱈目をどれくらい信じていたのだろうか？　彼女の眼差しからは、内心の瞋恚《しんい》を押さえつけて自分を見失うまいと努力していることが窺えた。愛してやまない夫への弔意を心の奥に仕舞いこみ、私にうまく応対するべく理性を総動員しているのは明らかだった。

そんな彼女を見ていると、どうにかして安心させてやりたくなった。もちろんまだ裁判は続いているのでエンヴェルの代理人として口を利くわけにはいかなかったが、とにかくこう伝えたのだ。私と息子の目的は、父親の偉大な知性と創意が生み出した巨大な建設会社ソフラーブを解体することでもなければ、何百人もの従業員の仕事を奪うことでもない、その反対にソフラーブ社のさらなる発展を望んでいるのだ、と。

「私は三十年前にマフムト親方とうちの子の父親が井戸を掘りはじめた日こそが、ソフラーブ社の創立記念日だと思っているんですよ」

細心の注意を払ってそう伝え、私は一九八六年にマフムト親方とジェムが、順繰りに〈教訓と伝説〉座の黄色いテントを訪れ、ロスタムとソフラーブの悲劇を観たことも話した。あのころ舞台上で流した涙と、三十年を経て井戸のたもとで流した涙の間には、古い物語と人の生きざまを結び付けるような、否定しがたい類似性があるように思えてならない。だから、私は熱っぽい口調でこう言ったのだ。

「人生は神話をなぞるんです！　あなたもそう思いませんか？」

アイシェ夫人はあくまで丁寧な口調で「そう思います」と答えたものの、彼女もソフラーブ社の経営陣も、私たち親子の機嫌を損ねたくないのは明らかだった。

「忘れないでください、私たちのこの建設会社がはじめて井戸を掘りはじめた時期に、私はオンギョレンに居合わせたんです。会社の名前になっているソフラーブだって、もともとはあのころ私が劇の中でやっていたモノローグから取ったに違いないわ」

アイシェ夫人はひどく動揺したように何度も瞬きをすると、ソフラーブという社名は劇のモノローグではなく千年前にフェルドースィーが詠んだ『王書』から取られたのだと答えた。彼女とジェムは何年も「この件」――彼女は決して息子を殺した父親とも、父親を殺した息子とも口に出さなかった――にまつわる本を読み漁り、調べ、ヨーロッパを筆頭に世界中の博物館を巡ってさまざまな絵画や書物を見てきたのだという。アイシェ夫人は、視線をソフラーブ社のメイン・オフィスビルの窓の外に広がるイスタンブルの摩天楼や民家の屋根、煙突、やがて海にまでさまよわせながら、ジェムと過ごした幸せな日々のことを話してくれた。サンクトペテルブルクの博物館やテヘランの民家、アテネの街、あるいは広大な地域に跨《また》がる物語の痕跡やシンボル、絵画のこと。彼女はどこか神秘的で、それでいて明らかに幸せそうに、追懐する喜びに身を委ねながら話していた。彼女が私の息子の父親と連れ添い、幸せに暮らしていたのがよくわかった。馬鹿げた司法制度と法律によってどういうわけか労せずして彼らの築いた会社の株式の大部分がエンヴェルの手に渡ることになりそうではあるが、ソフラーブを夫と一緒に育み、一人前にしたのは彼女なのだ。

かくしてアイシェ夫人は私を失望させず、拘置所にいる息子の怒りも買わず、なおかつ自分の悪感情を押し殺す手段として、いまあなたが読んでいるこの物語を、はじめて夫と知り合いデニズ書店へ足を運んだ大学生のころまで遡って聞かせてくれたのだった。アイシェ夫人は幸せな思い出を語れば語るほど、それが私への復讐になるとでも考えている様子だった。最終的には彼女の子供であるソフラーブ社が私のものになるのだと心得て、私は腹を立てずにあくまで恭しく拝聴することにした。

そのうち、スィリヴリ拘置所へ行くたびにアイシェ夫人から聞かされた話の一部を息子にも教えるようになった。はるばるバクルキョイからバスを三回も乗り換えて拘置所の入り口にたどり着くたび、マフムト親方と父親の井戸からたった五キロの場所にある拘置所――守衛や所長がことあるごとに誇らしげに「ヨーロッパでもっとも大きいんですよ」と繰り返したものだ――に息子が収監されていることにも、なにか意味があるように思えてならなかった。金属探知機、私の赤い髪に文句を垂れる女性看守の慣れた手つき、待合室、開けられまた閉ざされる扉、開錠され施錠されるロック、たくさんの部屋と廊下——施設内を歩いていくと、いつも自分がどこにいるのかを見失いそうになってしまう。ようやく声を通さない分厚いガラスまでたどり着いて、その後ろで息子との面会を待つ間、息子を他人と比べてみたり、眠くなったり、ときには苛々したりしながら、たいていは腹を立てていて、でもなんとか自制しながら「もし、ガラスの向こうにエンヴェルではなくその父親が現れたらどうしよう」とか、「祖父のアクンが現れてはくれないかしら」などと想像せずにいられなかった。

弁護士が同席しているとき、私とエンヴェルの話題は審理や調査報告書の詳細、あるいは新聞の出鱈目記事のこと、そしてなによりも共同部屋での苦労話が大半を占めていた。金のために父親を殺したと思い込んでいる連中から蔑まれていること、食事の不味さ、ひっきりなしに囁かれる恩赦の噂について、エンヴェルはひとしきり腐していた。その昔、クーデターを起こした兵士たちが起居したという大部屋には、いまは反国家的とされた新聞記者やクルド人たちがひしめいていることや、彼らにまつわる痛ましい話を聞かせてくれたし、静謐な環境とか清潔な空気とか、あるいは冤罪とかに対して、どうせ役に立たないくせにいちいち書かされる要望書については随分とぼやいていた。そうこうしているうちに時が経ち、私的な話どころか気楽な会話一つ交わせず、言いたいことも言えないまま一時間の面会時間は終わってしまうのだった。

やがて、面会のとき刑務官だけが立ち会うようになった。私はアイシェ夫人から聞き出した話や、彼女から教えられて目を通した本のことを、私自身の考えや推測、それに想像を交えながら息子に話そうとしたものの、当のエンヴェルは自分の犯した罪を嫌でも思い出させる古い物語を聞くのを嫌がり、そもそもこんな話をしようとする母親の意図を測りかねているようだった。「これは昔、マフムト親方から聞いた話なのよ」と言ってもエンヴェルは信じなかったが、とにかく耳は傾けてくれた。

そうしていると本当に大切なのは古い物語などではなく、ただ二人きりで面と向かって話すことそのものなのだと思えてくるのだった。黙り込んだり、考え込んだりすることが増えて、収監されてから瞬く間に太り、段々と本当のろくでなしのような見かけになっていく息子を眺めながら、私は必死で涙を堪えた。

面会時間で一番辛いのは、別れの瞬間だ。エンヴェルはちょうど小さな子供のころのように一向に私から離れようとしない。刑務官に注意されて一度は男らしく颯爽と立ち上がるのだけれど、やはり扉から出て行こうとしないのだ。戸口で立ち止まってすがりつくような眼差しで見つめられると、小学校に上がる前、ほんの五分のところにある雑貨屋へ行く私を見送るときの、懇願するような幼い視線を思い出さずにはいられなかった。「一分で帰って来るから」と宥めてもエンヴェルは決して信じようとしなかった。戸口で私の服の裾や腕にかじりつき、まるでこれが今生の別れだとばかりに「お母さん、僕を置いてかないでよ」と言って離れなかった。

月に一度、公開面会日だけはガラス越しではなく、互いに触れ合うのが許可される。どの制限区分の受刑者であれ、この日を心待ちにしていた。私たち母子も、なにかの理由で公開面会日が延期になるとがっかりしてしまったし、その逆にたとえばアンカラの大臣の決定とか、移動祝祭日とかの理由で公開面会日の実施が告知されると大喜びしたものだ。左派やクルド人の容疑者や受刑者が多く収監されている関係上、スィリヴリ拘置所では普段は食物や書籍、携帯電話の差し入れは禁止されている。しかし、公開面会日になれば刑務官にいくらか袖の下を弾むだけで、息子が大切にしていた詩作ノートや筆記用具、それにお気に入りのアンソロジー詩集を渡してやることもできるのだった。

公開面会日のたびに、自分の身の上に起こった出来事、つまりいままさに終わりに差し掛かっているこの物語を小説のように書いてみるよう強く勧めたのは、書き物をすることでエンヴェルが慰められ、やり場のない怒りを少しでも慰撫できるだろうと考えたからだった。

未決囚の収監区画にある面会室は、密輸業者やさまざまな人殺し、泥棒に詐欺師、車上荒らしとその家族で戸口まで混みあっている。私たち二人はそんな面会室の人目を引かないひと隅でひしと抱き合う。エンヴェルに触れるやいなや、息子は沐浴してやった子供のころとまったく同じ笑顔を浮かべてくれる。そして私が信じないと知っているくせにここでの生活も悪くないなどと言ってから、知り合いになった受刑者や賄賂をせびる刑務官、牢獄内でのさまざまな企みごとについて楽しそうに語り、窓から見える景色や、運動場から見える空について詠んだ詩を聞かせてくれるのだ。

私がこの本の話を持ち出すのは、いつもそんな息子の美しい詩を心から褒めてやったあとでのことだ。この物語は、息子が裁判で我が身を弁護するためだけではなく、のちの世の教訓とするためにも書かれなければならない。オイディプスやソフラーブの物語（二冊とも刑務所の図書室にはなかったので、刑務官に賄賂を渡して差し入れた）や、いまは亡き父ジェムのテヘラン旅行、あるいは私が女優として舞台に上がっていたころの経験談や、ジェムと知り合った夏のこと、はたまた黄色い劇団テントで演じたさまざまな演目や、その最後に詠み上げたモノローグにどんな意味があったのか等々——ときには私がアイデアを出すこともあったけれど、とにかくさまざまな話をエンヴェルに語り聞かせた。そうして、エンヴェルの瞳をひたと見据えてこう締めくくるのだ。

「本当はね、最後のモノローグを思うままに詠みたいから演劇をやっていたのよ」

ふと言葉が途切れてまるで初めて出会った者同士のように互いの顔と目をじっと覗き込むこともあれば、ウールのセーターについたゴミを払ってやったり、いまにも取れそうなシャツのボタンに触れたり、ぼさぼさの頭を優しく整えてやることもあった。「子供のころのこと、どれくらい覚えてる？」、「なんでそんなに怒りっぽくなってしまったの？」、「銃弾が父親の目を撃ちぬいてしまったのはなぜ？」、「どうしていまはそんなに幸せそうなの？」。ときたまそう尋ねたくてたまらなくもなるが、私はじっとこらえている。公開面会日のたびに腕や肩、背中や首筋を撫で手を握ってやると、エンヴェルも六十二歳になった母親の手をぎゅっと握り返して、まるで恋人同士のように恭しく手の甲にキスをしてくれた。

ついこの前の犠牲祭の日も、スィリヴリ拘置所は公開面会日だった。私たちは隣りあわせに座って互いに見つめ合いながら、ものも言わずに抱き合っていた。私たちの頭上にはよく晴れた秋の空が広がっていた。息子はようやく「なにもかも」を語るためにこの小説を書きはじめたと教えてくれた。

――いまは、まるで牢獄の窓から見える星みたいに考えることが多すぎるんだ。それを自分の考えと一緒に言葉にするのはひどく難しいよ。でも、拘置所の図書室の本も助けになると思うんだ。政治一色って風情の監獄の図書室にもジュール・ヴェルヌの『地底旅行』やエドガー・アラン・ポーの物語に古い詩集、それに『私たちの夢と記憶』というエッセイ集が入っていてね、それを父さんと同じように読むつもりだよ、あの人が若いころなにを考えていたのかを知りたいし、彼になった気分で書いてみたいから……。こうして父親のことを尋ねるようになったエンヴェルに私は熱心に答え、精いっぱいの愛情をこめて抱きしめた。首筋から子供のころとまったく同じ石鹸とビスケットの混ざった匂いが香って嬉しくてたまらなかった。面会時間が終わりに近づいたとき私は神にこう祈った。この晴れの祝祭日に、息子が母と簡単にお別れできますように、と。

「月曜日にまた来るわ」

私はそう言って微笑むと、黄ばんで色あせたダンテ・ゲイブリエル・ロセッティの赤い髪の女の絵を鞄から取り出してエンヴェルに渡した。

「小説を書く決心がついたって聞けて嬉しいわ！　書き終わったらこの絵を表紙になさいな。お母さんの若くて綺麗なころの姿が少しでも伝わるようにね。ほら見て、この女の人、少し私に似ているでしょ。もちろん小説をどう書きはじめるべきかなんてあなたの方がよく知ってるんでしょうけどね、終幕の私のモノローグみたいに心の籠った、それでいて昔話のようでなければだめよ。古い物語のようにどこか聞き覚えのある話でなくちゃ。そうしたら、裁判官だけでなく、みんなあなたのことを理解してくれるわ。忘れないで、あなたのお父さんも作家になりたかったのよ」

二〇一五年一月－十二月

# 訳者あとがき

## オイディプスとロスタムの出会う街、イスタンブル

ある晩、父が失踪した。ジェムは大学進学のための金を稼ごうとマフムト親方とイスタンブル郊外の街オンギョレンへ赴く。荒れ野で井戸を掘るためだ。親方の語る虚実の知れない昔話に耳を傾けるうち大地の神秘に魅せられたジェムは、彼に父親にも似た親近感を覚える。そんなある日、少年は田舎町の夏の夜を彩る移動劇団の赤い髪の女に恋をする。ところが、彼女の公演を観たあくる日、井戸掘りの最中に取り返しのつかない事故を起こしてしまったジェムは恐怖のあまりマフムト親方を置いて逃亡してしまう。一年、二年、十年――いつしか何事もなかったように振る舞うのが習いとなったジェムは、イスタンブルの都市開発と歩みを共にするように地質調査技師として、ついで建設会社の経営者として成功を積み上げていく。事業のかたわら、オンギョレンの夏に見聞きした古い物語の探索にのめりこむジェムであったが、逃奔の日から三十年を経たその日、予想だにしない形で過去の亡霊が姿を現す。やがてジェムは誘い出されるようにしてオンギョレンの街のあの井戸を再訪するのだった――。

本書『赤い髪の女』は『黒い本』（藤原書店）や、前々作『無垢の博物館』、前作『僕の違和感』

（ともに早川書房）に続き、一九八〇年代から今日に至る三十余年（トルコ現代史における第三共和政期）のイスタンブルを舞台とする「現代イスタンブル叙事詩」と呼ぶべき作品群の最新作である。都市郊外での井戸掘りという奇縁から語り起こされ、イスタンブルとトルコの発展と軌を一にして進む少年の成長物語は、パムクらしい奇想に満ちつつも社会史的な証言ともなっていて、重層的で魅力的な現代の叙事詩を形作る。

とはいえ、少年の物語と都市の物語は実のところこの小説のごく一部、言うなれば近景を成すに過ぎない。本書の遠景には「父と子」と「古典物語の断絶」という二つのテーマが描き込まれているのだ。とくに、物語劈頭《へきとう》で「あなたがたも私と同じように父と子の物語に魅了されるだろう」と語り手が述べるように、東洋と西洋における父子の在り方への問いかけは本作の最大のテーマとも言えるだろう。実際トルコでは本書が発売されると、作品そのものへの評価から遊離してエディプス・コンプレックスと、それと対をなす「ロスタム・コンプレックス」を巡る白熱した議論が巻き起こったほどである。その詳細は措《お》くけれど、以下では物語の中で（敢えて）語られない、しかし読解の助けとなるかもしれない幾つかの点について触れておきたい。

実父に捨てられ、はじめての女《ひと》に「自分だけの父親を探せばよい」という呪いをかけられたジェムの父親探索は、『わたしの名は赤』（早川書房）や『黒い本』のように実際のイスタンブルの街で行われるわけではない。それはソフォクレス『オイディプス王』における父殺しと、フェルドースィー『王書』における勇者ロスタムによる子殺しという鏡合わせのような、東洋と西洋の古い物語を中心に展開していくのである。本書では、父を殺し母と結ばれたオイディプスが盲目となって荒野へ放逐されるところまでがクローズアップされる反面（『オイディプス王』）、オイディプスが娘アンティゴネーに導かれてコロノスの森に至る別の物語の存在には一切、触れられていない（『コロノスのオイディプス』)。この森に至ったオイディプスが、前王としてテーバイの行方を左右しながら、あれほど悔いたはずの父殺しを正当化し、やがて安らかな死を得ることがよく知られているにもかかわらずだ。

同様に、ロスタムの物語についても敢えてその続きは省かれている。ソフラーブを手にかけた稀代の勇者は、我が子を取り戻すべく黄泉がえりの霊薬を求めるさらに辛い旅へ赴くことになる。結局、霊薬を見つけられず悲嘆にくれるロスタムはさらなる悲劇に見舞われる。忠義を尽くした祖国ペルシアの王子イスファンディヤールとの対決を強いられるのである。一度は敗北したロスタムは霊鳥の治療によって命をとりとめ、再戦して辛くも勝利を掴む。このときロスタムはイスファンディヤールの遺言を聞き届けて、彼の息子バフマンの養父となることを誓う。その後、ロスタムはまた別の戦でついに七百年におよぶ生涯を閉じるのだが、彼の故郷ザーブリスタン(現アフガニスタン南部)を攻め滅ぼし、実子ファラーマルズの命を奪うのは、実父の仇を取ろうと復讐に燃える養子バフマンであった。

以上のように、本書でジェムの視点を借りて読者に提示される各々の古い物語は、実のところ原典の一部に過ぎない。右記のようにその続きを追ってみることではじめて、「アマチュア」と評された主人公の父子の神秘への理解がやや皮相的で、従って真摯さに欠けることが——なにせジェムは自らの過去の罪を糊塗するために古《いにしえ》の物語を利用しているのだ——暴かれる。それと同時に、アジア的父権社会においてあたかも因果応報の力学から自由であるかに見えた父親の全能性が、少なくとも本作の登場人物たちにとってはまったくのまやかしに過ぎなかったことも明らかになる仕組みとなっている。これまでのパムクは視覚的かつ多弁な叙法を好んで用いてきたが、本作においては「敢えて書かずに物語る」という新たな手法にも挑戦しているように思われる。

本作のもう一枚の遠景を成すのが、東西文明における古典の忘却と混淆というテーマである。『王書』と『オイディプス王』の双方を耽読し、イランにもギリシアにも赴くジェムの姿が端的に示唆するかとも思うが、古代ギリシア世界とイスラーム世界が重なり合うイスタンブルはいまでも世界の文学地図にあって、東洋古典と西洋古典が鬩《せめ》ぎ合う境界地に位置することを、パムクは読者に強く訴えかける。かつてギリシア・ローマ世界の中心であったこの街は、そののちオスマン帝国の帝都として広大なイスラーム文化圏の神話・古典の物語世界の集う一大中心地となる一方──『千夜一夜物語』の紹介者アントワーヌ・ガランはまさにこの街で書物収集に励んだのだ──日本に先んじること三十年、十九世紀前半にはじまる近代化の過程では、世界史的に見ても類例の少ない劇的な西欧化と伝統文化の再編・排除の舞台となり、イスラーム文化圏で最初の「近代小説」が生まれた場所ともなる。東と西の物語のいずれをも血肉としてしまったがゆえに、かえって万事を伝統と近代の名の下に我と彼に分類し、その真贋と優劣を判じねばならない宿命を背負うことになったのがイスタンブルという街なのだ。こうした現代トルコ人の水火は、私たち日本人にとっても他人事とは思われない。

では、本作においてイオカステにしてタフミーネを演じる赤い髪の女は、物語混淆の地イスタンブルで展開する本作で何者を演じているのだろうか。父子関係と古の物語の絡み合う葎《むぐら》でついに「自分だけの父親」を見いだせぬまま悲劇に見舞われる男たちに涙する彼女は、一見すれば母性による救済への希求を象徴するかに見える。そのあり方は、『わたしの名は赤』の母シェキュレが、東西文明の相克に巻き込まれ破滅した男たちへ捧げた母性を彷彿とさせるものでもある。しかし、本作の赤い髪の女には、一つの罠が仕組まれている。「赤い髪の女」という言葉が、そもそも紛いものなのだ。実はトルコ語で「赤毛」は kızıl saç と言われ、本書の題名にあるような「赤い髪」（kırmızı saç）とは決して言わない。この奇妙な表現はその赤髪が染められたものであることを示すのみならず、彼女がただの母ではなく、虚実を伴う演技者であることを予告するようである。

少年の物語と都市の物語という近景と二つの遠景、そしてその鎹《かすがい》たるべき赤い髪の女に忍ばされた虚実――一見、齟齬を生みそうな複数項が見事に束ねられた結果、現代イスタンブルで展開するはずの父子と母の物語は、あたかも古今東西の神話と物語の混成種として再演された新たな悲劇の趣を醸している。主人公ジェムに倣って本書で参照されるさまざまな物語を渉猟すればするほどに、幾通りもの読みが可能となる玄奥《げんおう》と豊穣が、本作の大きな魅力ではないかと思われる。

さて、本書はトルコ語原書版（Orhan Pamuk, ***Kırmızı Saçlı Kadın***, İstanbul, Yapı Kredi Yayınları, 2016）に拠って翻訳された。とくに聖典クルアーンや『王書』の固有名詞の中にはトルコ語からの音写ではなく、先行する和訳に従いつつ、読者の方々にもっとも馴染み深いと思われるアラビア語やペルシア語からの音写表記を優先したものもあることを断っておきたい（たとえば、ロスタム رستم, **Rostam** はトルコ語ではリュステム **Rüstem**、ソフラーブ سهراب, **Sohrāb** はスュフラプ **Sührap** と発音・表記される）。

本書の翻訳においてはさまざまな方にお世話になったが、とくに早川書房の窪木竜也氏に心からの感謝を送りたい。氏の朗らかな人柄と的確な助言はなによりの励ましであった。有難うございました。

令和元年九月十一日

訳者略歴　東京大学大学院総合文化研究科博士課程単位取得退学，大阪大学言語文化研究科准教授　著書『無名亭の夜』（講談社）『多元性の都市イスタンブル』（大阪大学出版会）　訳書『わたしの名は赤〔新訳版〕』『雪〔新訳版〕』『無垢の博物館』『僕の違和感』オルハン・パムク（以上早川書房刊）他

赤《あか》い髪《かみ》の女《おんな》

2019年10月20日　初版印刷
2019年10月25日　初版発行

著者　オルハン・パムク
訳者　宮下《みやした》　遼《りょう》
発行者　早川　浩
発行所　株式会社早川書房
東京都千代田区神田多町2－2
電話　03－3252－3111
振替　00160－3－47799
https://www.hayakawa-online.co.jp

印刷所　精文堂印刷株式会社
製本所　大口製本印刷株式会社

Printed and bound in Japan

ISBN978-4-15-209888-7 C0097

早川書房の文芸書

# 無垢の博物館　上・下

Masumiyet Müzesi

オルハン・パムク

宮下　遼訳

46判上製

輸入会社の社長を務める三十歳のケマル。業績は上々、可愛く、気立てのよいスィベルと近く婚約式を挙げる予定で、その人生は誰の目にも順風満帆に見えた。しかし、遠縁の娘、官能的な十八歳のフュスンとの再会により、ケマルは危険すぎる一歩を踏み出すことに——トルコの近代化を背景に、ただ愛に忠実に生きた男の数奇な一生を描く、『わたしの名は赤』『雪』の著者オルハン・パムク渾身の長篇。ノーベル文学賞受賞第一作！

# 雪〔新訳版〕上・下

*Kar*

オルハン・パムク
宮下 遼訳

十二年ぶりに故郷トルコに戻った詩人Kaは少女の連続自殺について記事を書くため地方都市カルスへ旅することになる。憧れの美女イペキ、市長選挙に立候補しているその元夫、カリスマ的な魅力を持つイスラム主義者〈群青〉、彼を崇拝する若い学生たち……雪降る街で出会う人々は、取材を進めるKaの心に波紋を広げていく。ノーベル文学賞受賞作家が現代トルコを描いた傑作

# わたしの名は赤〔新訳版〕上・下

*Benim Adim Kirmizi*

オルハン・パムク
宮下 遼訳

〈国際IMPACダブリン文学賞受賞作〉一五九一年冬。オスマン帝国の首都イスタンブルで細密画師が殺された。その死をもたらしたのは、皇帝の命により秘密裡に製作されている装飾写本なのか？　同じ頃、十二年ぶりにイスタンブルへ帰ってきたカラは、くだんの装飾写本の作業を手伝ううちに、美貌の従妹シェキュレへの恋心を募らせていく。東西の文明が交錯する大都市を舞台にしたノーベル文学賞作家の代表作

ハヤカワ*epi*文庫

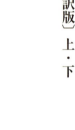